묵향 33

부활의 장

몰몬트 산맥의 추격전

묵향 33
부활의 장

초판 1쇄 발행일 · 2015년 9월 15일
초판 4쇄 발행일 · 2020년 12월 30일

지은이 · 전동조
펴낸이 · 유용열
기   획 · 김병준
편   집 · 김민태, 김은희, 유지원
펴낸곳 · 도서출판 스카이미디어

주소 · 서울시 동대문구 용두동 234-35번지 대명빌딩 201호
전화 · (02)922-7466
팩스 · (02)924-4633
E-mail · skymedia62@hanmail.net
출판등록 · 제6-711호

값 9,000원

ISBN · 979-11-312-6425-6 04810
ISBN · 978-89-92133-00-5 (세트)

DARK STORY SERIES Ⅳ

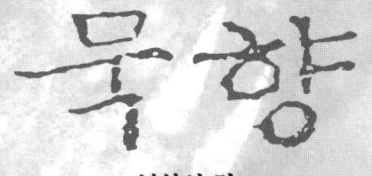

묵향

부활의 장

전동조 장편 판타지 소설

33

몰몬트 산맥의 추격전

스카이
BOOK

차례
몰몬트 산맥의 추격전

·
·
·

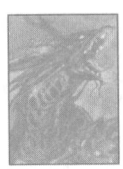

차례
몰몬트 산맥의 추격전

•

•

•

첩자의 정체

DARK STORY SERIES

33

몰몬트 산맥의 추격전

마지막 마을을 떠난 다음날, 아침부터 비가 내리기 시작했다. 처음에는 부슬부슬 내리는 정도였지만, 시간이 흐를수록 빗발이 점차 거세지더니 오후로 접어들 무렵부터는 하늘에 구멍이라도 뚫린 듯 퍼붓기 시작했다.

쏴아아아.

거친 빗줄기 탓에 몇 미터 앞조차 보기 힘들 만큼 시야가 좁아졌고, 길까지 미끄럽다. 조금만 발을 헛디뎌도 몸의 중심을 잃고 넘어질 정도로 죽죽 미끄러진다. 추적을 하기에는 그야말로 최악의 날씨다.

얼굴을 따라 흘러내리는 빗물을 손으로 대충 닦은 대장은 뒤를 돌아보며 부드러운 목소리로 물었다.

"수녀님, 괜찮으십니까? 너무 힘드시다면 이쯤에서 잠시 쉬어가도……."

소피아 수녀는 거친 숨을 몰아쉬면서도 차분한 음색으로 대답했다.

"헉헉, 저는 괜찮습니다, 대장님."

그런 소피아 수녀를 대견하다는 듯 바라보던 대장은 이번에는 라이를 향해 고개를 돌리며 퉁명스럽게 말했다.

"라이! 힘내라. 수녀님도 이렇게까지 힘을 내고 계신데, 사내 녀석이 비실거려서야 쓰겠나."

대장은 소피아 수녀와 라이를 독려하며 함께 걸어갔다. 그리고 샘은 일행보다 10여 미터 정도 앞서서 홀로 걸어가고 있는 중이다. 혹여 도망자들이 남겨놓은 작은 흔적을 라이나 소피아 수녀가 뭉개 버릴 우려가 있기에 그렇게 하고 있는 것이다.

"에이, 뭔 비가 이렇게 많이 와?"

라이는 원망어린 시선으로 하늘을 한 번 올려본 후, 얼굴을 흠뻑 적시고 있는 빗물을 소매로 쓰윽 닦았다. 그가 입고 있는 외투는 틴스부르의 잡화점에서 구입한 판초(Poncho) 형태의 싸구려였다. 양털로 짠 두툼한 모포 중간에 구멍을 하나 뚫고, 그곳에 머리를 가릴 수 있는 후드(Hood)를 달았다. 볼품은 없지만 밤이 되면 싸늘하게 얼어붙는 고산지역에서는 유용하게 써먹을 수 있는 외투였다.

하지만 지금처럼 비를 잔뜩 맞게 되니 싸구려 외투의 단점이 확연히 드러났다. 방수가 되지 않아 외투뿐만 아니라 속옷까지 흠뻑 젖은 탓에 뼛속까지 냉기가 전해져 왔다. 물론 그가 지니고 있는 마나를 운용할 수만 있다면 냉기 따위야 단숨에 몰아낼 수 있겠지만, 문제는 그런 기법을 알지 못한다는 점이다.

'으…, 추워.'

이빨이 덜덜 떨려올 정도로 추웠지만 라이는 외투를 거머쥐며 애써 참았다. 다른 사람들도 똑같이 추울 텐데 자신만 못 견

디겠다고 앓는 소리를 낸다는 것에 자존심이 상했던 것이다.

　하지만 그건 라이의 착각이었다. 다른 사람들이 입고 있는 것은 라이의 싸구려 외투와는 달리 모두 고급품들이었다. 겉보기에는 투박해도 방수 처리가 확실하게 되어 있어 외투 안쪽으로 빗물이 스며들지 못하고 그냥 흘러내리는 것이다. 지금껏 살아오며 방수가 되는 외투를 본적이 단 한 번도 없었던 라이였기에 그런 사실을 모르고 오해를 하고 있었던 것이다.

　다시 한 번 얼굴에 흘러내리는 빗물을 소매로 대충 닦아 내던 라이는 앞장서서 일행들을 격려하며 걸어가고 있는 대장의 모습에 왠지 모르게 듬직함을 느낄 수 있었다. 소피아 수녀 때문일 수도 있겠지만 언제나 부드러운 미소를 보여줬고, 이렇게 힘든 상황에서도 짜증조차 내지 않고 자신들을 챙겨주지 않은가.

　빗물에 흠뻑 젖은 대장의 넉넉한 등판을 보며 라이는 이유를 알 수 없는 안도감마저 느꼈다. 그건 어제까지만 해도 전혀 느낄 수 없었던 감정이었다. 어쩌면 주어진 임무에 최선을 다하고 있는 사내의 뒷모습이 라이의 싸늘하게 닫혀 버린 가슴에 살짝 빈틈을 만들었는지도 모른다.

　멍한 눈빛으로 대장의 뒷모습을 따라 힘겹게 발걸음을 옮기던 라이의 머릿속에 오래된 기억들이 하나둘 떠올랐다. 자신의 아버지도 저랬었다. 변방으로 도망친 자신의 주군을 위해 묵묵히 맡은 바 소임을 완수해 나가던……

　라이는 대장의 뒷모습을 보며, 예전 아버지의 뒷모습을 떠올릴 수가 있었다.

순간 라이의 입가에 씁쓸한 미소가 떠올랐다.

'내가 미쳤지. 저런 분을 도끼로 찍어 죽일 궁리만 하고 있었다니⋯⋯.'

악천후를 뚫고 강행군을 재촉하던 대장은 그럭저럭 비를 피할 수 있을 만큼 움푹 패인 지형을 발견하자마자 그곳에서 야숙할 것을 지시했다. 이곳보다 더 좋은 장소를 찾는다는 보장이 없을뿐더러, 산에서는 해가 빨리 진다는 것을 염두에 둔 결정이었다.

"오늘은 저곳에서 야숙을 하기로 하자."

절벽 쪽으로 바짝 붙으니 비를 피할 수 있었다. 라이는 황급히 흠뻑 젖은 외투부터 벗었다. 외투를 힘껏 쥐어짜자 물이 주르륵 떨어져 내린다.

라이는 외투가 마를 수 있도록 벽면에 잘 널어놓은 후에 밖으로 나가 땔감을 주워 왔다. 추위를 쫓아낼 모닥불을 피우려는 것이다. 비록 나무들이 빗물에 흠뻑 젖어있긴 했지만, 용병생활을 하며 이런 상황에서도 불을 붙이는 요령을 익혀 둔 지 오래다. 나무가 젖은 탓에 연기가 많이 난다는 게 문제이기는 했지만, 그래도 따뜻한 열기로 몸을 덥힐 수 있다는 게 어딘가.

라이와 수녀가 모닥불을 피우기 위해 분주하게 움직이고 있을 때, 대장은 성큼성큼 걸어 나가 아직까지도 폭우를 맞으며 서 있던 샘에게로 다가갔다. 못마땅하다는 듯 인상을 찡그리며 라이와 수녀를 째려보고 있던 샘은, 대장이 다가오자 낮은 목소리로 투덜거렸다.

"언제까지 저 둘을 꽁무니에 달고 다닐 생각이신 겁니까?"

불만 가득한 샘의 질문에 대장은 심드렁한 말투로 대답했다.

"왜 그렇게 민감한가? 아무리 생각해도 이번엔 자네가 오버하는 것 같아."

"오버하는 게 아닙니다. 트리스티 패거리 속에 첩자가 침투해 있었을 거라는 걸 대장도 이미 짐작하고 계셨지 않습니까? 그게 아니라면 손바닥을 들여다보듯 시시콜콜한 정보까지 우리에게 보내 줄 수 있었을 리가 없죠."

"그건 그렇지만 아무리 생각해도 저 둘은 아냐."

하지만 샘은 고개를 가로저으며 대장의 말에 단호하게 반박했다.

"아닙니다. 첩자는 분명 저 둘 중 하납니다. 처음 저들을 심문할 때 분명히 들었잖습니까. 트리스티 패거리에서 떨어져 나온 것은 자신들 둘밖에 없다고 말입니다."

그 부분에 대해서는 대장도 샘의 주장을 반박할 수가 없었다.

"흠, 그렇긴 하지만 아무리 그렇다 해도……."

그때 갑자기 샘이 비릿하게 웃으며 비꼬듯 말했다.

"아무래도 대장님은 지금 저 수녀 때문에 제대로 된 판단을 못하시는 것 같습니다."

정곡을 찔렸는지 대장은 얼굴을 붉히며 버럭 소리쳤다.

"뭐야? 수녀님 때문에 내가 왜 제대로 된 판단을 못한다는 건가! 앙!"

"지금 우리 상황이 어떤지는 잘 아시지 않습니까? 아차 실수라도 하면 목 잘린 시체가 되어 산속에 파묻힌단 말입니다. 이런 살얼음판을 걷는 듯한 위태로운 상황에서 연애질을 하실 생각을 하시다니. 더군다나 맺어질 가능성이라고는 눈곱만큼도 없는 수녀하고 말입니다."

"젠장! 나는 연애질을 하고 있는 게 아냐. 나도 충분히 고민했어. 그런 다음 결론을 내린 게 바로 이거야."

대장은 신경질적으로 얼굴을 타고 흘러내리는 빗물을 닦아내며 말을 이었다. 그런 그의 말투에는 짜증이 덕지덕지 묻어나왔다.

"한 번 생각을 해 보게. 라이 저 녀석은 첩보원이라 의심하기에는 너무 어려. 우리 조직에 사람이 없는 것도 아닌데, 저렇게 어린놈을 첩보원으로 쓰겠나? 그리고 소피아 수녀님은 진짜 수녀가 맞잖나. 얼마 전에 치료마법 쓰는 거 너도 봤지? 더군다나 어리숙하다 느껴질 만큼 저렇게 순진한데……."

성직자는 거짓말을 못한다. 특히 성직자가 믿고 있는 신의 이름을 걸고 심문을 할 경우 금방 정체가 들통난다. 그렇기에 음모와 귀계로 점철되어 있는 이쪽 계통에서는 성직자를 첩보원으로 쓰는 경우가 거의 없었던 것이다. 샘도 그 정도는 알고 있었기에 수녀에 대한 반박은 더 이상 하지 않았다.

"수녀를 의심하자는 게 아닙니다. 제 말은 라이가 아주 의심스럽다는 말입니다."

샘이 수녀를 첩자 용의선상에서 제외하자 대장의 짜증스런 어투가 슬그머니 부드러워진다.

"뭐가 그렇게 의심스럽다는 건가?"

"저놈 나이에 비해 실력이 너무 좋다고 생각하지 않으십니까? 화살도 잘 쏘고, 게다가 도끼질도 제법⋯⋯."

샘의 주장을 듣던 대장은 고개를 흔들며 반박했다.

"나이에 비해 실력이 있긴 하지만, 그래 봐야 첩보원으로 쓰기엔 너무 어설퍼. 게다가 저놈, 몇 번씩이나 내게 살기를 품었다고. 생각을 해 봐. 저 녀석이 만약 첩보원이라면 왜 같은 편인 내게 살기를 품겠어? 우리가 배신했다는 것은 아직 아무도 모르는데 말이야."

"일부러 그러는 것일 수도 있죠. 녀석이 조직 내 첩보원이라면 대장이 살기를 감지할 수 있는 실력자라는 걸 이미 알고 있을 게 아닙니까. 그렇다면 가끔 대장을 향해 살기를 품는 것만으로도 자신의 정체를 완벽히 감출 수 있으니까요."

샘의 말이 제법 그럴 듯 했기에 대장은 곧바로 반박할 수 없었다. 하지만 그렇다고는 해도 라이를 첩자라고 의심하기에는 힘들었다.

대장의 얼굴을 힐끔 쳐다본 샘은 답답하다는 듯 다시 말했다.

"사실 저놈을 첩자라고 의심하기 시작한 건 수녀의 말 때문이었습니다. 트리스티 패거리가 저놈을 처음 발견했을 때 당시 녀석은 오크를 생으로 뜯어먹고 있었다고 했습니다. 제가 생존술(生存術)을 배울 때 몇 번 몬스터 고기를 먹어 봐서 잘 아는데⋯, 익혀도 역겨운 냄새 때문에 목구멍으로 넘기기 힘든 걸 생으로 씹어 먹다니! 몬스터 고기는 저와 같이 특수 훈련을 받은 군인들도 맨 정신으로는 절대 먹을 수 없는 거란 말입니다. 아무리 배가 고팠다고 해도 그렇지, 과연 그걸 평범한 꼬맹이가 먹을 수 있을까요?"

레인저는 산악전에 특화된 병과다. 적군을 상대로 게릴라전을 펼치는 것을 장기로 하는 만큼, 레인저 훈련에 있어 가장 중요시되는 것들 중 하나가 보급이 끊겼을 때를 대비한 식량의 확보였다. 무기가 망가지면 돌멩이나 몽둥이라도 들고 싸우면 되겠지만, 식량이 떨어지면 아예 싸울 수가 없지 않겠는가.

야생 속에서 살아남는 기술인 생존술에서 다루는 먹거리는 아주 다양했다. 열매나 초목은 물론이고, 꿈틀거리는 작은 곤충과 포악하기 짝이 없는 몬스터들까지……. 그런데 그 중에서도 가장 먹기 힘든 게 바로 몬스터의 고기였다. 독이 있는 부분을 제거한다고 해도, 몬스터 특유의 누릿한 냄새는 너무나도 비위를 상하게 했었기에 입에 넣자마자 토하는 훈련병이 대다수였다. 때문에 생존술 훈련을 진행하는 교관들조차도 얼차려를 목적으로 던져 주던 것이 바로 몬스터 고기였다.

그 중 가장 지독한 냄새를 풍겼던 게 바로 트롤의 고기였었는데, 그때 기억이 떠오른 샘은 하마터면 헛구역질까지 할 뻔했다. 그는 인상을 일그러뜨리며 말을 이었다.

"저놈은 틀림없이 레인저 훈련을 받았을 겁니다. 그것도 아주 독하게. 그건 제가 보장하죠."

이렇게까지 샘이 말하자 대장은 두 눈을 감고 차분하게 라이에 대한 기억들을 하나둘 떠올려 봤다. 만약 샘의 말처럼 라이가 전문적인 레인저 훈련을 받은 게 확실하다면, 자신이 도망노예라고 한 건 새빨간 거짓일 가능성이 컸다.

생각해 보니 라이가 한 말들 중 앞뒤가 안 맞는 부분들이 꽤나 있었다. 노예병들에게는 활을 안 주는 것으로 알고 있었는데, 그는 활을 소지하고 있었다. 그것도 오랜 시간 다루어 봤을 것으로 짐작될 만큼 활 솜씨가 아주 뛰어났다.

그리고 보니 오크와 맞닥트렸을 때의 라이의 모습이 영 마음에 걸렸다. 일반적인 그 나이대의 아이라면 겁먹고 도망치는 게 보통이었을 텐데, 살기를 뿜어대며 오크와 맞서 싸우지 않았던가. 게다가 당시 라이의 도끼를 다루던 솜씨는 결코 예사롭지 않았다.

노예상인에게 붙잡혀 노예병으로 키워지다 도망쳤다고 보기에는 석연치 않은 점이 한두가지 아닌 것이다. 그런데 그런 것을 나이가 어리다는 이유 하나만으로 지금껏 무시해 왔다니……. 어쩌면 라이가 영악하기도 했지만 샘의 말처럼 수녀 때문에 제대로 된 판단을 못하고 있었는지도 모른다는 자괴감마저 들었다.

그렇기에 대장은 쓸쓸한 미소를 지으며 중얼거렸다.

"허, 참……. 이제 나도 은퇴할 때가 다 됐나 보군."

자신의 말이 대장에게 먹혀들어갔다고 느껴지자 샘이 음침한 어조로 다그쳤다.

"당장 해치웁시다. 대장도 잘 아시지 않습니까. 꼬리를 달고 산맥을 넘어 탈출한다는 것이 어떤 의미인지를……."

샘의 말 대로였다. 어쩌면 저 영악스러운 놈이 자신들의 배반을 눈치채고 상부에 보고라도 하는 날에는 어떤 일이 벌어질지 불을 보듯 뻔했으니까. 대장은 싸늘하게 굳은 표정으로 샘을 향해 고개를 끄덕였다. 그런 다음 라이를 향해 천천히 걸음을 옮기기 시작했다. 그 뒤를 활을 움켜진 샘이 따라왔다.

라이와의 거리가 어느 정도 가까워지자 대장은 슬쩍 뒤를 돌아보며 샘을 향해 말했다.

"비 때문에 놈들의 흔적을 찾기 힘들지도 모른다고 생각했었는데 정말 다행이야."

대장이 왜 이런 말을 하는지 금방 눈치챈 샘은 비릿한 미소를 지으며 맞장구를 쳤다.

"흐흐, 녀석들은 우리가 자신들을 추적하고 있다는 걸 상상조차 하지 못하고 있는 듯합니다. 그러니 이렇게 대놓고 흔적을 남기는 게 아니겠습니까. 그렇지 않았다면 이번 비로 흔적이 지워져 추적하기 정말 힘들었을 겁니다."

능청스런 샘의 대답에 피식 웃은 대장은 이번에는 라이를 바라보며 입을 열었다.

"이게 다 저 녀석 덕분이지. 라이가 아니었다면 놈들의 계략에 빠져 아직까지도 동굴 속을 뒤지며 헛수고를 하고 있었을 가능성이 크니까 말이야."

소금에 절인 돼지고기를 빗물에 씻어서 꼬챙이에 꿰어 불에 굽고 있던 라이. 그는 대장의 말에 환한 미소를 지었다.

그도 두 사람이 빗속에서 꽤 오랜 시간 쑥덕거리고 있던 게 신경이 쓰이지 않을 수가 없었다. 지금 얘기를 듣고 보니 도망자들을 어떻게 추적할 것인지에 대해 상의하고 있었던 모양이다. 그런데 갑자기 자신을 칭찬하는 말이 대장의 입에서 튀어나올 줄이야.

일행의 리더인 대장에게 공로를 인정받았다는 것은 그만큼 살 수 있는 가능성이 커졌다는 말과 같았으니까. 당연히 기분이 좋아진 라이는 대장과 샘이 가까이 다가오자 흥겨운 목소리로 말했다.

"조금만 기다리시면 드실 수 있을 겁니다."

"이거 기다리기 힘들 만큼 배가 고픈걸. 참, 수녀님."

그 순간 라이로서는 예상치도 못한 일이 벌어졌다. 자신의 등 뒤를 지나 수녀에게로 가는 듯하던 대장이 갑자기 그의 뒷통수를 검집으로 거칠게 후려쳤던 것이다.

"컥!"

한방에 정신을 잃은 라이가 푹 쓰러지자 깜짝 놀란 수녀가 비명을 질러댔다.

"꺄아아악! 가, 갑자기 왜 이러시는 거예옷!"

얼마나 놀랐는지 얼굴이 새하얗게 질린 수녀가 겁에 질려 부들부들 떨고 있자 샘은 왈칵 짜증이 치밀어 올랐다.

'젠장, 엄청나게 오버하네. 지금껏 여러 수녀들과 다녀봤지만 저 년만큼 호들갑 떠는 계집은 보다보다 처음이야. 만약 목이라도 잘랐으면 오줌을 질질 싸며 난리가 아니었겠군.'

하지만 샘과 달리 수녀에게 은근히 마음이 있던 대장의 반응은 달랐다. 대장은 한숨을 내쉬며 씁쓸한 미소를 지었다. 뭐라고 말해야 이 상황을 수녀에게 납득시킬 수 있을지 난감했던 것이다.

"너무 놀라지 마십시오, 수녀님. 제가 이런 건 다 이유가 있어서입니다."

"이, 이유라니요?"

뭐라 말해야 할지 고민스러웠던 대장의 얼굴이 조금씩 어둡게 변해 갔다. 자신들이 다른 나라로 망명을 하러 가는 길이라는 말에 수녀가 어떤 반응을 보일지 두려웠던 것이다.

이제 반역자로 쫓기는 삶을 살게 될지도 모를 자신들인데 과연 흔쾌히 함께 가 줄까? 어쩌면 자신의 욕심 때문에 애꿎은 수녀까지 피해를 입을지도 모르는 일이다. 아무리 생각해도 언젠가는 반드시 해 줘야 할 이야기였다. 그렇기에 대장은 차라리 지금 수녀에게 어느 정도까지는 말해 주는 게 낫겠다는 판단을 했다.

"수녀님, 지금부터 제 말을 잘 들어 주시기 바랍니다. 제가 라이를 기절시킨 건 놈이 감찰부의 첩보원이기 때문입니다."

생각지도 못했던 말을 들어서인지 소피아 수녀의 얼굴에 혼란스러움이 가득했다.

"가, 감찰부라면…, 왕실에서 일하는 사람이란 말인가요?"

"그렇습니다."

"마, 말도 안돼. 라이는 제게 분명 노예병이었는데 겨우 도망쳤다고 말했었는데요?"

대장은 쓴웃음을 지으며 고개를 흔들었다. 산전수전 다 겪은 자신까지 감쪽같이 속았는데 저 순진한 수녀가 영악한 라이를 의심하기는 힘들었을 테니까 말이다.

"그건 모두 새빨간 거짓말이죠. 라이는 레인저 교육을 받은 감찰부의 첩보원이 확실합니다."

하지만 그래도 수녀의 두 눈에는 이해할 수 없다는 빛이 역력했다.

"도대체 뭐가 뭔지 아무 것도 모르겠어요. 라이가 감찰부 첩보원이라는 것도 믿기지 않고, 만약 그 말이 맞다면 두 분과는 같은 왕실 소속 아닌가요? 부서는 말씀하지 않으셨지만, 트리스티 일행을 추적하고 계신 걸로 보아 법무부에서 일하시는 분들이실 거라고 짐작하고 있었는데……."

지방영주가 사병을 키워 치안유지를 하고 있기에 굳이 중앙에서 범죄자들을 처리해 주지는 않는다. 그렇기에 법무부에서 하는 일은 재판관을 파견하여 각 영지를 돌며 순회재판을 열어 억울하게 잡혀 감옥에 들어가 있는 자들을 구제해 줬다. 물론, 그들이 도착하기 전에 형이 집행되어 버렸다면 어쩔 수가 없는 것이고…….

하지만 법무부에서 사건에 직접적으로 관여하는 경우도 간혹 있었다. 모반과 같이 국가 안보와 관련된 일이거나, 왕이 직접 조사하라고 명령을 내린 경우에는 조사관을 급파하여 증거를 수집하고 죄인들을 잡아들였다. 그렇기에 수녀는 두 사람이 법무부에서 파견 나온 게 아니냐는 말을 하고 있는 것이다.

대장은 잠시 고민을 하는 듯하더니 힘들게 입을 열었다.

"사실 우리도 저놈과 같은 감찰부 소속입니다."

소피아 수녀는 도저히 이해할 수 없다는 듯 두 눈을 동그랗게 뜨며 급히 반문했다.

"예에? 같은 소속이시라구요? 그런데 왜……?"

"수녀님께 이런 말씀 드려도 될지 모르겠지만……. 사실, 우리는 이 왕국을 떠나 다른 왕국으로 망명을 하려고 합니다. 그렇기에 우리를 감시하고 있는 이 녀석을 그냥 놔둘 수가 없는 거죠."

대장의 말에 뭘 느꼈는지 안색이 새파랗게 질린 소피아 수녀는 목이 메이는 듯 어색한 음성으로 급히 물었다.

"설마, 라이를 죽이실…, 건가요?"

그러면서 쓰러져 있는 라이를 눈물어린 시선으로 바라보는 소피아 수녀. 어찌되었건 지금까지 생사를 같이 했던 동료였던 만큼 걱정이 되는 것이리라. 대장은 다시금 씁쓸한 미소를 지으며 대답했다.

"아직 결정하지는 못했습니다. 일단 이 녀석이 감찰부에서 나온 게 맞는지 확인부터 해야겠죠. 수녀님은 여기서 편히 앉아 쉬고 계십시오."

그 말을 끝으로 대장은 뒤에서 대기하고 있던 샘에게 명령을 내렸다.

"샘, 이놈을 밖으로 데리고 가 첩보원인지 아닌지 확인을 해 보도록."

수녀의 안색은 새파랗게 질려 버렸다. 라이가 극심한 고문에 시달리다 결국 처참한 죽음을 당할 거라고 생각한 것이리라.

"저, 대, 대장님. 잠시만요. 잠깐……."

"예? 왜 그러십니까?"

수녀는 곤혹스런 표정으로 배를 살살 만지며 작은 소리로 말했다.

"긴장을 했더니 배가……."

대장은 곧바로 수녀가 생리현상 때문에 힘들어 한다는 걸 눈치챘다.

"아, 그럼 천천히 다녀오십시오. 저희는 여기서 기다리고 있겠습니다."

소피아 수녀는 가볍게 고개를 숙여 감사함을 표한 뒤 비가 쏟아지고 있는 숲 쪽으로 발길을 옮겼다. 그런데 처음에는 천천히 걸어가는 듯싶던 수녀가 갑자기 속도를 올려 전속력으로 숲 속을 향해 내달리는 게 아닌가.

착잡한 표정으로 수녀의 뒷모습을 바라보고 있던 대장은 이런 수녀의 변화에 그저 멍하니 있었지만, 샘은 기민하게 반응했다. 뭔가 이상하다는 걸 느끼자마자 주저하지 않고 화살을 뽑아 수녀를 향해 연거푸 쏴댔다.

슉, 슉, 슈슉.

놀라운 속사 실력이었다! 꼬리에 꼬리를 물고 날아간 화살들 중에서 한두 발 정도가 수녀의 몸을 꿰뚫은 듯 보였다. 하지만 수녀는 잠시 몸을 비틀거리는가 싶더니 더욱 빨리 가속하며 순식간에 숲 속으로 모습을 감춰 버렸다.

그 짧은 순간에 50여 미터가 넘는 거리를 도망친 것만 해도 놀라운데, 신성마법을 사용하여 화살까지 막아내다니. 그것만 봐도 소피아 수녀의 능력이 어떠한지 짐작할 수 있으리라. 결국 지금까지 그녀가 보여줬던 어리버리했던 모습이 모두 연극이었음을 단적으로 드러내는 움직임이었다.

자신의 화살 공격을 피한 수녀가 숲 속으로 모습을 감추자 샘은 분통을 터트리듯 소리쳤다.

"이런 젠장할! 저년이었을 줄이야!"

소피아 수녀는 처음에는 은근슬쩍 달라붙어 이들의 행동과 위치를 상부에 보고할 생각이었다. 하지만 라이를 죽이지 않고 심문하겠다는 말에 생각을 바꿔 도주를 감행했다. 라이를 고문하다 보면 결국 자신이 첩자라는 것이 들통날 게 뻔했으니까.

이를 으드득 갈던 샘은 장비를 챙겨들며 대장에게 말했다.

"뒤쫓아 가서 저 잡년을 해치우고 오겠습니다."

그때까지 소피아 수녀가 사라진 곳을 망연히 바라보며 서있던 대장은 샘의 말에 흠칫 정신을 차렸다.

"뭐…, 뭐라고?"

"뒤쫓아 가서 해치우고 오겠다구요."

수녀가 제아무리 첩자 교육을 받았다고 해도 숲 속에서는 레인저인 샘의 손바닥 안이었다. 가녀린 소피아 수녀가 샘이 쏜 화살에 맞아 숲속에 시체가 되어 뒹굴게 될 것을 생각하면 대장은 샘을 보낼 수가 없었다.

"이렇게 폭우가 내리는데 뒤쫓아 가겠다는 건가? 게다가 조금 있으면 완전히 어두워질 텐데……."

"겨우 수녀 나부랭이를 쫓는 일인데 큰 문제없습니다. 늦어도 내일 새벽까지는 처리하고 돌아오겠습니다."

대장은 한숨을 푹 내쉬며 처연한 음색으로 대꾸했다. 말을 하는 대장의 얼굴은 한순간 10년은 늙어 버린 듯 추레하게 변해 있었다.

"그냥 놔두게."

"예? 설마, 저년을 이대로 살려 주자는 말씀이십니까?"

대장은 고개를 설레설레 흔들며 중얼거렸다. 그의 목소리에는 짙은 회한이 담겨 있었다.

"그녀에게 무슨 죄가 있겠나. 이따위 조직에 몸담고 있는 가없은 여인일 뿐일세."

샘은 답답하다는 듯 활로 숲속을 가리키며 대장에게 거칠게 소리쳤다.

"죄가 있고 없고가 문제가 아니지 않습니까! 우리가 어디로 갈지 저년이 훤히 다 알고 있다는 게 문제란 말입니다. 만약 저년이 상부에 보고라도 하는 날에는……."

"보고를 한다 해도 별 상관은 없을 거야."

"예? 그게 무슨……."

"상부에서 우리가 배신한 걸 알았다고 해도 어쩔 수가 없을 거라는 말이지. 우리를 잡겠다고 청소부를 보내기에는 너무 늦었거든. 국경이 바로 코앞이지 않은가."

"하지만 마법사를 통해 공간이동 시키면 순식간이잖습니까."

"자네가 잠시 잊어버리고 있나 본데, 왕도에서 이곳까지 공간이동한다는 게 그리 쉬운 게 아닐세."

알카사스 전역에 공간이동 마법을 방해하는 역장이 거미줄처럼 쳐져 있는 이유는 제2차 제국전쟁과 마도전쟁으로까지 거슬러 올라간다.

대륙이 뒤흔들릴 만큼 거대한 전쟁들을 겪으면서 알카사스는 기사단 전력에 있어 코린트나 크라레스의 상대가 안 된다는 것을 처절하게 깨달았다. 과거 코린트가 크라레스를 박살냈을 때 써먹었던 공간이동을 활용한 기습공격이라는 전술을 자신들이 당한다면 일격에 나라가 멸망당하는 사태까지 벌어질 수 있었다. 그만큼 두 국가의 기사단 전력은 차원을 달리할 정도로 막강했던 것이다.

알카사스에서는 이에 대한 대비책을 마법에서 찾아냈다. 드래곤들이 사막지역에 역장을 쳐서 인간들이 공간이동을 할 수 없도록 만들어 놨듯, 그들도 그와 유사한 시설들을 왕국 곳곳에 만들어 놓은 것이다.

물론 마법의 종주라 불리는 드래곤들이야 아무런 영향도 받지 않고 공간이동을 하겠지만, 실력이 떨어지는 인간 마법사들은 공간이동 중에 아차 하면 역장에 휘말려 엉뚱한 곳으로 공간이동을 하게 되는 것이다. 운 좋게 생명을 건지는 사람도 간혹 있긴 했지만, 대부분은 땅속으로 공간이동을 해 시체조차 건지지 못하게 되었다.

"하지만 본부에서 마법사 길드에 연락해 잠시만 역장 방출을 멈추어 달라고 요청할 수도 있지 않습니까?"

지금껏 수십 년 동안 자신의 말에 이렇게까지 반박을 하는 샘의 모습을 본 적이 없었지만 대장은 그 심정을 충분히 이해할 수 있었다. 이러다 싸늘한 시체가 되어 산맥에 파묻히기 싫은 것이리라. 아니, 단칼에 죽으면 차라리 낫다. 자칫 사로잡히기라도 하면 끊임없는 고문에 시달리다 생을 마감할 게 뻔했다.

"샘, 날 믿게. 왕국 최고의 방어무기라고 할 수 있는 역장 방출을 멈추려면, 제아무리 감찰부라고 해도 마법사 길드가 납득할 수 있는 타당한 이유를 대야 하지. 그런데 그 이유를 뭐라고 꾸며대지? 그러다 자칫 조직 내에 배신자가 나왔다는 걸 길드가 눈치채기라도 하면 오히려 혹을 떼려다 혹을 더 붙이는 꼴이 되는데 말이야. 그렇기에 차라리 우리들에 대한 암살을 은밀히 의뢰하면 했지, 그런 무모한 짓은 절대로 못할 거야."

공간이동을 할 수 없다면 감찰부의 킬러들이 여기까지 오는 데 굉장히 많은 시간이 소모되리라. 그리고 그들이 도착할 즈음에는 자신들은 이미 국경을 넘어 멀리 사라진 뒤일 터였다. 그렇기에 샘은 마지못한 척 활을 내려놓았다.

"쩝…, 대장이 그렇게까지 말씀하신다면야……."

사실, 이렇게 비바람이 몰아치는 악조건 속에서 수녀를 추격하여 죽인다는 게 레인저인 샘으로서도 결코 쉬운 일은 아니었다. 게다가 문제만 없다면 대장의 심기를 거스르고 싶지 않았기에 고개를 끄덕인 것이다.

허탈한 표정으로 고개를 돌리던 샘의 시야에 아직까지도 바닥에 쓰러져 기절해 있는 라이의 모습이 들어왔다. 그는 라이를 가리키며 퉁명스럽게 물었다.

"이 녀석은 어떻게 할까요? 이대로 목을 따버릴까요?"

"그냥 놔둬. 감찰부에서 첩보원을 두 명씩이나 투입했겠나? 가뜩이나 인력도 모자랄 텐데……."

"그건 그렇긴 합니다만, 구태여 저 녀석을 데리고 갈 필요는 없잖습니까? 이번 기회에 깔끔하게 정리를 하는 게……."

잠시 처연한 눈빛으로 소피아 수녀가 도망간 숲속을 바라보던 대장은 한숨을 길게 내쉬며 고개를 흔들었다. 그런데 얼굴 표정과는 달리 그의 목소리는 어느 샌가 차분하게 가라앉아 있었다.

"휴우, 아냐. 그냥 놔두는 게 좋겠네. 트리스티 패거리도 3명, 우리도 3명. 혹시라도 청소부들이 우리 뒤를 쫓아온다면 혼란을 주기에 딱 좋지 않겠나?"

"아, 그거 좋은 생각이네요. 없애는 거야 국경을 넘어간 뒤에 해도 언제든 할 수 있으니 말입니다."

한동안은 동료인 척 이용해 먹어야 했기에, 샘은 쓰러져 있는 라이를 발로 대충 밀어 비교적 물기가 적은 곳으로 옮겼다. 그리고 모닥불가로 가서 라이가 굽던 돼지고기를 집어 들고 다시 굽기 시작했다. 하지만 생각할수록 열이 받는지 고기를 굽는 샘의 입에서 연신 욕지거리가 튀어나왔다.

"망할 년! 어쩐지 수상쩍더라. 동료들이 다 죽었다는데도 불구하고 놀(Gnoll)이 득실거리는 동굴 근처에서 얼쩡거리고 있을 때 눈치챘어야 했는데……."

그 말에 대장의 얼굴에 착잡한 미소가 떠올랐다.

"허허, 지금 와서 그런 말 해 봤자 뭐하겠나?"

"그년한테 그렇게까지 감쪽같이 속은 게 너무 화나고 분통이 터져서 그럽니다."

초보티를 내는 것만으로도 모자라 사랑에 빠진 듯 미인계까지 쓸 줄이야. 그토록 아름다운 여인이 꼬리를 살랑살랑 쳐대니 대장 같은 목석까지도 홀랑 넘어간 것이리라. 청소부 노릇을 하며 산전수전 다 겪어 본 대장이었지만, 설마 그녀의 그런 행동이 계산된 것일 거라고까지는 생각하지 못한 모양이다.

왜냐하면 상대는 신을 받드는 사제였으니까. 그것도 순진하기 짝이 없는…….

이때, 라이가 부시시 몸을 일으키는 게 보였다.

"아이고, 뒷골이야……."

라이는 인상을 팍 찡그리며 뒤통수 쪽을 문지르다 이상하다는 듯 중얼거렸다.

"뭔가가 내 뒤통수를 친 것 같은데……?"

샘은 손가락으로 위쪽을 가리키며 능청스럽게 이죽거렸다.

"절벽 위쪽에서 돌덩이가 떨어졌다. 그나마 뒤통수에 혹 하나 생긴 걸로 끝난 것을 대지의 여신께 감사해라. 만약 돌덩이가 조금만 더 컸더라면 네 대갈통이 박살났을 테니까."

"허걱!"

깜짝 놀란 라이는 허둥지둥 투구를 꺼내 머리에 덮어썼다. 그리고는 절벽 위쪽을 바라봤다. 하지만 억수처럼 쏟아지는 빗물 탓에 위쪽을 관찰한다는 것은 불가능한 일이었다.

"배고플 텐데 멍청하게 있지 말고 이거나 먹어."

샘이 건네주는 구운 돼지고기를 받던 라이가 뭔가 이상하다는 듯 주위를 둘러보며 물었다.

"근데 수녀님은 어디 가셨어요?"

"몰라. 배가 아프다며 밖으로 튀어나가셨는데……."

"저 빗속으로요?"

라이가 어이가 없다는 듯 되묻자 샘은 콧방귀를 뀌며 퉁명스럽게 대꾸했다.

"그럼 우리들 눈요기하라고 여기서 허연 엉덩이를 드러내고 싸시겠냐?"

그것도 그렇기에 라이는 돼지고기를 입에 집어넣고 우물거렸다. 불에 구워서인지 부드럽게 씹히는 식감과 함께 구수한 고깃국물이 입안에 가득 퍼지기 시작했다.

돼지고기 육포만으로는 배가 차지 않을 것 같아 뭐 먹을 게 있나 배낭을 뒤지려 할 때였다.

그때까지 비오는 숲쪽을 침울한 표정으로 바라보며 묵묵히 앉아 있던 대장이 갑자기 라이를 향해 입을 열었다.

"어차피 곧 알게 될 테니 솔직하게 말해 주는 게 좋겠지. 라이, 네가 알아 둬야 할 게 있다."

대장은 담담한 어조로 얘기를 꺼냈다.

"사실…, 우리는 감찰부 소속 사람들이다. 왕실 직속이지."

감찰부라는 데가 뭐하는 곳인지 전혀 알지 못했던 라이였기에 시큰둥하게 대꾸했다.

"왕실에서 일하고 계신다는 건 이미 알고 있었는데요."

감찰부라는 말까지 해 줬는데도 불구하고 전혀 예상했던 반응이 나오지 않자 대장의 안색이 살짝 일그러졌다.

"너, 감찰부가 뭐하는 곳인지 제대로 알고 그런 소리를 하는 거냐?"

당연히 모르는 라이였기에 머리를 벅벅 긁으며 중얼거렸다.

"글쎄요, 잘……."

"하기야, 모를 수도 있지. 무식한 용병에게 뭘 바라겠냐."

대장은 한숨을 푹 내쉰 후 감찰부가 하는 일이 뭔지 간단히 설명했다. 강대한 권력을 지닌 기관이나 개인에 대한 감시나 감독을 하는 게 감찰부에서 하는 일이라고. 그야말로 나는 새도 떨어뜨릴 정도의 권력을 지닌 기관이 바로 감찰부였던 것이다.

"우와, 정말 대단한 분이셨군요."

말 몇 마디 했을 뿐인데도 두 눈 가득 존경심을 듬뿍 담아 자신을 바라보는 라이의 눈빛에 대장은 씁쓸한 미소를 감추기가 힘들었다. 저런 촌무지렁이 따위를 첩자라고 오핀했다니. 정말 은퇴할 때가 되었다고 대장은 생각했다.

"네가 생각하는 것만큼 그리 대단할 것도 없다. 어차피 우리들은 상부의 지시대로 움직이는 꼭두각시일 뿐이었으니까 말이야."

"꼬, 꼭두각시요?"

"그래, 그 표현 그대로지. 상부에서 시키는 일이 정말 옳은 것인지, 아니면 권력자와 야합을 한 결과인지 알지도 못한 채 그저 시키는 대로만 해야 하는 꼭두각시 말이야. 사실, 지금 우리가 쫓고 있는 트리스티 백작가의 경우도 정말 반역을 꾸민 게 맞는지조차 전혀 모르거든."

"그, 그럴 수가……."

어이없어 하는 라이의 표정에 대장은 허탈한 미소를 지으며 계속 말을 이었다.

"사실, 상관의 명령에 무조건 복종해야만 하는 행동대원이 이런 생각을 하고 있다는 것조차 웃기는 노릇이지. 행동대원은 그저 상관이 시킨 대로만 행할 뿐, 다른 건 생각조차 하지 말라고 배웠으니까. 하기야, 다른 생각을 할 만한 정보조차 주어지지 않긴 하지만 말이야."

그때 옆에서 잠자코 듣고 있던 샘이 슬쩍 끼어들었다. 그는 라이가 이해하기 쉽게 예를 들어가며 말했다.

"우리와 같은 하급 대원들은 트리스티 백작가의 잔당들을 잡으라는 명령이 떨어지면 그들이 지금 어디에 있는지, 또는 어디로 도주하고 있는지 그 경로만 알면 그것으로 충분해. 그들이 무슨 죄를 저질렀는지까지 알고 있어야 할 필요는 없단 소리지. 그건 우리보다 높은 직급의 상관들의 몫이거든. 안 그래?"

"그, 그건 그렇죠."

알아듣기는 한 것인지 라이가 어색한 표정으로 고개를 주억

거리자 대장은 피식 웃으며 입을 열었다. 그런 그의 음성은 착잡함으로 가득 물들어 있었다.

"내가 지금껏 적지 않은 세월동안 감찰부에서 일해 왔지만, 첩보원과 직접 접촉한 것은 이번이 처음이었다. 우리는 윗쪽에서 내린 지시대로 행동할 뿐이지, 첩보원에게서 직접 정보를 들을 수는 없거든."

"처, 첩보원이요?"

라이가 자신의 말을 이해하지 못하는 듯하자 대장은 부연 설명을 해줬다.

"흠, 감찰부에는 여러 부서가 있는데 그 중에는 각지에서 정보를 취합하여 보고하는 첩보원과 우리처럼 죄인을 추적하여 체포하거나 그게 여의치 않으면 없애 버리는 일을 하는 청소부가 있지."

맡은 임무만 다를 뿐, 이러니저러니 해도 어차피 같은 감찰부 소속인데 왜 그렇게까지 첩보원에 대해 예민하게 반응하는 건지 라이는 도저히 이해할 수 없었다. 그런 라이의 모습에 대장은 또다시 쓸쓸한 미소를 지으며 말을 이었다.

"그래. 그런 첩보원을 너도 만났었지. 바로 소피아 수녀 말이야. 사실 그녀가 트리스티 패거리의 움직임을 감시해서 상부에 보고하고 있었던 첩보원이었거든."

대장의 말에 라이는 순간 망치로 머리통을 한대 맞은 것처럼 경악을 금할 수 없었다. 좋게 말하면 순진한 거고, 나쁘게 말하면 멍청한 수녀가 감찰부 첩보원이었을 줄이야.

"노, 농담이시죠?"

"믿기 힘든 모양인데 나도 얼마 전에야 겨우 알았지. 그만큼 아주 교활한 계집이야. 순진한 척 시간을 끌면서 우리가 도착할 때까지 기다리고 있었던 것이나, 얼토당토않은 이유를 대면서 우리와 합류한 것이나……."

그 말에 라이는 다급히 의문을 토해냈다.

"잠깐만요. 대장님 말씀을 의심하는 건 아니지만 좀 이상하잖아요. 소피아 수녀님이 트리스티 패거리의 정보를 캐내기 위해 거기에 잠입해 계셨던 거라면, 그들과 떨어져 나온 것으로 임무는 종료된 거잖아요. 그런데 왜 굳이 대장님과 함께 여기까지……?"

"네 말이 맞다. 그녀는 우리에게 직접 정보를 줄 수 없어. 그리고 추적이라면 그녀보다는 샘 쪽이 훨씬 뛰어나지. 그런데도 굳이 우리와 합류하는 길을 택했다면 그 이유가 뭐겠냐?"

아무리 생각해도 이유를 떠올리기 힘들자 라이는 고개를 갸웃거렸다.

"글쎄요……."

그러자 옆에 있던 샘이 퉁명스러운 목소리로 소리쳤다.

"그것도 몰라? 우리를 감시하기 위해서일 게 뻔하잖아. 아마 위쪽에서 지시를 받은 것이겠지."

샘의 생뚱맞은 말에 라이는 더욱 이해하기 힘들었다.

"감시라고요? 대장님도 감찰부라면서요. 그런데 왜 같은 식구를 감시한다는 겁니까?"

라이의 질문에 씁쓸한 미소를 짓던 대장은 잠깐 입술을 질끈 깨문 뒤 씹어뱉듯 말을 토해냈다.

"난 은퇴할 때가 다 된 몸이야. 그리고 샘도 그건 마찬가지지. 너에게 이런 말까지 하고 싶지는 않았다만…, 감찰부에서 나 같은 청소부를 그대로 은퇴시켜 줄 거라고 생각하나?"

"당연히 그래야죠. 그동안 열심히 충성을 다하신 거에 대한 대가이지 않습니까?"

"그래, 네 말대로 몇십 년을 충성을 다해 일을 했지. 그런데 우리 알카사스는 다른 나라하고 다른 점이 하나 있단다. 그게 뭐냐 하면, 원로원의 힘이 너무 강하다는 거야. 거의 왕권에 필적할 정도지. 우리 신세가 이 모양 이 꼴이 된 것도 바로 그 때문이야."

"……."

라이의 상식으로는 도저히 이해할 수 없는 말이었다. 그랬기에 아무 말 없이 그저 대장만 쳐다보았다.

"방금 전에 네게 감찰부에서 하는 일이 뭔지 설명해 줬었지?"

"예."

"다른 나라들처럼 왕권이 막강하다면야 비리를 저지른 단체나 사람을 국왕이 징계하면 끝나는 일이야. 하지만 그늘이 국왕과 맞먹는 힘을 가진 원로원과 관계가 있다면? 그때는 감찰부에서 국왕에게 조사 결과를 보고해 봐야 아무런 소용이 없어. 그때는 어떻게 하느냐 하면…, 우리가 그것들을 비밀리에 처리해 버리는 거야, 이렇게."

그러면서 대장은 자신의 목을 손가락으로 휙 긋는 시늉을 해 보였다.

"그런데 그런 사실이 원로원의 귀에 들어가면 어떻게 될까?"

그 말은 라이도 충분히 이해할 수 있었다.

"원로원에서 알면 큰일나겠네요. 안 그래도 왕권하고 맞먹는 힘을 가졌다고 했으니……."

"네 말이 맞다. 증거만 있다만 그런 감찰부를 원로원에서 가만히 놔둘 리가 없지."

여기까지 말한 대장은 침중한 표정으로 중얼거리듯 물었다. 하지만 그건 라이에게 건넨 질문이라기보다는 현재 자신들이 처한 상황을 되씹어보려는 듯한 느낌이 더 강했다.

"이제 왜 감찰부에서 몇십 년 동안 충성을 다한 우리를 고이 은퇴시켜 주지 않고 죽이려고 하는지 이해를 하겠냐? 그리고 첩보원을 시켜 우리를 감시하게 했는지도 말이야."

그 말을 끝으로 대장과 샘은 아무 말 없이 모닥불을 멍하니 바라봤다. 한동안 무거운 침묵이 그들 사이를 짓눌렀다. 침중한 표정으로 불빛을 바라보던 대장은 힘겹게 다시 입을 열었다.

그것은 대장이 8년 전쯤에 하달된 임무를 수행하는 과정에서 생긴 일이었다.

당시 대장과 샘은 한적한 시골에서 농부로 위장한 채 암약하고 있는 적의 첩자를 처치하라는 지시를 받았다. 이전까지의 사냥감들처럼 순식간에 해치워 버렸다면 아무 일도 없었겠지만, 이번 사냥감은 좀 달랐다. 샘이 장거리에서 은밀하게 저격했음에도 불구하고 위기 감지능력이라도 있었던 것인지 기습을 했는데도 성공을 못하고 오히려 반격을 당한 것이다.

곧이어 치열한 전투가 벌어졌다. 자칫 샘이 그자의 손에 목숨을 잃을 위기까지 겪어야 할 만큼 농부로 위장한 중년사내의 실력은 뛰어났다. 이에 도주로를 차단하고 있던 대장까지 달려와 합류해서야 겨우 중년사내에게 치명적인 상처를 입힐 수 있었다.

마지막 명줄을 끊기 위해 다가간 대장에게 중년사내는 고통에 신음하면서도 안쓰럽다는 눈빛으로 쳐다보며 충격적인 말을 해줬다. 그건 그 중년사내가 적국의 첩자도 아니었고, 죄인이거나 반역자도 아닌, 대장과 똑같은 감찰부의 사냥개였다는 충격적인 사실이었다. 그것도 이제는 은퇴한……. 감찰부에서는 그가 알고 있는 비밀이 혹여 원로원파의 귀로 흘러들어갈까 우려하여 없애 버리려 한 것이다. 죽은 자는 아무 말도 할 수가 없는 법이니까.

엄밀하게 따지면 지금 대장이 수행하고 있는 임무는 정보부가 해야 할 일들이었다. 원래 감찰부는 감시하고 조사한 결과를 국왕에게 보고만 할 뿐, 그에 대한 처리를 할 권한은 지니고 있지 못했으니까.

그런데 알카사스의 왕실에서는 멀쩡한 정보부를 놔두고 왜 감찰부까지 킬러를 운용할 수 있도록 허용했을까? 그 이유는 막강한 힘을 지닌 원로원 때문이었다.

알카사스 마법사들의 대다수를 회원으로 거느리고 있는 마법사 길드를 그들이 장악하고 있는 한, 정보부에서 하는 일들은 모두 다 속속들이 원로원의 귀에 들어가고 있다고 봐야 했다. 그렇기에 왕실에서는 자신들이 은밀히 움직일 수 있는 정보단체가 필요했고, 그래서 만들어낸 해답이 감찰부의 보강이었던 것이다. 감찰부는 국왕 직속의 기관이었으니까.

대장의 설명을 듣고 난 라이는 놀라움을 감추기 힘들었다. 그리고 대장과 샘이 감찰부를 벗어나 타국으로의 망명을 원하고 있는 것도 충분히 이해가 되었다.

"샘도 나도 이제 슬슬 은퇴할 나이가 되어가지. 결국 임무를 수행하기 힘들어지면 8년 전 그 중년사내처럼 누군가의 손에 의해 싸늘한 시체가 될 걸세. 그런 사실을 뻔히 알면서도 죽음의 길로 달려갈 수는 없지 않겠나. 그래서 호시탐탐 기회를 노리고 있었지. 이번 임무는 우리 두 사람에게 있어서는 최고의 기회야. 반역자들을 추격한다는 핑계로 산맥을 뚫고 지나가다 몬스터들에게 죽임을 당한 것처럼 위장할 수도 있고, 잘만하면 국외로 도주할 수도 있으니까. 게다가 감찰부는 국내에서야 무소불위의 힘을 발휘하지만 타국에까지 그 영향력을 행사할 수는 없거든."

"그럼 국경만 넘으면 살 수 있다는 말입니까?"

그러자 옆에 앉아있던 샘이 침울한 표정으로 대답을 해줬다.

"젠장! 겨우 한숨 돌리는 정도지, 그걸로 안심할 수는 없다. 그동안 우리가 감찰부에서 행한 숱한 임무들 때문이라도 놈들이 우릴 가만 놔두겠냐? 당연히 우리의 흔적을 쫓아 암살자를 보내거나 뭔 수를 쓰겠지. 어쩌면 평생 쫓기며 살아야 할지도 몰라."

라이는 두 사람이 이런 얘기까지 왜 자신에게 해 주는 건지 도저히 이해할 수 없었다. 그러다 뭘 떠올렸는지 급격히 처연한 표정을 지으며 물었다.

"그런데 저한테 그런 걸 얘기해 주는 이유가 뭐죠? 이제 저를 죽이시려는 건가요?"

샘이 힐끗 대장을 쳐다봤지만 그는 그저 묵묵히 모닥불을 쳐다보고 있을 뿐이다.

"저는 한낱 도망노예라구요. 대장님과 샘이 어떤 생각을 갖고 있는지 감찰부에 고발할 수도, 할 생각도 없어요. 게다가 저 역시 용병대에서 보내올 추격자를 피해 타국으로 도망쳐야 할 판이라구요. 전 그저 부모님이 기다리고 계신 고향으로 돌아가고 싶단 말입니다."

라이의 울먹거리는 말투에 대장은 길게 한숨을 내쉬며 입을 열었다.

"휴우, 죽이지 않을 테니 너무 걱정하지 말거라. 단지 우리 사정이 이렇다는 걸 그저 말해 주고 싶었을 뿐이니까."

이때, 샘이 슬쩍 활을 움켜쥐고 자리에서 일어섰다. 이야기를 하던 중 추격자에 대한 말이 나온 뒤부터 그의 얼굴에는 초조해하는 기색이 역력했다.

"어느 정도 쉬었으니 슬슬 출발하시는 게 좋을 거 같습니다."

주위는 한치 앞도 분간하기 힘들 정도로 어두워져 있었다. 그리고 설상가상으로 비까지 좍좍 퍼붓고 있는 중이다. 대장은 밤하늘을 올려보다 중얼거리듯 말했다.

"지금 움직이기에는 너무 상황이 안 좋아. 차라리 푹 쉰 뒤 내일 아침에 움직이는 게……."

하지만 샘은 대장의 말을 받아들이지 않았다. 그는 불안한 표정으로 폭우가 쏟아지는 밤하늘을 손가락으로 가리키며 거칠게 반박했다.

"이러다 그 망할 년이 세브롱 요새로 달려가서 지원요청이라도 하면 어떻게 하시려고 그러시는 겁니까? 폭우를 뚫고 가려면 좀 힘들기는 하겠지만, 하루라도 빨리 산맥을 넘는 게 최선입니다."

알카사스는 크라레스 제국을 자극하지 않기 위해 몰몬트 산맥 주변에 대규모 군대를 주둔시키지는 않았다. 하지만 광활한 산맥에 대한 순찰은 필요했고, 그 필요에 의해 세브롱 요새에 1개 분대급의 기사단 분견대(分遣隊)를 주둔시켜 두고 있었다.

조급해 하는 샘의 심정을 다 안다는 듯 대장은 부드럽게 미소 지으며 대답했다.

"너무 걱정하지 말게. 세브롱 요새에 주둔하고 있는 기사단은 원로원파야. 수녀가 머리통에 망치라도 맞지 않고서야 거기에 찾아가서 도움을 청할 리가 없지."

"하지만 감찰부의 이름으로 협조를 요청한다면, 시시콜콜 이유를 말하지 않아도 그래듀에이트 한두 명 정도 지원받는 건 별로 어렵지 않을 거 아닙니까?"

이에 대장은 콧방귀를 뀌며 대꾸했다.

"흥, 자네는 기사단을 너무 쉽게 생각하는군. 비록 변방에 처박혀있는 기사단 분견대라고는 하지만 감찰부라는 이름에 덜덜 떨 만큼 나약한 곳이 아니야. 게다가 첩보원 주제에 제대로 된 감찰부 신분증을 몸에 지니고 있을 리도 없지 않겠나. 자신의 신분도 제대로 증명할 수 없는 수녀의 말 몇 마디에 그래듀에이트들이 움직일 거라고 생각하나? 오히려 감찰부를 사칭한 죄로 그녀를 지하감옥에 처넣어 버리겠지. 그런 상황에서는 감찰부에서도 어떻게 할 방법도 없을 테고 말이야."

"신분을 밝히지 않고, 그저 마법통신을 쓰게 해달라고 요청할 수도 있지 않습니까? 감찰부 쪽과 채널이 연결되기만 하면……."

처음에는 격정적으로 자신의 의견을 토로하기 시작했지만 뭘 느꼈는지 샘의 목소리는 점점 작아지기만 했다. 대장은 그런 샘의 모습을 바라보다 피식 웃더니 천천히 입을 열었다.

"그래, 자네 생각대로야. 그러다 자칫 우리들에 대한 정보가 원로원으로 넘어갈 수도 있다는 점이지. 그렇기에 그녀가 세브롱 요새로 가서 지원을 요청하거나, 마법통신을 하지는 못할 거라는 걸세."

샘도 그 말에는 고개를 끄덕이긴 했지만 그래도 아직까지 불안감이 가시지 않은 얼굴이었다. 그렇기에 대장은 침울한 표정으로 부연설명을 할 수밖에 없었다.

"만약 감찰부 소속인 우리들이 배신을 했다는 걸 알게 된다면 세브롱에 주둔하고 있는 기사들이 어떻게 반응할까? 아마 우리를 붙잡더라도 절대로 감찰부에 넘겨주진 않을 거야. 너무 반항이 심해서 사살할 수밖에 없었다고 둘러댄 뒤, 곧바로 원로원 쪽에 넘겨줄 테지.”

“아, 아무리 그래도 감찰부를 상대로 그런 거짓말을…….”

“그동안의 경험으로 미루어보아 우리가 감찰부 소속이라는 것을 알게 된다면, 그렇게 하고도 남을 거라는 데 내 목을 걸어도 좋네.”

은퇴한 킬러들을 감찰부에서 죽이는 이유가 뭐겠는가. 그들이 그동안 수행했던 숱한 임무들 중에는 차마 세상에 공표하기 힘든 추악한 비리들이 많았기 때문이다. 그런 감찰부의 비리, 아니 왕실의 비리가 왕권을 위협하고 있는 원로원의 귀에 들어가는 것만큼은 절대적으로 막아야 했다. 그런 감찰부였기에 두 사람을 잡는답시고 원로원파에 속해있는 세브롱의 기사단에 협조 요청을 할 리가 없는 것이다.

샘도 납득이 되는지 더 이상의 반론은 제기하지 않았다.

“나 같은 청소부도 이런 사실을 아는데 첩보 교육을 받은 수녀가 그걸 모를까. 그녀는 절대로 세브롱 요새로는 가지 않을 거야. 그러니 오늘은 마음 편히 푹 쉬고, 내일 날이 밝은 후에 출발하자고!”

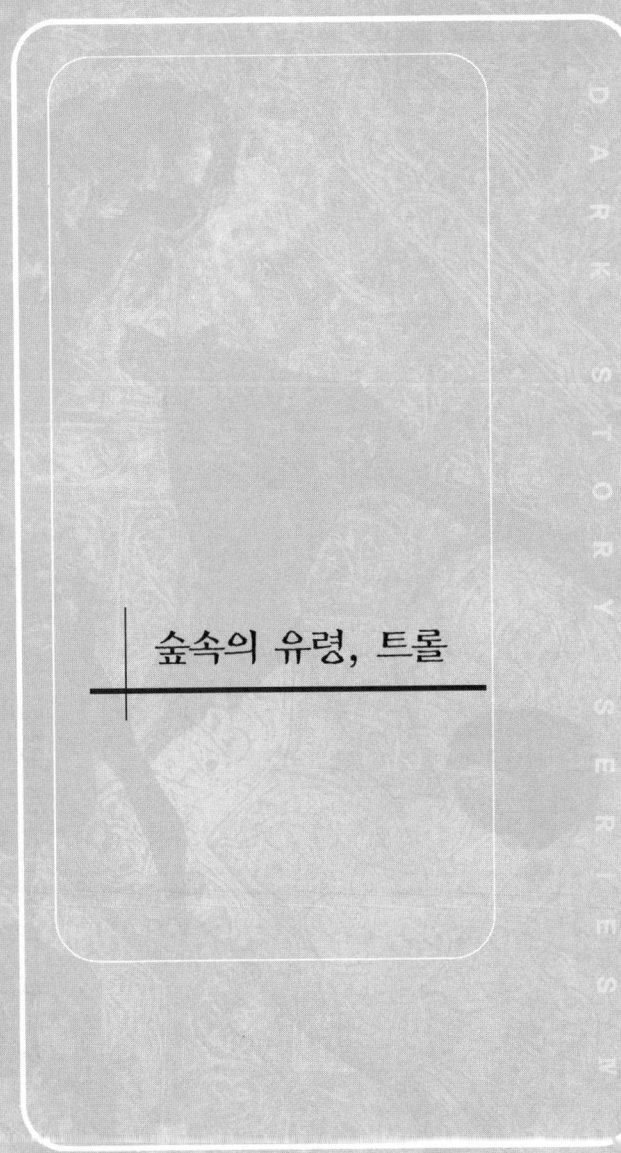

숲속의 유령, 트롤

33

몰몬트 산맥의 추격전

다음날 아침, 대장은 샘을 앞세워 올리버 트리스티 일행이 지나간 흔적을 뒤따르기 시작했다. 다행히 새벽녘에 비는 그쳤지만, 길은 한발자국도 떼기 힘들 만큼 질척거렸다. 게다가 자칫 몸의 균형을 잃기라도 하면 흙탕물에 나뒹굴 만큼 엄청 미끄러웠다. 그렇다보니 평소보다 이동속도가 떨어질 수밖에 없었다.

늦은 오후쯤 되었을 때 흔적을 살피며 맨 앞에서 걸어가던 샘의 발길이 우뚝 멈췄다. 그는 땅바닥을 가리키며 심각한 표정으로 말했다.

"트롤입니다."

샘의 말에 라이는 온몸에 소름이 쫙 끼치는 걸 느꼈다. 트롤의 무서움을 직접 경험했었기 때문이다. 라이는 자신도 모르게 샘이 가리킨 곳을 향해 시선을 돌렸다. 그리고 볼 수 있었다. 아주 커다란 발자국들을. 비가 온 다음이라 땅바닥이 물렁했기에 발자국이 아주 선명하게 찍혀 있었다.

하지만 심각한 표정의 샘과 달리 대장은 심드렁한 표정으로 대꾸했다.

"이런 깊은 산맥이라면 트롤 몇 마리쯤 사는 게 당연한 건데,

왜 그렇게 호들갑이야?"

"그게 아니라 발자국 방향이 문제죠. 아무래도 놈들을 뒤따르고 있는 것 같습니다."

잠시 발자국을 살펴보던 대장은 미간을 찡그리며 물었다.

"우연히 방향이 겹친 게 아닐까? 놈들과는 아직 3일 정도의 거리차가 있다고 했었잖아."

"트롤의 능력을 너무 얕잡아 보시는 거 아닙니까?"

트롤이 마음만 먹으면 그 정도 거리쯤은 하룻저녁이라도 주파가 가능했다.

"겨우 세 명입니다. 무장을 하고 있다고는 하지만, 트롤이 그런 것쯤 신경이나 쓰겠습니까. 이게 웬 떡이냐 하며 군침을 흘리면서 쫓아가고 있는 거겠죠."

샘의 말에 대장은 떨떠름한 표정으로 중얼거렸다.

"젠장. 길안내 좀 편하게 받는가 싶었더니……."

대장과 샘은 상부로부터 올리버 트리스티 일행을 처리하라는 급작스런 명령을 받고 이리로 달려왔다. 그러니 제대로 된 준비가 되어 있을 리가 없었다. 상부에서는 소피아 수녀라는 첩자가 있었기에, 수월하게 임무를 처리할 수 있을 거라고 생각하고 지도 따위의 부가적인 자료들을 지원해 주지 않았던 것이다.

물론 어느 쪽으로 도망치고 있다는 것쯤은 이미 알고 있기에 올리버 트리스티 일행이 트롤에 의해 전멸당한다고 해서 산맥을 넘지 못한다는 것은 아니다. 하지만 제대로 된 길을 모르는 만큼, 고생을 몇 갑절은 더 해야 하리라.

"어떻게 하시겠습니까?"

"시간 여유는?"

"그다지 많지 없습니다. 숲의 유령이라 불리듯, 숲속에서 트롤의 이동속도는 경이적일 정도니까요. 어쩌면 오늘 밤에 놈들을 덮칠지도 모르죠."

"허, 참. 그렇다고 트롤의 이동 속도를 우리가 따라잡는다는 건 아예 불가능할 테니, 이거 난감하군."

어찌해야 할지 고민을 하고 있는 대장에게 샘은 별것 아니라는 듯 말했다.

"뭘 그렇게 어렵게 고민하십니까?"

"좋은 방법이라도 있어?"

"다리 아프게 우리가 왜 쫓아갑니까? 차라리 놈을 우리 쪽으로 끌어들이면 되죠."

라이가 그게 무슨 소린지 어리둥절해 하고 있을 때 대장은 금방 이해를 했는지 음흉한 미소를 지으며 갑자기 허공을 향해 악을 쓰기 시작했다.

"야이, 빌어 처먹을 트롤 새끼야! 이거나 먹어랏!!"

대장이 내지른 웅혼한 외침은 메아리를 남기며 멀리멀리 퍼져나갔다. 대상이 갑사기 허공을 향해 감자바위를 먹이며 괴성을 지르자마자 라이는 기겁해서 소리쳤다.

"이, 이게 무슨 짓입니까? 트롤이 가까이에 있다는데 소리를 지르시다니……."

대장은 패닉상태에 빠져있는 라이의 표정을 재미있다는 듯 바라보며 대답했다.

"뭐가 어때서, 어차피 놈이 들으라고 그런 건데."

"미쳤어. 미쳤어……."

얼굴에 핏기를 잃고 허둥거리고 있는 라이를 대장은 흥미롭다는 듯 바라봤다. 대장은 확신했다. 녀석은 어딘가에서 트롤을 만나 아주 뜨거운 맛을 본 경험이 있다는 것을.

'정말 특이한 놈이야. 어린 나이임에도 불구하고 우리가 상상하지 못한 많은 경험을 한 것 같거든. 그러기도 쉬운 게 아닌데 말이지.'

대장은 당황해 하는 라이에게 자신이 왜 이런 행동을 했는지 일부러 말해 주지 않았다. 라이가 어떤 반응을 보일지 궁금했으니까.

"네 표정을 보니 트롤에게 뜨거운 맛을 봤던 적이 있는 모양이구나?"

"뭐…, 개고생을 한 적이 있긴 있었죠."

"그때 얘기 좀 해봐."

트롤이 올까 두려워 연신 주위를 두리번거리며 초조해 하는 라이와 달리 대장은 여유로운 표정으로 샘의 뒤를 따르며 라이의 이야기를 들었다. 그러다 보니 어느새 사방에 짙은 어둠이 깔리며 해가 지기 시작했다.

앞서 가던 샘이 나무가 몇 그루 없는 평탄한 곳을 발견하자 뒤를 돌아보며 말했다.

"오늘은 여기에서 야숙을 하는 게 좋을 것 같습니다."

두근, 두근, 두근…….

해질 무렵부터 가슴이 두근거리기 시작하는 게 도저히 진정이 되질 않는다. 대장이 질러댄 고성을 트롤이 못 들었을 리 없다고 라이는 판단했다. 그렇다면 놈은 반드시 이리로 올 거다. 그것도 오늘 밤에!

라이는 슬그머니 모닥불 주위의 나무들을 올려다봤다.

'나무 위로 올라가서 자는 게 좋지 않을까?'

참기 힘들 정도로 매혹적인 생각이었지만, 라이는 애써 고개를 가로저었다. 아무래도 그건 정답이 아닌 것 같았다. 트롤이 얼마나 나무를 잘 타는지는 이미 경험을 통해 알고 있지 않은가. 오히려 모닥불 옆에 모두와 함께 있는 게 보다 안전하리라.

라이는 슬쩍 모닥불 쪽으로 시선을 돌렸다. 불 옆에 자리를 잡고 반쯤 드러누워 있는 대장의 모습이 보였다. 나른한 표정으로 입을 크게 벌리며 하품을 하고 있다. 트롤의 습격쯤은 신경조차 쓰지 않는다는 듯 천하태평이다.

'설마…, 트롤도 오크처럼 불을 겁내지 않는 건 아니겠지?'

이번에는 샘에게로 시선을 돌렸다. 반쯤 누워 있는 자세는 대장과 비슷했지만 한결 긴장감 어린 표정이다. 불빛을 바라보고 있는 눈빛이 매섭게 느껴진다. 언제나 느끼는 것이지만 인상만 봤을 때는 샘 쪽이 대장보다 훨씬 높은 사람처럼 보인다. 두툼한 눈썹, 사나워 보이는 매부리코, 덥수룩한 콧수염. 그리고 자신감 있어 보이는 표정까지도…….

그에 비해 대장은 마음씨 좋은 옆집 아저씨 같은 순한 인상이다. 돈을 빌려주고도 돈 달라는 소리를 못하고 쩔쩔매며 속만 태우고 있는 그런 순둥이. 어떤 때는 아주 무능력하게 보이기까지 했다. 그 탓에 라이는 처음에 그를 과소평가하는 잘못을 저질렀다. 하지만 함께 지내다 보니 생긴 것과 성격이나 능력이 전혀 상관이 없다는 것을 실감하고 있는 중이다. 저렇게 순하게 생긴 사람이 검술 실력도 좋았고, 두뇌 회전도 재빨랐다.

하지만 그렇다고 해서 안심이 된다는 말은 절대로 아니었다. 그의 첫 여행을 함께했었던 백작의 부하들도 나름 실력자들이었지만, 트롤 한 마리를 당해 내지 못해서 이리저리 쫓겨 다니지 않았던가.

'젠장, 피해 다녀도 시원찮을 판에 고함을 질러서 트롤을 불러들인다고?'

트롤이 얼마나 무서운지조차 모르고 있다니. 이대로 몰래 빠져나가 도망쳐 버릴까 하는 생각이 들기도 했지만, 라이는 내심 고개를 가로저었다. 오히려 그러다 트롤의 뱃속으로 한끼 식사 감이 될 확률이 높다는 걸 잘 알기 때문이다. 뭉쳐 있어도 살아남을까 말까 한 상황인데, 혼자 떨어져 나갈 생각을 하다니.

이런 저런 생각을 하고 있는 동안 밤은 점점 깊어만 갔다. 그런데 이상하게도 샘이 전혀 움직일 생각을 하지 않았다. 평상시 같았으면 어둠이 내리기 시작할 무렵 어딘가로 슬그머니 사라졌을 샘인데 말이다.

'샘도 아는 거야. 트롤이 올 거라는 것을!'

그 이후부터 라이는 샘을 관찰하는 것에 신경을 집중했다. 그가 하는 작은 움직임까지도. 화살 한 발과 함께 활을 품에 안고 있는 걸 보면, 유사시에 저걸 쏠 생각임에 틀림없다. 하지만 트롤이 겨우 화살 한 발 맞는다고 꿈쩍이나 할까? 트롤이 얼마나 재생력이 뛰어난데…….

'혹시…, 독?'

독화살이라면 얘기가 다르다. 트롤이 경이적인 해독능력까지 지니고 있다는 소리는 들어 본 적이 없으니까.

이런저런 생각을 하다 보니 어느덧 꽤 오랜 시간이 흘러있었다. 트롤에 대한 공포감에 잠은 이미 멀리 달아나 버린 상태.

라이는 문득, 지금 이 순간이 그가 오랫동안 꿈꿔왔던 상황이라는 것을 깨달았다. 대장도 자고 있고, 샘도 자고 있는 것처럼 보였다. 슬그머니 도끼를 들어 저 둘의 머리통을 쪼개 놓기만 하면 끝인 것이다.

만약 지금 트롤이 언제 나타날지 알 수 없는 그런 상황만 아니었다면, 라이는 과감하게 행동으로 옮겨 버렸으리라.

'젠장, 재수가 없으려니. 기회가 와도 꼭 이런 지랄 같은 상황에 오다니…….'

이때였다. 자는 줄 알았던 대장이 벌떡 일어선 것은. 대장은 자고 있지 않았던 것이다. 대장의 머리통을 도끼로 까버리겠다는 자신의 속마음이 들킨 것 같아 라이는 크게 당황했다.

"왜, 갑자기……?"

하지만 대장이 노려보고 있는 건 자신이 아니었다. 라이가 누워 있는 뒤쪽 숲이었다. 그리고 대장의 손에는 언제 뽑아 들었는지 시퍼런 장검이 쥐어져 있었다.

"크르르르……."

트롤은 낮은 소리로 목을 울렸다. 기분이 좋을 때 내는 울림이다.

'어떤 놈이 맛있을까?'

모닥불 가에 자리 잡고 있는 호비트의 숫자는 셋. 사위는 짙은 어둠에 잠겨 있고, 쌍방 간의 거리는 아주 멀리 떨어져 있다. 하지만 트롤의 눈에는 호비트들의 얼굴 주름까지 셀 수 있을 정도로 확연히 보였다.

호비트 사냥을 한두 번 해 보는 것도 아닌 트롤이었기에, 그 중 가장 만만해 보이는 놈에게 시선을 고정시켰다.

왼쪽에 누워 있는 어린 놈! 고기도 연한 것이 입속에 넣으면 살살 녹을 것만 같았고, 더군다나 녀석에게서는 신경 쓰이는 쇠 냄새가 적게 난다.

트롤은 사냥감들의 냄새를 다시 한 번 음미한 후에 목표와의 거리를 천천히 좁혀 나갔다. 바람을 타고 향기로운 냄새가 솔솔 풍겨온다. 자신도 모르게 군침을 뚝뚝 흘리며 입맛을 다시는 트롤.

조심조심 살금살금 움직이는데다가 어둠까지 짙어 호비트들은 자신의 접근을 전혀 눈치조차 채지 못하고 있다. 은밀한 행동이 힘들다고 생각될 때까지 사냥감과의 거리를 최대한 줄였다고 판단되는 순간, 트롤은 몸을 날렸다. 유연한 그의 몸은 몇 발자국 떼기도 전에 전속력까지 가속할 수 있었다. 사냥감이 자신의 존재를 깨달았을 때는 이미 자신이 내리찍은 몽둥이에 골통이 빠개져버린 후가 되리라.

하지만 그 순간, 트롤이 전혀 예상하지 못한 사태가 벌어졌다. 갑자기 호비트 한 마리가 벌떡 일어서는 게 아닌가. 그놈은 언제 빼들었는지 번쩍거리는 긴 쇠막대까지 들고 있다. 자신의 접근을 용케도 눈치챈 모양이다. 순간, 트롤의 입가에 비웃음이 맺혔다. 저따위 얄팍한 쇠붙이 따위로는 자신에게 치명상을 입힐 수 없다는 걸 경험을 통해 잘 알고 있었기에…….

하지만 그렇다고 해서 놈을 무시하고 예정대로 처음 찍은 사냥감을 공격하기에도 문제가 있었다. 사냥감의 대가리를 박살 낸 뒤 그 시체를 들고 나올 동안 저놈의 공격을 그대로 허용해야만 할 게 아니겠는가. 어지간한 상처 따위 금방 재생되기는 했지만 그렇다고 아프지 않은 건 아니다. 트롤은 어쩔 수 없이 공격 목표를 바꾸기로 했다. 먼저 먹나 나중에 먹나의 차이일 뿐, 어차피 저 세 마리의 호비트들은 모두 다 자신의 뱃속으로 들어가게 될 테니까.

워낙 거리가 가까웠던 탓에 트롤이 땅바닥을 두어 번 박찼을 뿐인데도, 이미 목표물이 코앞에 다가와 있었다. 트롤이 흉포한 울음을 흘리며 커다란 몽둥이로 호비트의 대갈통을 내리찍으려는 그 순간, 트롤의 눈앞에서 은빛 섬광이 터져 나왔다.

"크아악!!"

바로 그때였다. 멍하니 대장을 바라보고 있던 라이의 머리 위로 뭔가가 휙 하고 날아간 것은. 그리고 그와 동시에 물을 바가지로 흩뿌린 것 같이 축축한 뭔가가 그에게로 뿜어져 날아왔다. 짙은 피비린내가 코를 찌른 것은 그 후의 일이다.

"으, 으아악! 이, 이게 뭐야?"

라이의 머리 위로 날아간 것은 커다란 몽둥이를 꽉 움켜쥐고 있는 트롤의 팔이었다. 거기에 얻어맞지 않은 게 천만다행이긴 했지만, 잘린 팔에서 뿜어져 나온 핏물을 고스란히 뒤집어 쓸 줄이야.

"우엑, 갑자기 이, 이게 뭐야……?"

기겁을 하며 뒤로 물러서던 라이는 일순 두 눈이 휘둥그레졌다. 머리통을 잃어버린 트롤의 몸이 몇 발자국 걸어가는 듯 하더니 털썩 땅바닥에 나뒹구는 게 아닌가.

그 광경을 본 라이는 벌어진 입을 다물 수가 없었다. 설마, 저 순해 빠진 인상의 대장이 혼자서 트롤을 해치워 버릴 것이라고는 상상도 하지 못했었으니까. 게다가 드잡이질도 아닌 단칼에 목을 베어 버리지 않았는가. 저런 실력자를 몰라보고 여차하면 도끼로 찍어버리고 튈 생각을 했다니. 라이는 일순 온몸에 소름이 짝 끼치는 것을 느꼈다.

대장은 심드렁한 표정으로 장검에 묻은 피를 깔끔하게 닦아 검집에 집어넣고는 라이에게 물었다.

"어디 다친 데는 없느냐?"

"다친 데는 없지만, 냄새가 정말 지독하네요……."

트롤의 사체를 숲에 가져다 버리고 엉망이 된 모닥불가를 대충 정리한 뒤, 다시 모여 앉았을 때, 갑자기 라이가 대장을 향해 고개를 숙이며 소리쳤다.

"저를 제자로 삼아 주십시오!"

라이의 난데없는 부탁에 대장은 어이가 없다는 듯 눈살을 찡그리며 반문했다.

"뭐, 뭐라고?"

"지금까지 살아오면서 대장님처럼 강하신 분은 처음 봤습니다. 제발 저를 제자로 삼아 주십시오."

물론 그래듀에이트라는 올란도가 더 강할지도 모르지만, 그는 처음부터 자신을 삐딱하게 보고 있었던 탓도 있고, 용병단에서 상급자와 부하라는 수직관계였기에 아예 스승으로 모실 생각조차 하지 못했다. 하지만 대장이라면, 아무래도 사람 좋아 보이는 겉모습 때문인지 그 어떤 부탁이라도 하면 들어줄 것만 같았다.

하지만 그런 라이를 바라보며 대장은 내심 황당함을 금치 못하고 있었다. 방금 전까지만 해도 자는 척하고 있던 자신을 향해 은근슬쩍 살기를 흘리던 놈이었다. 그런 녀석이 갑자기 제자로 받아들여 줄 것을 청해 오다니. 도무지 라이의 속셈을 알 수가 없었던 것이다.

그리고 지금 이 상황이 사제의 인연을 맺기에 적합한 상황인가? 어찌어찌 산맥을 무사히 넘는다고 해도 장밋빛 미래가 그들을 기다리고 있는 것이 아닌데 말이다.

"허어, 나 같은 퇴물에게 그런 제안을 해 줘서 고맙긴 하다만 그건 안 될 말이야."

"예? 그건 어째서……."

"나는 조직을…, 아니 왕실을 배신한 사람이야. 그런 나를 스승으로 삼아서 뭘 어쩌겠다는 거냐. 설마 평생을 반역자의 제자라는 굴레 속에서 살고 싶다는 게냐?"

"어차피 산맥을 넘어 타국으로 망명을 하실 거잖아요. 그런데 그게 무슨 상관이에요?"

라이의 반박에 일순 대장은 할 말을 잃었다. 살기 위해서 타국으로 도망을 가는 주제에 왕실에 대한 미련이 아직까지 남아있었다니. 그걸 깨달은 대장은 쓸쓸한 미소를 지었다.

"뭐, 그건 그렇다만은……. 그래도 혹시 네가 내 제자라는 게 알려지게 된다면 너는 최악의 상황에 직면하게 될 걸 각오해야 할 거야. 충성을 다한 신하에 대한 예우는 신경 쓰지 않아도, 한 번 반역자의 굴레를 뒤집어쓰게 되면 세상 끝까지 쫓아와 죽이려 드는 게 현실이니까."

"전 괜찮습니다."

"내가 안 괜찮아. 어쨌거나 생각을 해 보자. 앞으로도 시간은 많이 남아있으니까 말이야."

그걸로 대충 대화를 마무리 지으려던 대장은, 지금이 라이에 대해 알아볼 수 있는 절호의 찬스라는 걸 깨달았다. 평범한 삶을 살아왔다고는 생각되지 않는 라이라는 녀석의 숨겨진 과거를 물어보기에…….

"참, 그러고 보니 제자로 받아들이려고 해도 내가 너에 대해서 아는 게 거의 없다는 게 마음에 걸리는구나."

산전수전 다 겪어온 대장이 타국으로 망명을 하려고 하는 순간에 제자 따위를 받아들이려 할 리 없다. 게다가 수상쩍은 구석이 하나둘이 아닌 놈이 아닌가. 대장은 라이가 자신의 제자가 되고 싶어 한다는 것을 미끼로 그의 과거를 캐려는 것이다.

라이가 제 아무리 약은 척을 해도 아직 어린 나이다. 수십 년 동안 왕실에서의 흉험한 음모를 겪으며 살아왔던 대장이 봤을 때에는 라이 정도의 교활함은 어린애 장난도 아니었던 것이다.

그런 대장의 속셈도 모르고 라이는 흔쾌히 대답했다.

"궁금한 게 있으시면 뭐든지 물어보십시오. 하나도 숨기지 않고 전부 말씀드리겠습니다."

"흠, 네 억양을 들어보면 크라레스쪽 사투리가 묻어 있는 것 같은데……."

"거기에서 태어났으니까요."

라이는 일단 정중하게 고개를 숙여 지금까지 자신의 신상에 대해 대장에게 거짓말을 했었노라고 사과했다. 그런 다음 자신의 부모가 어떻게 해서 크라레스를 떠나 북부로 갈 수밖에 없었는지를 한 치의 가감도 없이 이야기했다. 당시의 힘든 여정 중에 어머니가 죽었고, 백작을 따라 나선 가신(家臣)들 속에서 성장했다고 말이다.

지금까지 라이가 했던 얘기들과는 달리 이번 얘기는 앞뒤가 잘 맞아떨어지는 것이 아주 그럴듯했다. 라이의 아버지가 모셨다는 제럴드 폰 로티넨 백작에 대해 대장은 알지 못했지만, 로티넨 영지가 얼마나 노른자위 땅인지는 알고 있었다. 그런 영지를 다스렸을 정도라면 꽤 실력이 있는 인물이었을 것이다.

그리고 트롤에 쫓기다가 오크에 사로잡혀 노예 생활을 한 이야기, 겨우 벗어났더니 이번엔 노예상인에게 팔아넘겨져 검투사가 될 뻔하다가 또다시 팔아넘겨져 용병단에 들어가는 등……. 평범한 아이였다면 단 하나도 겪어보지 못했을 일들을, 라이는 그동안 숱하게 겪었었던 것이다.

이야기를 다 듣고 난 뒤 대장은 혀를 차며 라이를 애잔한 눈빛으로 쳐다봤다.

"쯧쯧, 너도 참 순탄한 삶과는 거리가 멀었구나."

"뭐, 그래도 지금 잘 살아 있잖아요."

"내가 지금까지 누구를 가르쳐 본 적이 없다보니, 너를 잘 가르칠 수 있을지 자신이 없구나……."

대장은 잠시 고민을 하는 듯 하더니 라이를 향해 진중한 음성으로 말했다.

"일단 짬짬이 내가 알고 있는 것들을 가르쳐 줄 테니 한번 배워 봐라. 사제지간의 인연을 맺는다는 게 그리 쉬운 일은 아니지 않느냐. 그 부분에 대해서는 좀 더 시간을 두고 천천히 생각을 해 보는 것도 좋겠지."

이 정도까지라도 허락을 받은 게 어딘가 하는 생각에 라이는 환하게 웃으며 고개를 조아렸다.

"예. 알겠습니다. 그럼 잘 부탁드리겠습니다."

*　　*　　*

대륙 전체를 통틀어 마법탑이 가장 많이 세워져 있는 나라가 바로 알카사스 왕국일 것이다. 하늘을 찌를 듯 높게 세워져 있는 거대한 탑. 그걸 보고 일반인들은 마법사들이 쓸데없는 곳에 돈을 너무 낭비한다며 비난하기도 하지만, 그건 뭘 몰라서 하는 소리였다. 도시를 감싸고 있는 초대형 마법진들을 컨트롤하는 핵심시설이 바로 마법탑이었으니까. 그 때문에 마법진의 규모가 크면 클수록 더욱 거대하고 높은 마법탑을 건설할 수밖에 없었다.

알카사스 동부 제일의 상업도시 '토가'. 토가는 거대한 호수 옆에 건설된 아름다운 호반의 도시였다. 토가의 중심부에도 어김없이 마법탑이 건설되어 있었다. 그것도 다른 도시들보다 훨씬 더 거대한 마법탑이.

마법탑의 가장 윗층에서 내려다보면 토가 시가지는 물론이고 햇빛을 받아 반짝이는 옥색의 트룬가 호수까지 한눈에 보인다. 토가 시내에서 이 방의 전망이 최고로 뛰어나다는 섬에 대해서는 모두가 동의하는 사실이었다.

그토록 아름다운 곳이었지만 정작 이 방의 주인이 되면 창밖을 내려다볼 잠시의 여유조차 내지 못할 정도로 바쁜 나날을 보내야만 했다. 왜냐하면 이곳 마법탑의 주인이 알카사스 마법사 길드 동부지구 전체를 책임지고 있었으니까.

따사로운 햇살이 비치는 방 안에는 눈매가 날카로워 약간 신경질적으로 보이는 노인이 이마를 잔뜩 찌푸리며 보고서를 읽고 있다. 그가 인상을 찡그리고 있는 이유는 최근 마법사 10여 명이 행방불명돼 길드 분위기가 아주 흉흉했기 때문이다.

모험을 다니다 보면 죽을 수도 있고, 행방이 묘연한 자들이 생기기도 한다. 하지만 지금 그의 이맛살을 찌푸리게 하는 건 그런 어설픈 마법사들 때문이 아니었다. 마법탑에서 일하는 마법사들, 즉 모험을 떠날 하등의 이유가 없는 마법사 10여 명이 사라져 버린 것이다. 그들 중 두 명은 꽤나 고위직에 있는 마법사들이었다.

물론 누군가가 간 크게도 마법탑 안으로 침투해 들어와 마법사들을 납치해 간 것은 아니다. 볼일이 있어 밖에 나갔던 사람들이 마치 햇살에 증발이라도 된 것처럼 흔적도 없이 사라져 버린 것이었으니까.

'흐음…, 마법탑에서 일하는 사람들만 납치한 것으로 보아 범인은 뻔하다고 봐야 하겠지.'

마법왕국인 알카사스를 건드릴 정도로 간 큰 나라는 딱 셋밖에 없었다. 코린트, 크라레스, 크루마 제국이다. 아르곤 제국은 의심할 필요가 없다. 알카사스가 엑스시온 판매를 중단하면 끝장이었기에 알아서 기고 있는 상황이었으니까.

코린트는 적이 없을 정도로 막강한 전력을 지니고 있는데다가 흑기사 30기로 이뤄진 발렌시아드 기사단만으로도 충분히 황도(皇都)를 보호할 수가 있기에, 공간이동을 방해하는 마법 따위에는 관심도 없다. 그리고 그건 드래곤의 비호(?)를 받고 있는 크라레스 또한 마찬가지였다. 지금 그들은 방대한 국력을 동원하여 아르티어스가 내준 과제를 처리하는 것만도 버거운 상황. 다른 데 눈을 돌릴 형편이 아니다.

오직, 크루마만이 공간이동 마법을 방해하는 방법을 알아내기 위해 사력을 다하고 있는 중이었다. 타국의 기사단이 자국의 수도에 공간이동을 통한 기습공격을 할 수 없게 만들기만 하면, 황도 주위에 포진시켜 둔 대규모 전력을 자유자재로 써먹을 수 있게 되기에.

하지만 공간이동 마법을 방해하는 방법을 모르는 지금으로서는 막강한 전력이 황도를 보호하기 위해 꼼짝없이 묶여 있어야만 했다.

하지만 이건 심증일 뿐, 확실한 증거는 하나도 없었다. 그렇기에 동부지구장은 이걸 어떻게 처리해야 할지 머리가 아파 미간을 찡그리고 있었던 것이다.

이때 갑자기 문밖에서 부하 한 명이 급하게 들어왔다.

"지구장님, 긴급상황입니다."

지끈거리는 머리를 손가락으로 연신 누르고 있던 동부지구장은 그 말에 자리에서 벌떡 일어나 물었다.

"뭔가 범인의 흔적이라도 잡은 것이더냐?"

"아, 그것과는 다른 사안입니다만……."

"이런 젠장! 어지간한 건 내게 가져오지 말고 너희들이 알아서 좀 처리하란 말이다!"

동부지구장은 왈칵 성질을 내며 부하를 째려보았다.

"저, 그런데 이건 지구장님께 반드시 보고해야 할 사안이기에 달려왔습니다."

"뭔데 그러는 것이냐? 만약 허접한 일 때문에 이런 호들갑을 떤 것이라면 호된 맛을 보게 될 줄 알거라."

그러자 부하는 조심스러운 얼굴로 보고를 하기 시작했다.

2시간 전쯤에 도렌 영지로 수녀 한 명이 찾아와 영주를 만나기를 청했다고 한다. 전염병 때문에 긴급히 상의드릴 일이 있다고 했기에, 영주는 그녀를 만나지 않을 수가 없었다. 영주를 만난 수녀는 대신관께 보고를 해야겠으니 통신마법을 사용할 수 있도록 해 달라고 요청했고, 받아들여졌다.

수녀가 마법통신을 사용할 수 있도록 채널을 연 마법사는 길드에 소속된 자였다. 그는 전염병이라는 화급을 요하는 정보를 길드 쪽에서 보다 자세히 파악하기 쉽도록 통신채널 2개를 동시에 열었다. 하나는 수녀가 통신을 원하는 채널에, 그리고 또 하나는 길드 쪽의 채널을 열어 수녀가 상부에 보고하는 내용을 엿들을 수 있도록 한 것이다. 그리고 그 내용 때문에 부하가 단숨에 동부지구장에게로 달려오게 된 것이다.

부하는 일단 동부지구장을 이끌고 수정구 앞으로 갔다. 그리고는 마법주문을 외워 상대편 마법사를 불렀다.

「찾으셨습니까」

"자네가 방금 전에 상부에 지급으로 보고했던 영상, 이쪽으로 전송해 주게. 그…, 수녀가 상부에 보고한 암호문 말일세."

「알겠습니다. 잠시만 기다려 주십시오」

잠시 후, 수정구에서 영상이 흘러나오기 시작했다. 30대 중반쯤으로 보이는 마법사의 모습이 수정구에 투영된다. 낯선 얼굴이긴 했지만, 옷차림을 본 지구장은 한눈에 그가 길드 소속 마법사라는 것을 알아볼 수 있었다. 그가 입고 있는 옷에 그려진 복잡한 문양들 속에는 마법사 길드의 문양과 함께 자신의 지위를 나타내는 문양이 은밀하게 숨겨져 있었으니까.

"저 자는 누구지?"

"이 정보를 획득할 수 있게 한, 공이 가장 큰 마법사입니다. 일단 계속 보고 말씀하시기를…….."

곧이어 메마른 목소리가 수정구에서 들려왔다.

「못 보던 얼굴인데, 귀하는 누구신가?」

마법사는 목소리에 대답하지 않고 옆으로 비켜서며 말했다.

「신전(神殿)과 연결되었습니다. 수녀님, 얘기 나누시죠」

곧이어 예쁘장하게 생긴 수녀가 수정구에 모습을 드러냈다. 그녀는 급히 말했다.

「자세한 얘기를 할 수 없음을 용서해 주세요」

수녀는 더 이상의 말은 하지 않았다. 그녀는 옆에 앉아 있는 마법사가 행여 훔쳐볼까 힐끔거리며 품속에서 종이 한 장을 꺼내들었다. 그리고 그것을 수정구 앞에 쫙 펼쳤다. 수정구 한가득 문자가 투영된다. 지금껏 단 한 번도 본적이 없는 이상하게 생긴 문자들이…….

이게 다급한 마음에 소피아 수녀가 나름대로 보안을 유지할 수 있는 방법을 강구하다가 찾아낸 해법이었다. 원래 그녀가 가고자 했던 목적지는 도렌 영지가 아니었다. 하지만 산맥 안에서 길을 잃고 무작정 서쪽으로 3일을 달리다보니 도렌에 도착해 버린 상태. 산속에서 길을 잃고 헤맨 것도 속상한데, 이동마법진이 설치되어 있는 도시까지 가려면 또다시 하루라는 시간을 더 소비해야만 했다.

그녀로서는 선택의 여지가 없었다. 다소 보안이 취약하더라도 일초라도 더 빨리 상부에 그들의 배신을 보고하는 게 먼저라고 판단했던 것이다.

하지만 그녀는 상상도 하지 못했다. 옆에 앉아 있는 마법사가 보지 못하도록 조심해서 수정구 앞에 펼친 자신의 암호문을 감찰부의 마법사 말고 또 다른 마법사가 흥미로운 표정으로 지켜보고 있었을 것이라고는.

그 광경을 지켜보던 동부지구장은 매서운 눈빛으로 다급히 부하를 다그쳤다.

"이 암호문의 내용이 뭔지 알아봤나?"

"물론입죠, 지구장님. 이미 알아냈으니까 이렇게 달려와서 보고를 드리고 있는 게 아니겠습니까."

음흉스런 미소를 지으며 대답하는 부하의 표정을 보자 동부지구장은 금방 눈치를 챘다.

"흠, 왕실에서 사용하는 암호였나 보구나."

"예. 놀랍게도 감찰부에서 사용하는 것이었습니다. 이게 그

암호를 해독한 내용입니다."

부하가 건넨 보고서를 단숨에 읽은 동부지구장은 비릿한 미소를 지으며 고개를 끄덕였다.

"흐흐, 이번엔 제대로 한 건 했구나. 정말 수고했다. 당장 길드장님을 연결하거라. 사안이 사안인 만큼 내가 직접 보고를 드려야겠다."

그런 지구장에게 부하는 은근슬쩍 자신의 의견을 개진했다.

"굳이 길드장에게 보고할 필요가 있겠습니까?"

"그건 또 무슨 말이냐?"

"이 정보를 길드장에게 보고하면 그 후속조치는 중앙지구장이 맡게 될 게 뻔합니다. 공공연히 중앙지구장이 자신의 후계자임을 밝히고 있는 판국이니, 공을 세울 수 있는 이런 절호의 기회를 다른 지구장에게 절대로 주지 않을 거라는 거지요. 그렇다면 정보를 얻기 위해 개고생을 한 우리는 찬밥 신세가 되는 거고, 공로란 공로는 모두 다 중앙지구장이 독차지하게 될 게 아니겠습니까?"

원로원의 힘이 왕실의 힘과 맞먹을 수 있었던 것은 국왕을 끊임없이 견제하며 지속적으로 압박을 가해온 덕분이다. 만약 그자들을 잡아들여 감찰부의 비리를 확보할 수만 있다면, 감찰부에 치명타를 입힐 수가 있으리라. 그리고 그것은 곧바로 왕권의 약화로 연결될 것은 뻔한 일.

왕권의 약화는 원로원의 힘이 그만큼 더 강해짐을 의미했다. 그런 커다란 공을 세운 인물을 원로원에서 가만히 놔둘 리가 없다. 이번 일만 잘 해결할 수 있다면 자신이 길드장이 되는 것도 꿈은 아니라는 것을 동부지구장이 모를 리가 없다. 하지만 그걸 잘 알면서도 이를 해결할 방법이 없으니, 그저 화가 날 뿐이다.

동부지구장은 입술을 질근 깨물며 짜증스럽다는 듯 고개를 흔들며 소리쳤다.

"젠장, 내가 그걸 모를 리가 없지 않느냐. 그 자들이 있는 몰몬트 산맥이 얼마나 넓은지 너는 모르느냐? 만약 놈들을 잡겠답시고 내가 우리 지구 길드원들을 대규모로 동원한다면 하루도 채 지나지 않아 너구리 같은 길드장이 눈치챌 거야."

공로를 독식하기 위해 이런 중요한 정보를 일부러 상부에 보고하지 않았다는 게 발각되면 질책 정도로 끝나지 않을 수도 있다. 자칫 자신의 목이 날아갈 수도 있었기에 동부 지구장이 이런 큰 '껀수'를 물었음에도 불구하고 망설이고만 있는 것이다. 막강한 힘을 지닌 마법사 길드였기에 그 권력 싸움 역시 상상을 초월할 만큼 치열했다.

"그걸 제가 모를 리가 없지 않습니까, 지구장님. 제게 좋은 생각이 있어서 이런 말씀을 드린 겁니다."

"호오, 그래? 그 좋은 생각이란 게 대체 무엇이냐?"

평상시에도 기발한 계책을 곧잘 내곤 했던 부하였기에 동부 지구장의 눈빛이 일순 기대감으로 물들었다.

"길드장님이 눈치채기 전에 우리 쪽에서 미리 놈들의 신병을 확보하면 될 것이 아니겠습니까?"

"그거야 그렇지만 광활한 산맥을 뒤지는 것인 만큼 길드원 몇 명 보내 봐야 어림도 없을 테고, 그렇다고 대규모로 보내자니 상부에서 눈치채고는 무슨 일이냐고 물어 올 테니 그게 문제가 아니냐.”

“흐흐, 길드원을 동원하자는 게 아닙니다.”

“그렇다면?”

“몰몬트 산맥의 길목인 세브롱 요새에 주둔하고 있는 기사단을 이용하시라는 겁니다. 그렇게 한다면 정보가 누설될 일도 없고, 혹시 일이 잘못된다고 해도 우리는 모르는 일이라고 발을 빼 버리면 그만이지 않습니까?”

충분히 귀가 솔깃해지는 이야기였기에 동부지구장은 다급히 물었다.

“세브롱 요새의 기사단이라고……?”

세브롱 요새에 주둔하고 있는 건 호크 기사단의 분견대였다.

“분견대장인 스트론은 비리를 저지른 게 들켜 좌천된 놈입죠. 지구장님께서 손을 뻗으신다면, 미친 듯이 핥아댈 겁니다.”

부하가 하고자 하는 말뜻을 즉시 알아챈 동부지구장. 그의 얼굴에 음흉스런 미소가 번졌다. 이 일을 잘만 처리할 수만 있다면 그토록 바라던 마법사 길드의 길드장이 되는 탄탄대로가 열리게 될 것이다.

무조건 잡아 와!

33

몰몬트 산맥의 추격전

몰몬트 산맥에 나 있는 길들 중에서 정식 무역로로 쓰이고 있는 것은 3개였는데 각기 쟈크 국가연합, 엔테미어 공국, 트루비아 왕국으로 연결되어 있었다. 그들 중에서 엔테미어 공국으로 연결되어 있는 무역로가 가장 잘 정비되어 있었고, 가장 많은 화물이 운송되고 있었다.

이런 전략적인 요충지에 알카사스에서 요새를 건설해 놓지 않았을 리가 없다. 세브롱 요새는 유사시 1개 사단급의 병력이 주둔할 수 있을 정도로 커다란 요새였고, 몰몬트 산맥에 배치된 유일한 기사단 전력인 호크 기사단 분견대가 배치되어 있는 곳이기도 했다.

전략적인 측면에서 봤을 때, 세브롱 요새가 가지는 중요도는 엄청나게 컸다. 하지만 그럼에도 불구하고 군부에서조차 이 요새를 산적이나 몬스터 소탕의 전진기지 그 이상으로는 생각하지 않고 있었다. 왜냐하면 크라레스는 이쪽으로 쳐들어올 생각도 하지 않고 있었고, 그 외에 다른 고만고만한 나라들이야 알카사스의 눈치를 살피느라 바쁜 상태다. 그걸 잘 아는 국왕이기에 이곳 요새를 원로원 소속인 호크 기사단의 관할 아래에 놔둔 것이다.

교역이 활발하게 이루어지는 곳이라 세금을 두둑하게 챙길 수 있었기에 영주들은 모두들 군침을 흘리는 곳이었지만, 기사들은 이곳으로 전출 명령이 떨어졌다는 것 하나만으로도 옷을 벗어야 하나 고민할 정도로 저주받은 부임지였다.

면적에 비해 기사의 숫자가 적어 할당되는 임무는 엄청나게 많았지만, 거의 대다수가 잡다한 일들뿐인지라 전공을 세울 기회는 눈 씻고도 찾기 힘든 곳이었다. 그렇기에 상관에게 찍힌 골통들이나 문제가 많은 기사들을 좌천시키는 장소로 애용되고 있었던 것이다. 현재 이곳의 분견대장인 스트론도 그런 케이스였다.

그렇기에 막강한 힘을 지닌 마법사 길드의 동부지구장이 통신 수정구에 직접 모습을 드러내 분견대장과의 면담을 요청한 것은 세브롱 요새에 분견대가 배치된 이래 최초, 최대의 사건이었다.

"크, 큰일났습니다, 대장님."

책상 위에 두 발을 올려놓고 늘어지게 자고 있던 스트론은 허둥대며 자신을 깨우는 마법사를 보며 짜증스럽다는 듯 소리쳤다.

"이런 빌어먹을! 무슨 일인데 깨워?"

"빨리 토, 통신실로 가셔야겠습니다."

큰 소리로 외치는 마법사를 향해 스트론은 손을 내저으며 말했다.

"좀 조용히 얘기해라. 골이 울린다. 젠장, 어제 너무 마셨어……"

머리를 싸잡고 투덜거리던 스트론은 마법사를 향해 고개를 돌리며 물었다. 그의 입에서는 짙은 술냄새가 풀풀 풍겨나오고 있었다.

"통신실? 통신실에는 왜?"

"도, 동부지구장님께서 대장님을 찾으십니다."

동부지구장? 직책만으로 본다면 어딘가의 동부지구를 책임지는 놈인 모양이다. 하지만 스트론의 기억에는 전혀 떠오르는 인물이 없었다. 아마 어딘가의 상인연합에 소속된 놈이리라. 낮잠을 방해받은 탓인지 스트론은 짜증을 벌컥 냈다.

"젠장, 난 그딴 놈 모른단 말이야! 에휴, 이런 곳에 처박혀 있다 보니 별 시답지 않은 놈들까지 날 귀찮게 하네."

"저, 그게. 마법사 길드의 동부지구장님이신데요."

스트론의 눈이 화등잔만 해졌다. 술이 번쩍 깨 버린다. 마법사 길드의 동부지구장이라면 길드 내에서도 열 손가락 안에 들어갈 정도로 엄청난 지위에 있는 거물이었으니까.

"뭐야! 그럼 진작에 그렇다고 말해야 할 거 아냐!"

자리에서 벌떡 일어난 스트론은 곧바로 통신실을 향해 허둥지둥 달려갔다. 하지만, 부하들 앞에서 체면이 있지, 그는 통신실 바로 앞에서는 속도를 줄여 천천히 걸어 들어갔다.

"대장님, 오셨습니까."

스트론은 별것 아니라는 듯 평온한 어조로 마법사들의 인사를 받으며 말했다.

"동부지구장이 나를 찾는다고?"

"예. 두 번째 수정구입니다."

수정구에는 60대 초반 정도의 깐깐해 보이는 노인의 모습이 비치고 있었다. 동부지구장쯤 되는 거물이 자신을 보자고 하는 이유는 잘 모르겠지만 뭔가 시킬 일이 있을 것이라는 건 닳고 닳은 스트론으로서는 능히 짐작할 수 있는 일이다.

스트론은 자신이 신뢰하는 선임 마법사에게 눈짓을 하며 지시했다.

"자네가 통신을 주관해 주게."

그리고는 고개를 돌려 실내에 있는 다른 마법사들에게 명령했다. 마치 자신이 지구장과 동급이라도 된다는 듯한 말투다.

"나는 지구장과 은밀한 얘기를 나눠야겠으니 자네들은 잠시 밖에 나가 있게."

당직 마법사들을 밖으로 전부 내보낸 후, 스트론은 옷매무새를 가다듬으며 수정구 앞에 섰다. 방금 전 부하들에게 보여줬던 근엄한 모습은 그 순간 온데간데없이 사라졌다. 대신 그의 얼굴에는 아부성 짙은 미소만이 남아있을 뿐이다.

선임 마법사는 이미 그런 그의 모습을 알고 있었던지 표정 하나 변하지 않았다. 대신 눈길을 옆으로 슬쩍 돌렸을 뿐이다.

"무슨 일로 저를 찾으셨습니까? 동부지구장님."

「허허, 그쪽에 좀 끌치 아픈 일이 생겨서 말이야. 그런데 자네가 무척 유능하다는 소리에 이리 통신을 넣게 되었다네」

"어떤 일 때문에 그러시는지는 잘 모르겠지만 뭐든 시켜만 주십시오. 만족하실 수 있도록 성심을 다하겠습니다."

「역시 듣던 대로 꽤나 유능한 친구로군. 그런데 이번 일은 철저히 비밀을 요하는 일인데, 할 수 있겠나?」

"걱정하지 마십시오. 혹시나 해서 다른 마법사들은 전부 밖으로 내보냈고, 지금 통신을 주관하고 있는 마법사는 제가 가장 신뢰하는 부하니까요."

「역시 하나를 보면 열을 알 수 있다고, 일처리가 마음에 드는군. 이런 유능한 친구가 왜 그런 한지에 처박혀 있는지 모르겠어. 이번 일만 잘 처리하면 내 다른 곳으로 발령날 수 있도록 힘을 좀 써 주겠네」

"말씀만이라도 감사합니다, 지구장님. 시키실 일이 있다면 뭐든 시켜만 주십시오. 완벽하게 보안을 유지해 지구장님의 기대에 어긋나지 않도록 하겠습니다."

기사단과 길드, 군대로 친다면 육군과 해군만큼이나 거리가 있는 집단이다. 그런데도 스트론이 마법사 길드의 동부지구장에게 이렇게 납작 고개를 수그리는 건 다 이유가 있었다. 이러니저러니 해도 두 집단 다 원로원의 휘하에 속해 있다. 저런 거물이 손을 써 준다면 이 시골구석에서 벗어나는 것도 꿈은 아닌 것이다. 스트론이 체면불구하고 꼬리를 칠 수밖에 없었다.

그런 그의 모습에 동부지구장은 만족스런 미소를 보냈다. 부하의 조언은 정확한 것이었다. 그는 스트론에게 2시간 전에 우연히 입수하게 된 놀라운 정보에 대해 말해줬다. 그러면서 단호하게 말했다.

「그 자들을 붙잡아서 나에게 보내 줄 수 있겠나?」

비록 이런 곳에 좌천되어 있다고는 하나 분견대장을 맡을 정도면 머리가 둔해서는 힘들다. 스트론은 동부지구장이 말해 준 정보의 가치를 곧바로 알아차리고 자신도 모르게 침을 꿀꺽 삼켰다. 이 정보가 진짜라면 동부지구장쯤 되는 거물이 직접 자신을 찾은 것이 충분히 이해가 되었다. 그 말은 결국 자신에게도 엄청난 기회라는 말이었다. 만약 이 일만 완벽히 해낸다면 마법사 길드의 동부지구장이라는 엄청난 거물을 뒷배경으로 지니게 되는 것이었으니까.

스트론은 잔뜩 긴장한 어조로 대답했다.

"맡겨만 주십쇼, 지구장님. 최선을 다하도록 하겠습니다."

「고맙군. 내 이 보답은 충분히 하도록 하지. 그런데……」

여기까지 말한 지구장의 얼굴이 돌연 수정구 가까이 다가왔다. 그는 목소리를 나직하게 깔며 속삭이듯 말했다.

「명심하게. 만약 이 일이 외부로 흘러나가기라도 한다면 자넨 지옥을 경험하게 될 게야. 알겠나?」

"거, 걱정하지 마십시오. 쥐도 새도 모르게 은밀하게 처리하도록 하겠습니다."

「좋아. 그럼 잘 부탁하네」

수정구에서 동부지구장의 모습이 사라지자, 옆에 서있던 선임 마법사가 걱정스럽다는 표정으로 급히 물었다.

"이러다 혹시 그자들을 붙잡는 데 실패라도 하면 그 뒷감당을 어떻게 하시려고 그러십니까?"

"크크, 괜찮아. 뭔가를 얻으려면 그 정도 위험은 감수해야지. 게다가 저런 거물이 뒷배가 되어 준다는데 내가 무슨 짓인들 못하겠나."

"하지만 너무 위험합니다. 감찰부에서 운영하는 킬러들은 보통 2인 1조로 움직인다고 들었습니다. 하나는 검객, 또 하나는 레인저죠. 산속에 숨어들어간 레인저를 잡기가 얼마나 어려운지는 대장님께서도 잘 아시지 않습니까? 게다가 이런 일을 길드 본부가 아닌 동부지구장이 직접 부탁을 해 왔다는 건……."

"알아, 알아. 길드 내 권력 싸움에 한방에 훅 갈 수도 있다는 걸. 그러니까 성공하면 좋은 거고, 만약 실패한다고 해도 동부지구장의 이런 행위를 길드 본부에 꼰지르면 그것도 제법 두둑한 보상을 받을 수 있을 게 아니겠나. 그렇게 되면 동부지구장이 나한테 복수를 하고 싶어도 할 수조차 없겠지. 동부지구장에서 쫓겨날 테니까, 흐흐흐……."

스트론이 이런 분야에는 워낙 닳고 닳은 인물이었기에 선임 마법사는 그제야 환히 웃으며 음흉한 웃음을 흘렸다.

"대장님, 공로를 인정받아 영전을 하시게 되거든 저를 잊으시면 절대로 안 됩니다."

"걱정 말게. 내가 마누라를 잊어버리는 일은 있어도 자네를 잊는 일은 결단코 없을 걸세."

이때, 갑자기 수정구가 점멸하는 게 보였다. 누군가가 통신을 보내오고 있는 것이다. 선임 마법사는 수정구 위에 손을 쓱 올려 채널을 열었다. 채널을 열자 상대편의 모습이 수정구에 드러났다. 지금껏 본적이 없는 시커먼 로브를 입고 있는 음침한 분위기의 인물이었다.

"여기는 호크 기사단 몰몬트 분견대입니다. 그쪽의 소속을 밝혀 주십시오."

「이쪽은 감찰부요.」

감찰부라는 말에 선임 마법사는 숨이 턱 막혔다. 하지만 그는 최선을 다해 긴장한 티를 내지 않기 위해 노력했다.

"감찰부…, 라고요? 감찰부에서 무슨 일로……."

「여섯 시간 정도 후에 귀 요새의 이동마법진을 쓰고 싶소. 가능하겠소?」

알카사스 내에는 여러 대도시에 건설되어 있는 마법탑에서 공간이동을 방해하는 역장을 방출하고 있었다. 초대형 마법진을 통해 얻어진 방대한 마나를 이용할 수 있었기에 역장의 효력은 반경 수십 킬로미터에 걸쳐 미치고 있었다.

하지만 그렇다고 해서 공간이동이 불가능한 것은 아니었다. 각 도시에 건설되어 있는 '공간이동 문'을 이용하면 된다. 공간이동 문의 경우 도시에서 생산된 방대한 마나를 이용할 수 있기에 출력도 좋았고, 또 각 마법탑에서 방출하고 있는 역장들의 간섭에 대해 정밀하게 계산하여 보정한 뒤에 설계했기에 안전한 공간이동이 가능했다.

감찰부에서 '공간이동 문'의 사용 가능 시간을 물어보는 이유야 뻔했다. 바로 배신자들을 척살할 부대를 보내겠다는 뜻이리

라. 이에 생각이 미친 선임 마법사는 급히 잔머리를 굴려 대책을 강구했다.

"안타깝습니다만…, 한동안은 마법진을 사용하실 수 없을 듯합니다."

「뭣 때문에 사용할 수 없다는 거요?」

"하아, 그게 몇몇 마법탑에서 방출되는 역장의 수치계산에 문제가 생겨서 지금 보정하고 있는 중입니다. 작업이 아직 완전하게 끝나지 않은 관계로 조금 위험하긴 합니다만…, 그래도 그쪽이 전적으로 책임지실 용의가 있으시다면 언제든지 사용하십시오. 수리가 끝날 때까지는 아무도 사용하지 않을 테니까요."

공간이동이 위험하다는 것만큼 커다란 공포심을 지니게 하는 말도 드물다. 공간이동의 실패는 곧 죽음이라는 것은 누구나 다 아는 상식이었으니까. 특히 그 위험성에 대해 너무나도 잘 알고 있는 마법사에게 있어서는 그 충격이 더욱 컸을 것이다. 상대는 대답도 하지 않고 통신을 끊어버렸다.

옆에서 지켜보고 있던 스트론은 음흉스런 미소를 지으며 이죽거렸다.

"하여간에 잔머리 하나는 끝내준단 말이야. 그나저나 이로써 동부지구장이 얻은 정보가 가짜가 아니라는 게 확인이 된 셈이로군."

선임 마법사는 어깨를 으쓱하며 말했다.

"흐흐, 마법사가 아무나 되는 줄 아십니까? 어지간한 머리로는 꿈도 꾸기 힘든 직업이 마법사입니다. 그나저나 감찰부에서 좀 더 은밀하게 움직일 줄 알았는데, 이렇게까지 대놓고 마법진을 쓰겠다고 요청해 올 줄이야……."

"그만큼 똥줄이 빠질 정도로 급하다는 소리겠지. 바꿔 말하면 우리가 잡으려는 놈들의 가치가 크다는 말일 테고."

"어쨌거나 빨리 움직이셔야겠습니다. 역장을 핑계로 이곳 마법진을 쓰지 못하게 했다고 해도, 감찰부의 발목을 잡을 수 있는 건 하루나 이틀 정도밖에 되지 않으니까요."

잠시 머리를 굴려 대원들을 생각해 보던 스트론은 선임 마법사에게 지시를 내렸다.

"일단 도튼을 찾아 내 방으로 데리고 오게. 그리고 자네는 다른 마법사들의 입단속을 확실하게 시키고. 알겠나?"

"염려 놓으십시오. 잘 처리해 두겠습니다."

스트론이 자신의 집무실에 돌아온 후 십여 분쯤 지났을까? 밖에서 가볍게 문 두드리는 소리가 들려왔다.

"들어와!"

문이 열리며 선임 마법사와 함께 건장한 기사 한 명이 실내로 들어왔다. 허리에 차고 있는 검 한자루 외에는 아무런 무장도 하지 않았지만, 용맹스런 기운이 물씬 풍기는 야성미 넘치는 기사였다. 사실 그건 좋게 표현했을 때 얘기고, 나쁘게 표현한다면 단순무식해 보이는 인물이라는 얘기다.

"대장님, 찾으셨습니까?"

"용기사들 중에서 자네가 길눈이 제일 밝다고 알고 있기에 불렀다네."

스트론은 동부지구장에게서 들었던 정보들 중에서 추적에 도움이 될 만한 것들만 적당히 추려서 이야기해 줬다. 그 자료는 소피아 수녀가 추격대에 도움을 주기 위해 자신의 머리를 쥐어짜 최대한 상세하게 작성해 놓은 자료였다. 일행이 마지막으로 들렀던 마을 이름, 그곳에서 어떤 방향으로 출발해 며칠 정도를 걸었고, 도중에 본 몇몇 특징 있는 장소들의 설명들까지.

광활한 산맥이었지만, 그 일대 지리에 밝은 도튼이었기에 그 정도만 해도 충분했다.

"어디를 말씀하시는지는 대충 짐작이 갑니다. 그런데 그건 왜……?"

"그쪽으로 가 보면 사내 3명으로 이뤄진 파티를 찾을 수 있을 걸세. 둘은 좀 나이가 많고, 하나는 어리다고 하더군."

"3명으로 이뤄진 파티라구요? 뭐, 그들에게 전달하실 거라도 있으신 겁니까?"

도튼의 질문에 스트론은 고개를 가로저으며 대답했다.

"아니, 그놈들을 잡아 오라는 걸세."

그 말에 도튼은 난색을 표했다.

"쉽지 않은 일인데요. 잡아 오라고 하는 걸 보니 그들이 노망치는 중일 텐데, 우리가 상공에 나타나기만 해도 곧바로 몸을 숨길 게 뻔한데……."

도튼의 부정적인 반응에 스트론은 인상을 왈칵 찡그리며 소리쳤다.

"숲 속을 걸어가면서 하늘을 날고 있는 와이번을 발견하는 게 어디 쉬운 줄 아나? 그리고 재수가 없어서 그 놈들이 와이번을 발견했다손 치더라도 별 상관없을 거야. 정기적인 순찰을 돌고 있는 걸로 생각할 테니까 말이야."

스트론은 그들이 감찰부에서 쫓아오는 것에 대한 대비만을 할 뿐, 이곳의 기사단이 자신들을 찾을 거라고는 생각하지 않을 것이라고 확신했다. 왜냐하면 그들도 감찰부의 첩자인 수녀가 원로원파인 이곳 기사단에 지원을 요청할 리가 없을 거라고 생각할 테니까.

"앓는 소리 그만하고 어서 놈들을 잡아 와! 자네에게 말해 준 건 3일 전의 정보야. 놈들이 이동하고 있는 속도와 방향을 생각한다면 지금쯤 어디에 있을지는 대충 감이 오지? 그 일대를 샅샅이 뒤지면 얼마 지나지 않아 찾아낼 수 있을 거야. 산맥이라는 게 광활해 보여도 사람이 걸어갈 수 있는 길은 그리 많은 게 아니니까."

"그건 대장님의 말씀이 전적으로 옳으십니다만……."

잠시 난감한 표정을 짓던 도튼은 혼자서는 무리라는 생각에 지원을 요청했다.

"그러시다면 수색 작업에 몇 명 더 지원해 주십쇼. 혼자서 그 넓은 면적을 샅샅이 훑는다는 것도 쉽지 않고, 설사 발견했다 치더라도 놈들을 잡아 실어 나르려면 쉽지 않은 일입니다. 비록 제 귀염둥이가 힘이 좋긴 합니다만, 건장한 사내를 셋씩이나 실고 오는 건 좀……."

휘하에 있는 용기사들을 몽땅 다 투입하는 게 훨씬 더 효율적이라는 것을 스트론이 몰라서 도튼만 불러 은밀히 지시를 내리고 있는 게 아니다. 동부지구장이 특별히 비밀 엄수를 부탁한 일이다. 가급적이면 아는 사람이 적은 게 좋은 것이다. 더군다나 와이번의 경우 워낙 덩치가 커서 하늘 위로 날아오르는 것을 요새 안에 거주하고 있는 수많은 눈들이 목격하게 된다. 뚜렷한 이유도 없이, 요새 내의 모든 와이번들이 일제히 날아오른다면 사람들의 쓸데없는 관심을 살 수 있다.

"놈들 중에서 둘만 잡아 오면 돼. 어린놈은 필요 없고 나이 많은 두 놈만. 참, 그 대신 반드시 살려서 데리고 오도록. 말만 할 수 있다면 병신이 되도 상관없으니까. 알겠나!"

"쩝, 놈들이 뭔 죄를 지어서 도망치는 겁니까?"

"그건 자네가 알 필요 없고, 나이가 많은 둘 중에 한 놈은 전직 레인저라고 하니 참고하도록 하게."

"나머지 두 놈은요?"

"나도 잘 몰라. 명심할 거는 지금 이 임무가 극비라는 사실이야. 쓸데없이 주둥아리를 나불거렸다가는 어떻게 될지 잘 알지?"

그 말에 노튼은 인상을 왈각 썼지만 어쩔 수 없다는 듯 고개를 끄덕였다.

"명심하겠습니다."

*　　　*　　　*

산악전에 특화된 레인저가 길을 안내하는데다가, 트롤과 맞짱을 떠도 이길 수 있을 정도로 뛰어난 검술실력을 자랑하는 대장까지 있다. 덕분에 쉽게 산맥을 넘어갈 수 있을 거라고 라이는 기대했지만, 그 기대는 며칠 지나지 않아 산산이 깨져 버렸다. 산맥 위를 유유히 날고 있는 와이번을 샘이 운 좋게 발견한 것이다.

샘은 다급히 품속에 지니고 있던 외눈 망원경을 꺼내 자세히 살펴보더니 대장에게 보고했다.

"와이번입니다."

와이번이라면 예전에 사막에서 한번 본 적이 있다. 그때의 와이번을 다시 한 번 더 볼 수 있다는 생각에 라이는 신이 나서 그쪽으로 시선을 돌렸다. 하지만 이번 것은 예전에 봤을 때보다 훨씬 더 작았다. 좁쌀만 한 점을 보고 그게 와이번이라는 것을 알아본 샘의 능력이 대단하다고 생각될 뿐이다.

샘은 신경질적인 동작으로 망원경을 대장에게 건네주며 투덜거렸다.

"망할 년이 벌써 보고를 마친 모양이군요. 용기사(Dragon Knight)까지 날아온 것을 보면……."

하지만 대장의 생각은 샘과 달랐다.

"말도 안 되는 소리. 여기서 가장 가까운 국왕파 기사단이 주둔하고 있는 곳은 엔테미어 공국의 수도야. 그것도 말이 주둔이지, 휴양차 가 있는 거지. 거기에 있는 용기사가 그 짧은 시간동

안에 여기까지 날아왔다고? 말이 되는 소리를 하게나.”

“그럼 우리가 지나온 길을 훑으며 이리로 다가오고 있는 건 어떻게 설명하시겠습니까?”

“우연이겠지.”

“우연이라고요?”

“그래, 우연. 세브롱 요새에서 정기순찰 나온 용기사일 거야. 자세히 보면 제대로 무장조차 제대로 갖추고 있지 않잖아.”

“그게 더 이상하죠. 저런 복장으로 순찰을 도는 용기사를 저는 본적이 없거든요. 뒤에 앉아있는 마법사도 평상복을 입고 있잖아요.”

망원경으로 보니 샘의 말 그대로였다. 용기사나 마법사. 둘 다 가벼운 평상복 차림이다. 용기사는 허리에 검 한 자루만 달랑 차고 있을 뿐이다. 저렇게까지 하고 있는 이유는 한 가지 밖에 생각할 수 없다. 무게를 줄이기 위해서.

대장이 무슨 생각을 하고 있건 샘의 말은 계속 이어졌다.

“정기적인 순찰이라면 휙 지나가겠지만, 저건 마치 뭔가를 찾기라도 하듯 천천히 저공비행하고 있잖아요. 아무래도 감이 안 좋아요.”

여기까지 말한 샘은 분하다는 듯 으르렁거렸다.

“빌어먹을! 그때 아무리 대장님이 말리셨더라도 뒤쫓아 가서 죽여 버렸어야 했는데……. 망할 년! 끝까지 사람 애를 먹이고 있네.”

혼잣말인 것처럼 샘이 떠들어댔지만, 자기 들으라고 하는 소리인 것을 대장이 모를 리가 없었다. 그의 얼굴에 착잡한 미소가 떠올랐다. 아직까지도 수녀가 감찰부의 첩보원이라는 사실이 믿기지 않는 대장이었다.

"뭐, 그렇게까지 찝찝하다면 자네 내키는 대로 하게. 그래, 내가 어떻게 해 주면 되겠나?"

대장은 아직까지도 용기사가 정기순찰을 나온 것이라고 생각했지만, 그래도 조심해서 나쁠 건 없다고 생각한 것이다. 용기사가 겁날 게 없지만, 마법사의 탐지능력은 엄청났다. 저들이 자신들을 찾고 있는 게 아니라고 하더라도 이런 깊은 산속을 세 사람이 걸어가고 있는 걸 발견했다는 것은 오랫동안 기억하게 될 것이다. 흔히 있는 일이 아닐 테니까. 그들이 누군가에게 재미삼아 이 얘기를 흘린다고 해도, 재수가 없다 보면 그게 돌고 돌아 감찰부의 귀에 들어갈 수도 있었다. 세브롱 요새에 감찰부의 첩자가 없다고는 장담할 수가 없었으니까.

"저쪽으로 가죠. 그게 최곱니다."

샘이 손가락으로 가리킨 곳은 길이 나있지 않은 울창한 숲이었다.

"숲속에 숨는다고 해결이 될까? 동굴 속 깊은 곳에 몸을 숨기지 않는 한, 마법을 피해갈 수는 없잖나."

"저기에 숨자는 게 아니라, 저쪽으로 가자는 겁니다."

없는 길을 개척하며 가자면 몇 배는 힘이 더 들 것이다. 썩 내키지는 않지만 어쩔 수가 없었다. 산길에 있어서는 샘이 그보다 아는 게 훨씬 더 많았으니까. 앞으로의 고생이 눈에 선했기에 대장은 한숨을 푹 내쉬었다.

샘과 대장이 심각하게 대화를 나누고 있는 것도 모르고 라이는 와이번에서 눈을 떼지 못하고 있었다. 와이번과의 거리는 조금 더 좁혀져 있는 상태.

"저 혹시 안 보실 거면 제가 좀 망원경을 봐도 될까요? 와이번이 어떤 건지 자세히 보고 싶어서요."

떨떠름한 표정을 짓긴 했지만, 대장은 망원경을 건네줬다.

"용기사는 처음이지? 저게 바로 용기사다. 잘 봐 둬라. 이제 두 번 다시 보기 힘들지도 모르니까……."

망원경으로 보니 저 멀리 저공비행하고 있는 와이번을 좀 더 자세히 관찰할 수 있었다. 와이번 위에 한 사람만 타고 있을 줄 알았는데, 놀랍게도 두 명씩이나 타고 있었다. 그래서 그런지 와이번이 날고 있는 속도는 그리 빠른 것 같아 보이지 않았다.

"날개 짓는 모양새로 봤을 때 아주 천천히 날고 있는 것 같은데요?"

"당연하지. 아래쪽을 살펴봐야 할 테니까."

"그럼 숨어 있다가 화살로 공격하면 어때요?"

라이가 그런 생각을 할 만도 했다. 낮은 고도를 천천히 날고 있는데다가 갑옷조차 입고 있지 않다. 몰래 저격한나면 손쉽게 해치울 수 있을 것 같았던 것이다.

라이의 말에 샘이 콧방귀를 뀌며 빈정거렸다.

"그거 지금 웃자고 하는 농담이지?"

"……."

한심하다는 듯한 샘의 시선에 라이는 은근히 울화가 치밀었다. 아직 어리다 보니 잘 모를 수도 있는 건데, 뭘 그렇게까지 빈정거린단 말인가. 그때 옆에서 대장이 부드러운 목소리로 와이번에 대해 설명해줬다.

"와이번은 아주 희귀하다 보니 엄청나게 비싸지. 그런 와이번에 어중이떠중이들을 태울 것 같으냐?"

아무리 생각해도 그건 아닌 것 같았기에 라이는 고개를 가로저었다.

"와이번을 향해 화살 수백 발을 날려 봐라. 죽일 수 있는지. 오히려 우리 위치만 노출될 뿐이야."

그러자 옆에서 샘이 한 마디 거들었다.

"그래듀에이트급 기사만이 용기사가 될 수 있어. 우리 정도 실력으로는 떼로 덤벼도 상대가 안 된다는 말이지."

그래듀에이트라는 말에 라이는 움찔하지 않을 수 없었다. 순간 올란도가 성벽을 뛰어오르던 장면이 뇌리에 떠올랐던 것이다. 당시 그 광경을 본 사람들은 경악해서 외쳤었다. 그래듀에이트라고.

라이가 올란도를 떠올리며 조용히 있자 대장은 겁을 집어먹은 거라고 착각했다. 그는 일부러 자신감 있는 미소를 씨익 지어보이며 말을 이었다.

"용기사가 그래듀에이트라고 해서 그렇게 겁먹을 건 없다."

그때 샘이 옆에서 다시 끼어들었다.

"지금 우리 상황에서는 용기사보다 마법사가 더 짜증나는 존재야. 나무 밑에 숨는다고 해서 마법사의 눈을 피할 수 있는 건 아니거든."

샘이 마법사를 운운하는 것을 보니, 용기사와 함께 타고 있는 사람이 마법사인 모양이다. 샘은 라이의 손에서 망원경을 뺏으며 단호하게 말했다.

"자, 시간이 없다. 빨리 움직이자."

라이가 길을 따라 걷기 시작한 지 몇 초 되지도 않아 등 뒤에서 샘의 목소리가 들려왔다.

"이봐! 그쪽이 아냐. 이쪽이야."

샘은 숲속으로 들어가 단검을 뽑아 들고 나뭇가지들을 잘라 길을 만들며 앞서 나가기 시작했다.

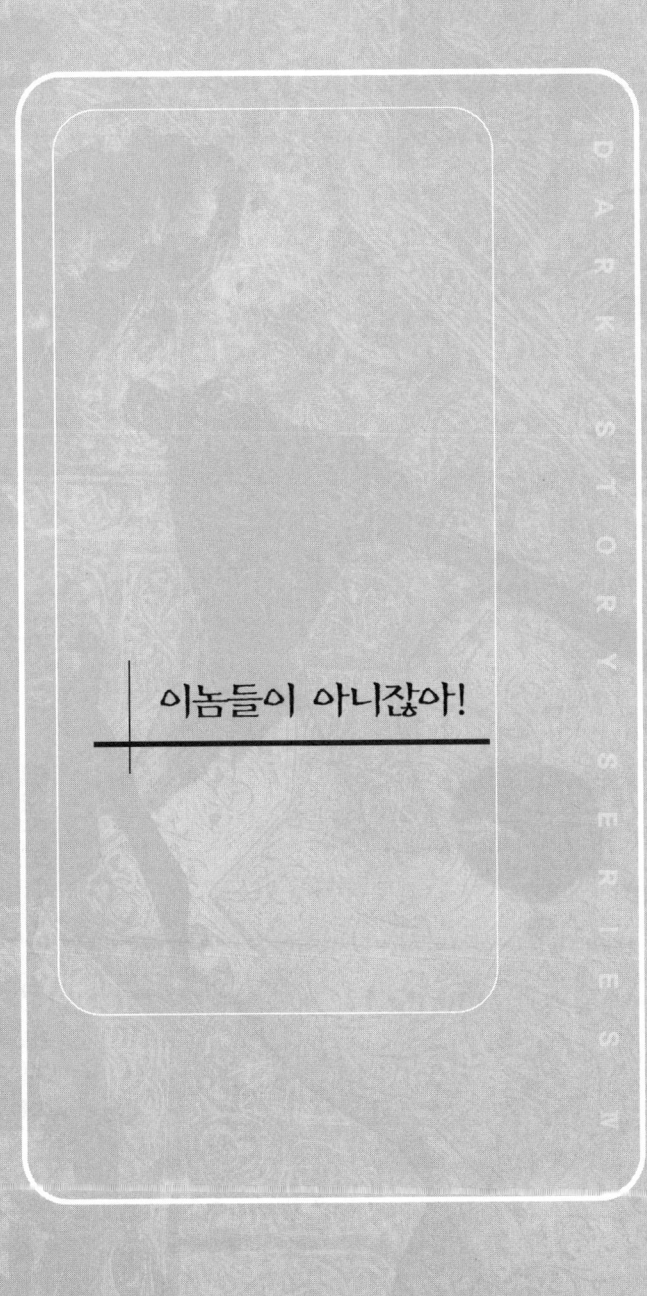

이놈들이 아니잖아!

33

몰몬트 산맥의 추격전

하늘을 천천히 날고 있는 와이번 위에 앉아 있는 두 사람. 그 중 앞에 앉아 있는 건장한 사내는 분견대장 스트론에게 사내 3명으로 이뤄진 파티를 체포해 오라는 명령을 받고 출동한 도튼이었다.

도튼은 주위를 대충 둘러보는 정도였지만, 뒤에 앉아 있는 그의 파트너는 열심히 아래쪽을 살피고 있는 중이다. 이렇게 숲이 우거져 있는 곳에서는 마법을 쓰지 않는 한, 나무 밑에 뭐가 있는지 알아볼 방법이 없다. 그렇기에 마법사인 그만이 아래쪽을 살펴볼 수밖에 없는 것이다.

도튼은 서쪽 하늘을 향해 저물고 있는 해를 바라봤다. 해가 지려면 3시간 정도밖에 남지 않았다. 시간이 없었다. 와이번은 밤눈이 어두웠기에 밤에 비행하는 것을 본능적으로 싫어했다. 요새로 돌아가는 데 필요한 시간까지 감안한다면, 수색을 감행할 수 있는 시간은 그리 넉넉한 게 아니다.

심드렁한 표정으로 이리저리 주위를 둘러보던 도튼은 조바심이 났다.

"젠장, 짜증나는군. 금방 찾아낼 수 있을 줄 알았는데, 이 새끼들이 어디로 튀어 버린 거야? 분명, 이 근처 어디쯤에 있을 거라고 생각했는데…….”

도튼이 짜증을 내는 게 한두 번이 아니었는지 마법사는 대꾸조차 하지 않고 그저 열심히 아래쪽을 살필 뿐이었다.

“이봐.”

“예?”

“제대로 잘 보고 있는 거야?”

“걱정 마십쇼. 눈알이 빠지게 보고 있으니까요.”

공손한 말투로 대답하긴 했지만, 마법사의 목소리 저 깊은 곳에는 짜증이 잔뜩 묻어나왔다. 여기까지 오면서 계속 용기사의 짜증을 받아 주고 있었으니 그건 당연한 결과이리라. 하지만 대놓고 뭐라고 하지는 못했다. 왜냐하면 용기사 쪽이 자신보다 계급이 훨씬 높았으니까.

물론 마법사들 중에는 용기사보다 계급이 높은 사람도 많다. 하지만 용기사와 짝을 지어 ‘통신기’로 이용되는 마법사들의 경우, 딱 그 정도의 실력을 갖춘 인물들이 배속되는 것이다.

“젠장, 도중에 샛길로 빠져 버린 거 아냐?”

분견대장으로부터 명령을 받았을 때만 해도 그는 아주 쉽게 이 임무를 완수할 수 있을 거라고 생각했다. 이 일대라면 워낙 오랜 세월 순찰을 돌아왔기에 작은 샛길 하나하나까지도 훤히 꿰뚫고 있었으니까.

“어쩌면 우리 예상보다 좀 더 빨리 이동하고 있는 건 아닐까요? 대장님한테 들은 그 도망자들의 위치가 3일 전의 것이라면

서요."

"흠, 그럴지도 모르겠네. 좀 더 앞쪽으로 가 보자."

마법사의 예측이 맞은 모양이다. 그들은 30분도 채 지나지 않아서 목표물을 찾아냈다. 마법사가 저 밑, 짙은 수풀 쪽을 손가락으로 가리키며 급히 외쳤다.

"아! 저쪽에 세 사람이 걸어가고 있습니다."

마법사가 손가락으로 가리킨 곳에는 빽빽한 나무들밖에 보이지 않았다. 하지만 도튼은 잘 알고 있었다. 마법사의 말대로 저 아래쪽 어딘가에 놈들이 걸어가고 있을 거라는 것을. 도튼은 회심의 미소를 지었다. 곧 귀찮은 임무를 끝마칠 수 있을 테니 말이다.

"흐흐흣! 제깟 놈들이 뛰어봤자 벼룩이지. 빌어먹을 놈들, 대체 뭔 죄를 지었기에 방울소리 나게 튀고 있는 거야?"

음흉하게 웃던 도튼이 와이번의 목을 툭툭 두들기며 신호를 주는 것을 본 마법사가 급히 말했다.

"나이 먹은 두 놈은 반드시 생포해야 한다고 했습니다. 데려가기 귀찮다고 괜히 목을 날리시면 절대 안 됩니다. 아시죠?"

이런 잔소리를 들은 게 한두 번이 아니었는지 도튼은 찌증스런 어조로 대꾸했다.

"젠장, 그 말 내가 너한테 해 준 거잖아! 마누라처럼 쫑알거리지만 말고 너나 잘해, 새꺄."

도튼은 더 이상 대화하기 싫다는 듯 아래쪽을 향해 몸을 날렸다. 지상 수십 미터 높이에서 저렇듯 한 치의 망설임도 없이 몸을 던질 수 있다니. 마법사는 무시무시한 속도로 지상을 향해 떨어지고 있는 도튼의 모습을 보며 고개를 절레절레 내저었다. 몇 번이고 저런 모습을 봐 왔지만, 아무리 봐도 적응이 되지 않았던 것이다.

"우리처럼 마법으로 몸을 보호하는 것도 아니면서…, 저렇게 뛰어내릴 수 있는 용기는 도대체 어디에서 나오는 거지?"

물론 맨땅에 처박혀 죽지 않으리라는 것도 잘 안다. 도튼은 저 아래쪽에 있는 나뭇가지를 목표로 뛰어내린 것이다. 하지만 그걸 알면서도 마법사는 기가 질렸다. 그는 자칫 부러질지도 모를 저런 얇은 나뭇가지 하나를 목표로 허공에서 뛰어내릴 생각은 추호도 없었으니까.

도튼이 뛰어내린 후, 와이번은 그 자리를 빙글빙글 선회하기 시작했다. 용기사로부터 새로운 지시가 떨어지기 전까지 그곳에서 대기하고 있는 것이다.

마법사는 비행 주문을 발동시킨 후에야 와이번에서 뛰어내렸다. 쏜살같이 지상을 향해 처박히던 도튼과는 달리 그의 몸은 지상을 향해 천천히 내려가기 시작했다.

지상에 도착한 마법사는 방금 전 마법을 통해 목표물들을 찾아낸 곳으로 달려갔다. 좀 더 잘 달릴 수 있도록 보조마법까지 사용했음에도 현장에 도착했을 때에는 이미 상황은 종료되고 난 후였다.

"벌써 끝내셨습니까?"

마법사가 자신에게 다가오는 것을 본 도튼이 떨떠름한 표정으로 말했다.

"이리 좀 와 봐. 뭔가 좀 이상해⋯⋯."

이때, 도튼에 의해 제압당해 땅바닥에 쓰러져 있던 사내들이 악을 쓰며 발악하기 시작했다.

"네놈들은 도대체 누구냐? 법무부 조사관들이냐?"

"천하에 악독한 개자식들! 주군께 무슨 죄가 있다고 이러는 것이냐? 브란덴 공작새끼에게 아부하기 위해 있지도 않은 죄를 만들어 모함을 하다니⋯⋯. 부끄러운 줄을 알거라."

도튼은 찜찜한 표정으로 마법사에게 속삭였다.

"우리를 보고 법무부 조사관이냐고 하잖아. 저것들, 정체가 도대체 뭘까?"

마법사는 어깨를 으쓱거리며 대답했다.

"알게 뭡니까. 법무부 조사관 찾는 거 보니, 그리 떳떳한 놈들은 아닌 것 같은데요."

"그건 그렇지만⋯⋯."

"대장님이 저놈들의 신분이 뭔지 전혀 얘기해 주지 않으셨다면서요?"

"그래. 단지 한 놈이 전직 레인저라고만 했어."

레인저, 그리고 법무부 조사관. 이런 단어들로 유추해 봤을 때, 분견대장은 법무부 쪽의 의뢰를 받아 저들을 체포하라고 명령을 내린 것이라 보는 게 맞으리라. 그리고 악을 쓰는 저놈들의 얘기대로라면 저들이 모시던 주군은 권력투쟁에 밀려 반역죄를 뒤집어쓴 것 같았다.

마법사는 두 눈을 동그랗게 뜨며 놀랍다는 듯 말했다.

"우리 대장, 생각보다 발이 넓으신데요? 브란덴 공작이라면 요즘 들어 실세로 떠오르는 귀족이 아닙니까?"

"젠장, 술 마실 때마다 자신의 인맥이 대단하다고 주절거렸던 게 허풍이 아니었던 모양이야. 잘하면 이 지긋지긋한 촌구석에서 벗어나겠군, 대장은."

"그나저나 셋이나 싣고 우리 귀염둥이가 날 수 있을까요?"

"다 실을 필요 없어."

도튼은 한쪽에 엎어져 있는 사람을 손짓으로 가리키며 말을 이었다.

"저 어린놈은 데려갈 필요가 없거든. 대장이 늙은 놈 둘만 잡아 오래."

마법사가 다가가 엎어져 있는 사람을 바로 눕혔다. 과연 두 사람에 비해 확연히 어린 소년이었다.

소년을 이리저리 살펴보고 있는 마법사를 향해 도튼이 퉁명스럽게 말했다.

"죽이지는 않고 기절만 시켰어. 그런데 이놈들 굉장히 시끄럽네. 어차피 귀염둥이에 실으려면 조용히 시키는 게 낫겠지."

마법사가 뭐라고 채 말을 꺼내기도 전에 등 뒤쪽에서 퍽퍽 하는 소리가 들려왔다. 마법사가 급히 고개를 돌렸을 때는 이미 상황은 끝난 후였다. 독기 가득한 욕설을 퍼붓고 있던 둘을 기절시켜 놓고 나니 주위가 삽시간에 조용해졌다.

도튼은 휘파람을 불며 그들의 갑주부터 벗겼다. 정원 외에 둘씩이나 더 태우는 것인 만큼, 귀염둥이가 힘들지 않도록 배려하는 것이다. 물론 그들의 품속을 샅샅이 뒤져 묵직한 돈주머니를 자신의 품속에 챙기는 것 또한 잊지 않았다.

도튼은 돈이 될 만한 것을 모조리 챙긴 뒤 그 중 몇 개를 마법사에게 던져 주며 빙그레 웃었다.

"이건 자네 몫이야."

*   *   *

샘의 말대로 길을 바꾼 후에는 산행이 더욱 힘들어졌다. 어떤 때는 울창한 삼림을 뚫고 지나가야 했고, 어떤 때는 수직에 가까울 정도로 가파른 산길을 오르거나 혹은 내려가야만 했다. 어디로 가고 있는지 알 수도 없었고, 제대로 가고 있는 것인지도 알 수가 없었다. 두 사람은 샘의 뒤를 따라 헐떡거리며 무작정 걸음을 옮기고 있을 뿐이다. 대장은 샘의 말을 듣고 길을 바꾼 걸 후회했지만 이미 때는 늦어버렸다. 길을 잃어버린 것이다.

길을 벗어난 지 3시간 정도밖에 지나지 않았지만, 그 피로노는 전날 하루 종일 걸은 것과 맞먹을 정도였다. 길도 없는 산속을 뚫고 이동하다 보니 평소보다 힘이 두세 배는 더 힘들었기 때문이다. 제아무리 강철 체력을 자랑했던 라이라고는 하지만, 밤이 되었을 때는 물먹은 솜처럼 축 늘어져 버렸다.

이렇게 체력소모가 크면 먹는 것이라도 잘 먹어야 하겠지만, 마음 놓고 식사를 할 수도 없었다. 식량이 다 떨어져 가고 있었던 것이다. 산맥을 뚫고 나가다 보니 처음에 가지고 왔던 식량은 모두 다 먹어버렸고, 이제부터는 마지막 마을에서 구입한 식량을 먹어야 했다. 그런데 곡물 같은 거야 끓여서 먹는다고 치더라도, 육포가 문제였다.

샘은 돌덩이처럼 딱딱한 육포에 코를 대고 킁킁거리더니 인상을 찡그렸다.

"이거 무슨 고긴지 잘 모르겠지만, 이대로 그냥 끓이면 안 되겠습니다."

"왜?"

"냄새가 영 구리구리해서 말입니다. 설마하니 썩은 고기를 말렸을 리는 없을 테고…, 뭔지는 모르겠지만 몬스터 고기를 말린 것 같습니다."

대장은 한숨을 푹 내쉬며 말했다.

"어쩔 수 없지. 우선은 참고 먹는 수밖에. 내일부터는 뭔가 사냥해서 먹을 만한 짐승이 있는지도 살펴보도록 하자."

"알겠습니다."

귀족들은 이런 경우에 향신료를 뿌려 고기의 누린내를 잡는다고 하지만, 이들은 향신료라고는 손톱만큼도 없었다. 소금을 좀 가지고 있는 게 전부였으니까. 대장과 샘이 떨떠름한 표정으로 음식을 씹어 삼키는 데 비해 라이는 아주 맛있다는 듯 그릇을 쪽쪽 핥으며 먹어치웠다. 그 모습을 가만히 보고 있던 대장이 어이가 없다는 듯 말했다.

"볼 때마다 느끼는 거지만 정말 식성 좋구나."

"뭘요. 오크 굴에서 1년만 살아 보세요. 안 맛있는 음식이 있는지."

라이는 대장에게 사제(師弟)의 인연을 청한 후, 지금까지 숨겨왔었던 자신의 지난 과거를 하나 둘 말해 주었다. 눈치 빠른 라이는 대장이 자신을 향해 뭔가 미심쩍어하는 것 같은 눈길을 보낸다는 걸 이미 눈치채고 있었다. 그렇기에 그는 먼저 대장이 자신을 신뢰하게 만드는 게 우선이라고 생각했다. 그러자면 숨기는 게 없어야 할 것은 자명한 이치.

식사를 끝마치자마자 모닥불에 흙을 덮어 불을 끄고, 모두들 잠을 청했다. 낮에 봤던 와이번은 대장 말대로 정기적인 순찰을 도는 것이었는지 그 뒤로는 더 이상 보이지 않았다. 그 때문에 대장은 샘의 말만 듣고 옆길로 빠진 걸 뼈저리게 후회하고 있었다. 지금은 동서남북 방향이나 간신히 알 수 있을 뿐, 자신들이 어디쯤에 있는지 도저히 알 수가 없는 상황이다.

"일단은 북쪽으로 올라가기로 하죠. 한 2~3일 북쪽으로 올라가다가 동쪽으로 꺾어서 산맥을 빠져나가면 될 것 같습니다."

"저 수풀을 뚫고? 젠장. 제대로 기고 있는 긴 맞냐?"

"믿으십쇼. 딴 건 몰라도 방향만큼은 확실하게 가고 있는 중입니다."

"젠장! 말이나 못하면……."

배를 채운 그들은 저마다 불 옆에 몸을 눕혔다. 너무나도 피곤했던 그들은 곧이어 잠에 빠져들었다.

　한참 잠에 취해있는 라이. 자는 모습이야 다른 사람들과 똑같았지만, 그의 몸속에서 흘러가는 기의 움직임은 완전히 달랐다. 단전을 중심으로 몸 전체를 도도하게 휘돌아 흘러가고 있었다. 그것도 일반인들과는 정반대로. 보통 내공의 고수들이라고 해도 낮에 열심히 수련했던 것이 밤이 되면 원상태로 기의 흐름이 되돌아가며 퇴보를 하게 되어 있다. 하지만 라이의 경우 그 반대 현상이 벌어지고 있는 것이다.

　하지만 단점 아닌 단점도 있었다. 내공수련을 할 때는 감각이 굉장히 예민해져 주위에서 벌어지고 있는 일들이 눈에 보이듯 느껴지는 현상이 잠결에 벌어지게 되는 것이다. 즉, 주변에서 일어나고 있는 모든 일들이 그에게 영향을 미쳐 꿈자리를 뒤숭숭하게 만들고 있었다.

　"으으으……."

　뭔지는 잘 모르겠지만 암흑의 기운이 스멀스멀 자신을 향해 덮쳐오기 시작했다. 라이는 그것을 피해 도망치려고 했다. 하지만 그게 마음먹은 대로 되지를 않으니 미칠 지경이다. 아무리 죽어라 발을 옮기려 해도 천근쯤 되는 바위가 발에 달라붙어 있기라도 한 것처럼 걷는 것조차 힘들었다. 뒤따라오던 암흑의 기운이 순식간에 그를 덮쳤다.

　"흐으윽!!"

　눈을 번쩍 뜬 라이. 그의 이마에는 식은땀이 송글송글 맺혀 있었다. 라이는 정신없이 주위를 둘러봤다. 주위는 온통 시커먼 암흑뿐이다. 꿈과 다른 점이 있다면 나뭇잎들 사이로 점점이 별이 보인다는 것 정도⋯⋯.

"휴~, 꿈이었구나."

그 순간 그의 다리에서 뭔가 따끔하는 통증이 느껴졌다.

"응? 모기가 물었나?"

처음에는 모기와 같은 벌레에게 물린 줄 알았다. 하지만 그게 아니었다. 따끔하는 정도에서 시작한 통증이 급속도로 커지기 시작한 것이다. 곧 전신으로 퍼져가는 지독한 고통에 라이는 자신이 독사에 물린 것이라고 판단했다.

"대, 대장! 대장! 일어나 봐요!"

그러자 암흑 저편에서 대장의 음성이 들려왔다.

"무슨 일이냐?"

"독사예요, 독사! 물렸다구요!"

그 말에 대장은 벌떡 일어섰다. 만약 진짜로 독사에 물렸다면 큰일이다. 지금 이곳에는 신관도 없고, 제대로 된 해독약도 없다. 아쉬운 대로 상처에서 독액을 빨아내는 수밖에 다른 치료법이 없는 것이다.

"어느 쪽 다리냐?"

"이, 이쪽이요."

대장은 한치 앞도 보이지 않는 어둠 속에서 라이의 허벅지를 단단하게 동여맸다. 그것도 아주 신속하게. 샘은 옆에 서서 연신 부싯돌을 쳐댔다. 그들이 잠자는 사이에 모닥불은 꺼져 버린

지 오래였다. 이 상황에서 갑자기 횃불을 켜들 수도 없었기에, 아쉬운 대로 부싯돌의 불똥이라도 밝혀 대장에게 도움을 주려는 것이다.

부싯돌이 순간적으로 뿜어내는 희미한 빛에 의지해 라이의 다리를 살펴보던 대장이 고개를 갸웃하며 묻는다.

"어디를 물렸다고?"

"여, 여기요. 아파 죽겠어요."

"여기라고?"

대장은 라이가 손으로 가리키는 곳을 자세히 살펴봤다. 과연 상처가 있기는 했다. 하지만 그건 뱀에게 물린 자국이 아니었다. 오히려 화살이 뚫고 들어간 것처럼 작은 구멍이 하나 뻥 뚫려있었고, 그곳을 중심으로 피부가 검붉은 색으로 부풀어 오르고 있는 중이다.

이때, 옆에서 연신 부싯돌을 키던 샘의 눈에 이상한 게 들어왔다. 뭔가 기다란 덩굴 같은 것이 라이의 다리 부근에까지 뻗어와 있었던 것이다.

"이게 뭐지?"

그런데 그 순간, 생각지도 못한 일이 벌어졌다. 덩굴 같은 그것이 스르륵 움직이더니 라이의 다리를 꽉 감아버렸기 때문이다.

"흐억!"

깜짝 놀란 라이가 버둥거리며 발을 뒤로 빼려고 했지만 덩굴이 감고 있는 힘은 의외로 강했다. 그리고 덩굴에 휘감긴 부분에서 따끔따끔하는 느낌이 있더니 곧이어 상상을 초월할 정도로 지독한 통증이 몰려왔다.

"으아악! 이, 이게 뭐야?"

휘감기지 않은 다른 발로 덩굴을 맹렬하게 차댔지만, 덩굴은 요지부동이었다. 오히려 강한 힘으로 라이를 어딘가로 끌고 가려고 하고 있었다. 무시무시한 통증에도 불구하고 라이는 사력을 다해 덩굴에게서 벗어나려 했지만 어떻게 된 노릇인지 온 몸에 힘이라고는 전혀 실리지 않았다.

"사, 살려……."

그때서야 어찌된 영문인지 대충 감을 잡은 대장이 단칼에 덩굴을 잘라버렸다.

서걱!

"흐음, 음유시인들이 흥미위주로 만들어낸 상상의 산물인줄 알았는데, 이런 게 정말 존재할 줄이야."

그들은 덩굴의 공격이 멈춘 틈을 이용해 불부터 지폈다. 모닥불이 피어오르며 주위가 훤하게 밝아진다. 불빛을 이용해 주위를 치밀하게 살펴봤지만 식인식물처럼 보이는 것은 아무것도 없었다. 마치 방금 전의 일이 한바탕 꿈처럼 느껴질 정도다.

물론, 방금 진의 일이 꿈이 아니라는 확실한 증거가 남아있었다. 검붉은 색으로 퉁퉁 부어올라있는 라이의 발. 그리고 말라비틀어진 덩굴줄기 몇 가닥. 대장이 그걸 자른 지 얼마 지나지도 않았는데 벌써 덩굴줄기는 바짝 말라붙어 있었다.

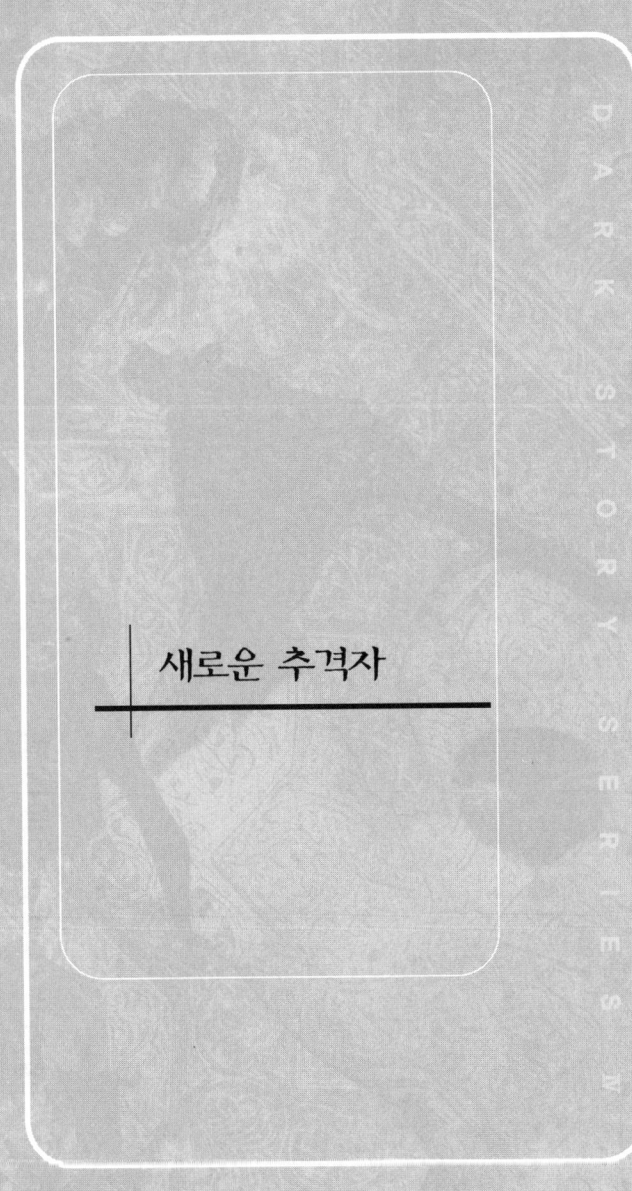

새로운 추격자

33

몰몬트 산맥의 추격전

덩굴의 공격이 또다시 있을까봐 대장과 샘은 돌아가면서 밤 새도록 경계했지만, 더 이상의 공격은 없었다. 그리고 고통에 몸부림치던 라이가 간신히 잠에 빠져든 것도 날이 밝기 시작할 무렵이었다. 샘이 자신이 가지고 있던 해독약을 발라주긴 했지 만 전혀 효과가 없었다. 그러던 것이 새벽녘이 다 되어서야 서 서히 독기가 가라앉기 시작했던 것이다.

축 늘어져 있는 라이를 흔들어 깨우는 대장.

"이봐, 일어나."

"끄응……."

"다리는 좀 어때?"

"많이 좋아졌어요. 어젯밤에는 정말 죽는 줄 알았는데……."

"그래도 그만하기 다행이다. 걸을 수는 있겠냐?"

라이는 봄을 일으켜 몇 발자국 걸어 봤다. 아직까지 남아있는 고통 탓에 절룩거릴 수밖에 없긴 했지만, 그럭저럭 걸을 만은 했다.

"그 정도면 거의 다 나은 거나 마찬가지네. 짐 챙겨라. 출발해 야지."

"밥도 안 먹고요?"

"이상한 식물이 공격해오는 이곳에서? 아서라. 좀 더 안전한 곳으로 이동한 후에……."

이때, 주위를 둘러보고 온 샘이 돌아왔다.

"뭔가 찾아낸 거 있냐?"

"아뇨. 하지만 좋은 걸 발견했습니다."

"뭔데?"

"동굴입니다."

싱글거리며 웃는 샘과 달리 대장은 인상을 일그러뜨리며 되물었다.

"동굴? 동굴에서 뭐하려고?"

원래 날이 밝으면 최대한 멀리 도망칠 계획이었다. 뿌리를 땅에 박고 사는 식물인 만큼 쫓아오지는 못할 테니까.

"동굴에 들어가 봤는데, 꽤 깊고 넓더라고요."

깊다는 말에 대장의 눈이 번쩍 빛났다.

"동굴 안으로 끌어들이자는 건가?"

"그렇죠. 이 망할 것들이 얼마나 많은지도 알 수가 없고, 또 어디까지 분포해 있는지도 모르잖습니까. 싸워야 한다면 차라리 우리가 유리한 곳으로 적을 끌어들이는 게 좋지 않을까요? 게다가 저놈 발이 저래서 이 자리를 벗어나는 것도 힘들 테니 말입니다."

"자네 말이 옳군."

고개를 끄덕인 대장은 주위를 쓱 둘러본 다음 신경질적인 어조로 중얼거렸다.

"식인식물 따위야 볼 수만 있다면 별것도 아니지. 두고 보자. 아주 박살을 내 줄 테니까."

이곳에서는 주변 식물들과 섞여있는 통에 놈의 본체를 찾아내기가 어렵다. 하지만 동굴처럼 아무런 식물도 자랄 수가 없는 곳이라면 얘기가 틀리다. 그곳으로 들어온 식물은 몽땅 다 식인식물일 테니까.

대장과 라이는 샘을 따라 동굴로 갔다. 과연 샘의 말대로 동굴은 꽤 컸다. 입구는 작았지만, 안으로 들어갈수록 점점 더 넓어졌다.

"괜찮은데."

만족해하는 대장과 달리 라이는 암흑이 짙게 깔려 있는 동굴 안 깊은 곳을 두려움이 가득 담긴 눈으로 살펴봤다. 예전에 동굴 속에서 놀(Gnoll)에게 뜨거운 맛을 본 적이 있었던 그였기에, 이런 음침한 동굴에 있어야 한다는 게 달가울 리 없었던 것이다.

불안해하는 라이의 마음을 알았는지 대장은 다행히도 동굴 안으로 깊이 들어가지 않았다. 요는 식인식물들을 끌어들이는 것이었으니까. 대장은 주위를 대충 훑어본 뒤 마음에 든다는 듯 고개를 끄덕이며 말했다.

"라이, 넌 불을 피워라."

그리고 샘을 향해 고개를 돌리며 말했다.

"넌 나와 함께 밖으로 나가 땔감을 주워오도록 하자. 혹시 모르니 밤새도록 태울 수 있도록 넉넉하게 말이야."

식인식물에 쏘인 탓에 다리가 불편한 라이를 위한 배려였다.

밖에서 땔감을 잔뜩 장만해 와 모닥불부터 피웠다. 대장과 샘이 장만해 온 나무들은 모두 축축하게 젖어있었기에 연기를 잔뜩 뿜어냈다. 그리고 그제서야 그들은 바람이 동굴 속 깊은 곳으로 흘러들어가고 있다는 것을 깨달았다. 연기가 동굴 속으로 빨려들어가듯 흘러가고 있었으니까.

하지만 그들은 연기의 방향 따위에 신경 쓸 겨를이 없었다. 그들의 관심은 온통 식인식물에게 쏠려 있었으니까.

"정말 그것들이 동굴까지 쫓아올까요?"

대장은 고개를 절레절레 흔들며 말했다.

"글쎄다. 나도 처음 겪어보는 일이라 뭐라 단정 지을 수는 없지만, 식물 주제에 주위 상황을 파악하며 공격할 지능은 없을 것 같은데."

대장의 의견에 샘도 동의했다.

"제 생각도 그렇습니다. 어젯밤의 공격패턴으로 봤을 때, 놈들은 주위에 먹잇감을 발견하면 무조건 공격하는 것 같습니다. 줄기가 많이 잘려 버린 탓에 지금은 잔뜩 웅크리고 있겠지만, 밤이 되면 또 다시 공격해 올 가능성이 크다고 봐야겠죠."

줄기에 휘감기거나 찔리지만 않는다면 그다지 상대하기 어려운 것도 아니었기에 대장은 여유로운 표정을 지으며 말했다.

"자자, 밤새도록 제대로 자지도 못하고 고생했으니 뭐라도 좀 먹고 푹 쉬도록 하자. 오늘 밤에는 또 어떻게 될지 모르니까. 그 나저나 라이의 발이 빨리 나아야 할 텐데."

험한 몰몬트 산맥을 넘으려면 어지간한 체력으로는 힘들었다. 그렇기에 대장은 무리해서 산맥을 넘기 보다는 차라리 하루 푹 쉬며 체력을 회복하는 게 더 낫겠다는 생각에 이렇게 결정한 것이다.

모닥불 위에 작은 냄비를 걸고 곡물을 넣어 죽을 끓이기 시작했다. 라이가 죽을 끓이는 동안 샘은 육포를 잘라 일부는 죽 속에 넣고, 나머지는 나무막대에 꽂아 불에 구웠다. 고기가 익으면서 구수하면서도 누릿한 냄새가 동굴 속으로 퍼져나가기 시작했다.

모두들 동굴 밖을 경계하며 식사 준비를 하고 있을 때, 적은 의외로 동굴 밖이 아닌 동굴 안쪽에서 모습을 드러냈다.

"취익, 칙!"

등 뒤에서 갑작스럽게 들려온 콧소리에 모두의 시선이 반사적으로 뒤쪽으로 돌아갔다. 오크였다. 하지만 자세히 보니 오크라고 단정 짓기에도 어려웠다. 오크와 비슷하게 생기기는 했지만 훨씬 녀 우락부락하게 생겼디. 겉모습뿐만이 아니다. 라이는 놈에게서 풍기는 냄새가 예전에 지겹도록 맡았던 오크 냄새와 조금 다르다는 것을 느끼고 있었다. 하지만 전체적인 생김새로 봤을 때, 오크 말고 딱히 떠오르는 다른 몬스터가 없다는 게 문제였다.

"변종 오크…, 인가요?"

라이의 질문에 샘은 어깨를 으쓱거리며 대꾸했다.

"글쎄다……. 뭐, 오크면 어떻고 아니면 어때? 생긴 거 보니 별것도 아닌 것 같은데 말이야."

샘의 목소리에는 여유가 넘쳤다. 오크 따위가 변이가 일어나서 강해져 봐야 얼마나 강해지겠는가. 그래 봐야 오크인데……. 그가 활에 장전하기 위해 막 화살을 꺼내들려 할 때였다. 어슬렁거리며 다가오던 변종 오크가 움직인 것은.

탓!

그런데 이건 평범한 오크의 움직임이 아니었다. 결코 짧지 않은 거리를 눈 깜박할 새에 좁힌 변종 오크가 제일 먼저 노린 것은 샘이었다. 만약 샘이 어설픈 궁수였다면 그 일격에 숨통이 끊어졌으리라.

위기감을 느낀 샘이 급하게 몸을 굴려 가까스로 변종 오크의 기습적인 일격을 피해냈다. 그와 동시에 모닥불빛에 변종 오크가 들고 있는 무기가 뭔지 드러났다. 그런데 놈이 들고 있는 것은 투박한 나무 몽둥이 따위가 아니었다.

"창?"

그것도 엉성하게 만든 엉터리 창이 아니라, 날카로운 쇠붙이가 제대로 장착되어 있는 진짜 창이다. 뒹구르르 몸을 굴려 공격권에서 도망치려는 샘을 바짝 따라붙으며 변종 오크가 재차 공격을 시도했다. 놈의 창이 샘의 몸통을 막 꿰뚫으려는 찰나, 대장의 장검이 번쩍였다.

챙!

그와 동시에 쌍방 간의 무기가 불을 뿜었다. 화려한 창놀림. 수준 높은 창술은 아니었지만 기본은 갖추고 있다. 저게 오크가 맞나? 아니면 오크의 탈을 쓴 사람이 아닌가? 그런 생각을 하고 있을 무렵, 쌍방 간의 승부가 갈렸다.

뒤로 주춤주춤 물러서는 변종 오크. 가슴이 쩍 벌어져 있고, 피가 샘솟듯 뿜어져 나오고 있다. 그걸 본 라이는 안도의 한숨을 내쉬며 방어 자세를 취하고 있던 도끼를 아래로 슬그머니 내렸다. 저 정도의 상처라면 치명상이라고 해도 과언이 아니기 때문이다. 이제 곧이어 변종 오크가 무너지듯 쓰러지리라.

하지만 라이의 예상은 또다시 빗나갔다. 비틀거리던 변종 오크가 갑자기 도약하더니 라이를 향해 창을 휘둘러 왔던 것이다. 방심하고 있던 라이는 기겁을 하며 도끼를 들어 올려 간신히 공격을 막아냈다.

챙!

도끼를 들어 막지 않았다면 옆구리에 커다란 구멍이 뚫릴 뻔했다.

"이, 이게 어떻게 된 거야?"

방금 전의 공격은 죽기 전에 '니 죽고 나 죽자' 하는 식의 발악적인 공격이 아니었다. 기습공격이 실패하자 변종 오크는 마치 춤을 추듯 창을 휘두르며 연속적으로 라이의 목숨을 노려왔다. 도끼로 창날을 겨우겨우 쳐내던 라이는 우연히 놈의 가슴어림을 보게 되자 깜짝 놀라지 않을 수가 없었다. 내장이 보일 정도로 쩌억 베였던 변종 오크의 가슴에서 더 이상 피가 흘러나오지 않는 것이 아닌가. 숨이 차오를 만큼 격하게 움직이고 있는데도 말이다.

"이거 오크가 아니라 트롤이었나? 하지만 아무리 봐도 오크인데……."

수세에 몰린 라이는 급하게 대장을 찾았다. 방금 전의 격돌 이후로 대장은 뭔가 생각에 잠기기라도 한 듯 멍하니 서있었다. 그 때문에 변종 오크의 공격을 라이 혼자 감당하고 있었다. 일반적인 오크였다면 즉사를 해도 몇 번은 했을 정도로 치명적인 상처를 입고도 아무렇지도 않다는 듯 공격을 해오니 라이로서는 환장할 지경이었다.

"이봐요, 대장! 이 괴물 좀 어떻게 해 봐요!"

비명에 가까운 라이의 외침에 그제서야 정신을 차린 대장은 변종 오크의 뒤쪽으로 재빨리 다가서더니 단칼에 목을 날려 버렸다. 떨어져 나간 변종 오크의 목에서 피가 분수처럼 뿜어져 올라왔다.

라이는 새하얗게 질린 얼굴로 뒤로 후다닥 물러섰다. 목이 잘린 오크가 다시 일어나 창을 휘두를까 두려웠기 때문이다. 하지만 이번에는 정말로 죽었는지 꿈쩍도 하지 않았다.

"어휴, 죽다 살았네."

겨우 안도의 한숨을 내쉬던 라이는 대장의 표정이 점점 심각하게 바뀌는 것을 보고 의아한 생각이 들지 않을 수 없었다. 라이는 동굴 안쪽을 힐끗 바라봤다. 혹시 대장은 저 안에서 변종 오크들이 우글우글 달려나올 것을 염려하고 있는 것일까?

갑자기 대장이 두 사람을 바라보며 다급하게 소리쳤다.

"지금 당장 밖으로 나가야 돼!"

대장의 말에 샘이 자리에서 벌떡 일어나긴 했지만 밖으로 나가지는 않았다.

"바람이 동굴 안쪽으로 흘러 들어가는 건 사실입니다만, 지금 당장 도망칠 필요가 있겠습니까? 모양을 보니 제대로 된 오크는 아닌 것 같은데요."

"제대로 된 오크가 아니기 때문에 그래. 빨리 나가자!"

라이는 모닥불 위에 굽고 있던 고기를 힐끔 바라봤다. 그의 마음을 느꼈는지 대장이 채근한다.

"어서 서둘러!"

마지못해 자신을 따라오고 있는 라이. 그의 얼굴에는 의문이 가득했다. 그걸 느낀 대장이 말해줬다.

"저건 키메라야."

"키메라요? 그런 몬스터 이름은 처음 들어보네요. 난 오크인 줄 알았는데……."

"그게 아니라 마법생물 키메라 말이다. 너는 키메라가 뭔지도 모르냐?"

라이가 고개를 끄덕이자 대장은 한숨을 푹 내쉰 후 말했다.

"설명은 나중에 시간 날 때 자세하게 해 주마. 어쨌거나 키메라라는 건 자연적으로 태어나는 게 아니라 마법사들이 만든 마물이야."

대장의 말에 샘이 끼어들었다.

"그렇다면 저 안에 던전이 있다는 말씀이십니까?"

"그건 잘 모르겠지만, 한 가지는 확실하지. 마법사가 저런 키메라를 단 한 마리만 만들었을 리는 없다는 것을."

"던전이라면 들어가서 살펴봐야 하는 거 아닙니까? 저 속에 마법사가 숨겨 놓은 보물이나……."

아직 상황파악을 제대로 못한 라이가 순진한 얼굴로 끼어들었다가 대장의 야단만 맞았다.

"이게 어디서 주워들은 영웅담을 떠올리는 모양인데, 던전 탐험이라는 게 그렇게 쉬운 줄 아냐? 방금 전에 키메라하고 싸워 봤잖아. 얼마나 강한지 말이야. 그런 게 수십 마리쯤 달려 나온다면 너 상대할 자신이나 있는 거냐?"

전설에나 나오던 미지의 던전을 탐험한다는 것에 혹해 있던 라이. 하지만 그렇다고 해서 현실을 무시할 수는 없었기에 어쩔 수 없이 대답했다.

"아뇨."

"자 조금만 더 도망치자. 던전을 지키는 놈들일 테니 밖에까지 따라 나오지는 않을 거야."

"젠장, 제가 제대로 정찰을 했었어야 하는데……. 죄송합니다, 대장."

"자네가 미안할 게 뭐가 있나. 어쨌거나 이 위치를 지도에 표시해 둘 수가 없다는 게 한이로군. 모험가 길드에 이 위치를 알려 주면 두둑하게 한몫 받아낼 수 있었을 건데……."

일행이 동굴 밖으로 빠져나간 지 얼마 지나지도 않아 키메라 오크 여섯 마리가 동굴 속 깊은 곳에서 꿀꿀거리며 달려 나왔다. 그들은 목이 잘린 채 쓰러져 있는 동료를 발견하자마자 한 마리는 다시 동굴 안쪽으로 달려 들어갔고, 나머지는 그 주위를 샅샅이 뒤지기 시작했다.

여기가 던전으로 들어가는 입구고, 키메라 오크는 던전을 지키는 파수꾼일 거라는 대장의 예상이 맞은 것일까? 키메라들은 침입자의 존재를 파악했음에도 불구하고 밖으로 달려 나가지 않았다. 대신, 그들은 서로의 눈치를 슬금슬금 살피며 죽은 동료의 사체 주변으로 모여들었다. 처음에는 주변을 경계하는 척이라도 하고 있었지만, 얼마 지나지 않아 그들의 시선은 사체로 집중되었다.

그들이 사체를 둘러싸고 모인 이유는 뻔한 것이었다.

주르륵…….

굵은 송곳니가 튀어나와 있는 입술 사이로 침이 걷잡을 수 없이 흘러내린다. 그 중 한 마리가 도저히 참지 못하겠는지 사체의 손을 붙잡고 덥석 베어 물었다. 처음 시작이 어렵지 그 다음부터는 일사천리였다. 그러자 주위에 둘러싸고 있던 다른 오크들 역시 사체의 각 부분을 노리고 일제히 달려들었다.

우직우직…, 쩝쩝쩝…….

동굴 안쪽이 환하게 밝아 오기 시작하더니, 웬 여자의 상큼한 목소리가 동굴 안을 울렸다.

"콜록콜록! 이게 무슨 냄새야? 멍청한 것들! 이상이 있으면 나한테 보고하라고 했더니, 그런 것도 제대로 못해?"

천천히 걸어오는 여자의 앞에는 환하게 빛나는 구체(球體) 하나가 허공에 둥둥 떠 있었다. 마법사들이 어두운 곳에서 횃불 대용으로 흔히 사용하는 라이트 마법이다.

여자의 용모는 이런 동굴 속에서 흉칙하게 생긴 오크 떼와 어울리고 있다는 게 믿어지지 않을 정도로 아름다웠다. 하지만 방금 전 동굴 안으로 달려갔던 오크 한 마리가 그녀의 뒤에서 풀이죽은 채 따라오고 있는 것을 보면, 그녀가 이 오크들을 통제하고 있는 것만은 확실해 보인다.

"밖에 불이라도 난 거야? 어?"

싸늘하기만 했던 그녀의 표정이 갑자기 극도의 놀라움으로 바뀌었다. 동굴 바닥에 어지러이 찍혀있는 발자국과 모닥불의 흔적을 본 것이다. 그리고 그 주위에 흩뿌려져 있는 시뻘건 핏자국도……

"침입자?"

여행객들이 애용하는 두터운 가죽부츠가 남긴 발자국이다. 그녀는 모닥불 주위를 두리번거리며 이곳에서 무슨 일이 벌어졌는지 파악하기 위해 노력했다. 그러다 모닥불 주위에 흩뿌려진 시뻘건 핏자국으로 다가섰다.

축축하게 피에 젖은 흙을 조금 집어 만져 보기도 하고 냄새도 맡아 보며 분석을 하는 여마법사. 곧이어 그녀는 이 피가 오크의 것이며, 피의 상태가 아주 신선하다는 것을 파악해 냈다.

여마법사는 싸늘한 표정으로 키메라들에게 일갈했다.

"이 망할 놈들아! 내가 먹는 걸 허락하지 않은 사체는 절대 먹지 말라고 했잖아. 앙!"

그러자 마치 엄마에게 야단맞은 애들처럼 고개를 푹 숙인 채 어쩔 줄을 몰라 하며 딴청을 피우는 키메라들.

대장은 동굴 속에 대마법사가 건설한 던전이 있는 게 아닐까 생각했지만, 사실은 원로원에서 건설한 비밀연구소가 자리잡고 있었다. 여기에 있는 오크형태의 키메라도 이곳 비밀연구소에서 다년간의 연구를 통해 만들어 낸 작품들 중 하나였다.

모델넘버 'CE003', 연구원들끼리는 보통 '3호'라고 불리는 이 키메라 오크는 강력한 전투력을 지니고 있긴 했지만 대가리가 너무 나쁘다는 점이 흠이었고, 그 점이 그녀의 속을 썩이고 있었다.

머리가 나쁘면 시키는 대로 하기만 해도 좋겠는데, 이놈들은 시키는 말도 제대로 듣지 않고 있었다. 이번 경우가 그 좋은 예다. 먹는 걸 허락받지 못한 사체는 절대로 먹지 말라고 명령을 내려놨건만, 식욕을 참지 못하는 것이다. 정말이지 인내심이 형편없는 놈들이었다. 하기야 오크 데가리를 붙여 놓은 키메라에게서 뭘 더 바랄까만은……

침입자들의 발자국은 키메라들이 짓밟아 엉망으로 되어 있었고, 사체는 깨끗하게 뜯어먹어 버려 커다란 뼛조각 몇 개 외에는 남은 게 없다.

"으이그, 내가 미쳐. 이런 돌대가리 자식들을 데리고 경비를 해야 하다니⋯⋯."

어쩔 수 없이 여마법사는 마법으로 대지의 기억을 읽을 수밖에 없었다. 고차원적인 마법이라 꽤나 힘이 들었지만 어쩔 것인가. 이것 외에는 침입자를 알아낼 방법이 없는데.

대지의 기억을 읽기 시작한지 얼마 지나지 않아 여마법사는 이곳에서 벌어진 사건의 전모를 파악해냈다. 침입자는 모두 셋. 희미한 영상이긴 했지만 그들의 행색으로 봤을 때 모험자 패거리인 듯했다.

여마법사는 키메라들에게 동굴 밖을 손가락으로 가리키며 명령했다.

"이곳에 들어왔던 침입자들을 찾아서 죽여. 먹어도 상관은 없지만 머리통만큼은 반드시 가지고 와. 알겠어?"

머리통을 가져와야 키메라들이 침입자들을 확실히 없앴다는 걸 알 수 있었기에 그렇게 명령한 것이다. 시체를 먹어도 된다는 말에 키메라 오크들은 신이 나서 동굴 밖으로 달려 나갔다. 그리고 홀로 남은 여마법사는 핏자국이 있는 곳으로 다가가 청소를 시작했다. 오크 뼈는 물론이고 주위에 흩뿌려진 핏자국까지도 마법으로 깨끗하게 태워 없앴다. 키메라의 사체는 피 한 방울조차도 남김없이 깨끗하게 처리해야만 했다. 이 피를 흡수한 식물이 식인식물로 변태하는 것이었으니까.

이 문제점만 없었다면 키메라 오크는 오래전에 대량으로 생산되어 알카사스 왕국의 군사력 증대에 일익을 담당했었으리

라. 하지만 아직까지 이 문제가 해결되지 않았기에 소량만이 생산되어 연구소의 경비용으로 사용되며 테스트되고 있는 중이었다.

동굴을 벗어난 라이 일행은 입에서 단내가 나오도록 산길을 내달렸다.

"저 위로 올라가자!"

대장이 가리킨 곳은 산봉우리 위쪽이었다. 그쪽은 돌이 많아서 그런지 키 큰 나무가 거의 자라지 못해 넓은 공터를 이루고 있었다.

셋은 미친 듯 치달리다가 숨이 턱 끝에 차서 더 이상 달릴 수 없을 지경이 되어서야 걸음을 멈췄다.

헐떡거리며 땅바닥에 주저앉는 샘. 그에 비해 라이는 거친 숨을 내쉬고는 있었지만 다소 여유가 있는 표정이었다. 이건 확실히 대장으로서도 예상치 못한 상황이었다. 어린놈의 체력이 아무리 좋다고 해도 그렇지, 산악전 전문가인 레인저보다 더 좋다는 건 말이 안 되기 때문이다. 게다가 식인식물에 발을 찔려서 제대로 걷기조차 힘들어했지 않았던가.

'정말 이해가 안 되는 녀석이로군. 도대체 어떻게 하면 저렇게까지 체력이 좋을 수가 있지? 웬만큼 훈련해서는 도저히 저런 체력을 만들 수 없는데 말이야……'

잠시 라이를 쳐다보던 대장은 시선을 다른 곳으로 돌렸다. 지금은 라이의 체력 따위에 신경을 쓸 만큼 한가한 상황이 아니었다. 주위를 살펴보니 키 작은 관목이나 풀밖에 없었기에 저 아래쪽까지 훤히 내려다보였다.

"헉헉, 따라오는 거 같냐?"

"아, 아뇨. 따라오는 건 아무것도 없어요."

"헉헉, 대장님 예상대로 그 키메라는 던전을 지키는 파수꾼이었던 모양입니다."

"그래도 안심하기는 일러. 그 던전 속의 마법사가 살아 있는지, 아니면 죽었는지에 따라서 키메라들의 대응이 달라질 테니까 말이야. 마법사가 오래전에 죽어 버렸길 비는 수밖에……."

그 순간 대장의 얼굴이 딱딱하게 굳었다. 수풀을 뚫고 여섯 마리의 키메라 오크들이 달려 나오고 있는 것을 본 것이다. 태생적 한계상 다리가 짧은 놈들이었지만, 치달리고 있는 그들의 속도는 결코 느리지 않았다.

키메라 무리들을 자세히 살펴보던 대장은 일단 안도의 한숨을 내쉬었다. 그가 우려했던 것보다 숫자가 적었기 때문이다. 그리고 마법사도 없는 듯했다. 키메라를 만든 고위급 마법사가 함께 따라왔다면 죽었다고 복창해야 했을 텐데 말이다. 저 정도라면 어렵지 않게 해치울 수 있으리라.

빨리 해치우고 더욱 멀리 도망치는 것만이 살길이었다. 대장은 아직도 거친 숨을 몰아쉬고 있는 샘의 등을 툭툭 쳤다.

"이봐, 나왔어."

샘은 숨을 거칠게 몰아쉬느라 고개를 제대로 들지도 못했다.

"며…, 몇 마립니까?"

"여섯 마리. 어쨌거나 다행이야. 마법사가 만든 키메라가 몇 마리 되지 않았던 모양이니까 말이야."

샘은 자신들이 있는 쪽을 향해 짧은 다리로 뒤뚱거리면서 부지런히 달려오고 있는 키메라 오크들을 바라보다가 가래침을 퉤 뱉으며 투덜거렸다.

"망할 놈의 새끼들. 지치지도 않는 모양이지?"

"독화살 준비해. 아까 보니까 회복력이 좋아서 화살 따위로는 죽지도 않겠더군."

샘은 품속에서 작은 병 하나를 꺼냈다. 그는 조심스럽게 마개를 연 다음, 화살촉을 차례로 병 안에 집어넣었다. 그리고 독을 묻힌 화살은 옆에 따로 가지런히 놨다. 혹시 실수로라도 화살촉에 긁히기라도 했다가는 목숨이 위태로운 것이다.

샘은 자신의 행동을 신기하다는 듯 구경하고만 있는 라이에게 짜증이 묻어나는 말투로 소리쳤다.

"뭐하고 있어? 너도 묻혀."

"예? 예."

라이도 서둘러 자신의 화살을 꺼내 독을 묻히기 시작했다.

"맹독성이니까 끝에만 살짝 묻혀도 충분해."

라이의 화살은 워낙 크고 길기에 연사에는 불리했다. 그렇기에 그는 화살 3개에만 독을 묻혔다. 많이 쏴 봐야 3발 정도가 한계일 거라는 걸 잘 알고 있었던 것이다.

샘과 라이, 두 명은 시위에 화살을 건 채로 키메라 오크들이 사정권 안에 들어오기만을 초조하게 기다렸다. 이윽고 몇 분 지나지 않아 사정권 안에 들어왔음을 확신한 샘이 화살을 쏘기 시작했다.

피웅!

바람을 가르고 날아간 화살이 키메라에게 명중할 때쯤, 샘은 벌써 다음 화살을 장전한 채 시위를 당기고 있었다.

그런데 이때 모두의 두 눈이 휘둥그레졌다. 화살에 가슴을 명중당한 키메라가 전혀 데미지를 입지 않은 듯 계속 달려오고 있었던 것이다. 아니, 분명 바뀐 건 있었다. 화살에 맞은 키메라의 흉성이 폭발한 듯 기괴한 괴성을 내지르며 달려오던 속도가 더 빨라진 것이다.

"혹시 병이 헷갈린 거 아냐?"

대장의 물음에 샘은 짜증어린 목소리로 대꾸했다.

"말도 안 되는 소리 하지 마십쇼. 헷갈릴 게 따로 있지. 제가 지니고 다니던 독병을 헷갈리겠습니까?"

그 말에 대장의 인상이 왈칵 일그러졌다. 두 사람에게 말은 하지 않았지만 그는 벌써 눈치챈 것이다. 저걸 만든 마법사가 무슨 수작을 부렸는지는 모르겠지만, 독에 면역력을 심어놓은 것이라는 걸. 하지만 대장은 자신의 생각을 아예 입 밖으로 꺼내지 않았다. 자칫 샘이나 라이의 마음이 흔들려 집중력을 잃을까 두려웠기 때문이다.

그러나 샘은 이미 동요하고 있었다. 두 번째와 세 번째 쏜 화살이 연거푸 빗나간 것이다. 대장은 샘의 어깨를 토닥이며 나지막하지만 확신에 찬 목소리로 조언했다.

"정신 똑바로 차려. 지금은 제대로 쏘는 데만 집중해. 어쩌면 독약 효과가 조금 늦게 나타나는 건지도 모르니까."

샘은 입술을 지그시 깨물며 심호흡을 했다. 그런 다음 맨 앞에 달려오는 놈을 목표로 향해 시위를 놓았다.

피웅~

퍽!

이번에는 정확하게 명중했다. 하지만 맞춰 봐야 뭐하겠는가. 첫 번째 화살에 격중되었던 키메라가 아직까지도 열심히 달려오고 있는데……. 걸리적거리는 화살은 이미 뽑아 버린 상태였고, 상처에서 흘러나오던 피도 어느덧 멈춰 버렸다. 가슴에 나 있는 핏자국만 아니라면 놈이 화살에 맞았는지조차 의문스러울 지경이다.

"이런 씨팔!"

샘은 자신의 화살 공격이 키메라에게 별다른 타격을 줄 수 없다는 걸 알게 되자 거칠게 욕설을 내뱉으며 입술을 잘근잘근 씹었다. 그런 모습을 지켜보던 대장은 고개를 절레절레 흔들며 시선을 라이에게로 돌렸다. 노회한 그였기에 레인저인 샘이 이 정도라면 라이가 얼마나 많이 동요하고 있을지 충분히 짐작이 갔던 것이나. 그런데 놀랍게도 라이는 전혀 흔들림 없이 화살을 키메라에게로 겨눈 채 시위를 놓을 순간만을 기다리고 있는 게 아닌가.

사실, 라이는 샘의 첫 번째 화살이 키메라에게 전혀 통하지 않는다는 걸 알게 되자마자 도망치고 싶다는 욕구에 한참을 고민해야 했다.

대장과 샘이 키메라 떼와 치열하게 싸우고 있는 동안 자신만 몰래 도망친다면? 하지만 곧이어 라이는 생각을 바꿨다. 지금 이 위급한 상황에서 겨우 빠져나간다고 해 봐야 자신이 잡힐 때까지 끝없이 쫓기는 일만 남을 테니까. 결국 키메라나 추격자의 검에 목이 잘린 시체가 될 확률이 굉장히 높았다.

그럴 바에는 차라리 저 둘과 함께 협력해서 키메라와 싸우는 게 훨씬 더 생존 확률이 높은 것이다. 무엇보다 라이가 이런 결론을 내리게 된 결정적인 이유는 바로 대장의 엄청난 검술 실력 때문이긴 했지만.

그런 라이를 보며 대장은 씁쓸한 미소를 감추기 힘들었다. 만약 이런 상황이 아닌, 탈출에 성공해 안정적인 삶을 살 때 만났더라면 제자로 삼아도 괜찮겠다는 생각이 든 것이다. 하지만 라이가 기대한 것과 달리 그가 라이를 데리고 다니는 것은 언젠가 미끼로 써먹기 위한 것이었다.

샘이 거의 조준도 하지 않고 속사(速射)로 쏘고 있는데 반해, 라이는 첫발을 아주 신중하게 조준했다.

'사정권 안에 들어왔나?'

아무래도 조금 먼 것 같다. 이제나 저제나 하며 초조하게 망설이던 라이가 일순 시위를 놨다. 커다랗기 짝이 없는 그의 화살은 날아가는 박력 자체가 달랐다.

슈우우우—

거리가 짧아서인지 커다란 화살은 키메라의 머리통을 그대로 꿰뚫어 버렸다.

퍽!!

샘이 쏜 화살에는 반응조차 보이지 않았던 키메라 오크였지만, 이번에는 달랐다. 화살에 머리통이 꿰뚫림과 동시에 뒤로 벌렁 자빠져 버린 것이다. 산 아래로 데굴데굴 굴러 내려가는 키메라를 보며 라이의 입가에 미소가 어린다. 거추장스럽기 짝이 없는 커다란 활과 화살을 힘들게 들고 온 보람이 있는 것이다.

슈우우—

두 번째 화살에 맞은 키메라도 뒤로 자빠져 버렸다. 이제 남은 것은 네 마리. 샘은 놀라운 속도로 화살을 쏴 대고 있었지만, 놈들에게 그런 공격은 모기에 물린 정도의 타격밖에 입히지 못했다. 녀석들의 뛰는 속도조차 줄이지를 못하고 있었으니까.

피슝.

마지막 독화살까지 날린 후, 샘은 일반 화살이 남아 있음에도 불구하고 활을 내려놨다. 독화살도 통하지 않는 판에 일반 화살로 쏴 봤자 헛짓거리라고 판단한 것이다. 그는 등에 매고 있던 방패를 풀어 왼손에 들고, 오른손에는 단검을 뽑아들고 곧이어 시작될 육박전에 대비했다.

라이가 세 번째 화살을 시위에 간신히 장전했을 때는 키메라 오크들이 20여 미터도 채 안 되는 거리까지 육박해 들어온 상태였다. 라이는 급히 세 번째 화살을 날렸다. 워낙 코앞에서 쏜 화살이었기에 키메라는 피할 엄두조차 내지 못한 채 무참한 비명을 지르며 뒤로 나자빠졌다.

라이는 자신이 쏜 화살에 키메라 오크가 격중되었는지 살펴볼 여유조차 없었다. 그는 곧바로 활을 던져버리고 허리에서 도끼를 뽑아들어 키메라가 내지르는 창부터 막았다.

태앵!

창과 도끼자루가 부딪치며 요란한 소리가 울려 퍼졌다. 라이는 강한 힘으로 오크의 창을 튕겨 올림과 동시에 한손 도끼를 양손으로 붙잡고 힘껏 휘둘렀다. 그 덕분에 평소처럼 왼손에 방패를 들고 있는 상황이었다면 불가능했을 빠른 속도로 키메라 오크에게 역공을 가할 수 있었다. 그리고 그 공격은 키메라에게 커다란 상처를 안겼다.

키에엑!

키메라 오크가 뒤로 고개를 힘껏 젖힌 탓에 목을 완전히 잘라내는 데는 실패했지만, 1/3쯤은 잘라낼 수 있었다. 붉은 피가 분수처럼 터져 나왔다. 의외로 쉽게 한 놈 해치웠다고 생각한 라이는 주위를 둘러봤다.

역시 대장은 예상대로 키메라 오크를 손쉽게 다루고 있는 중이었다. 그리고 샘도 위태롭기는 했지만 키메라 오크의 매서운 공격을 차분히 막아 내고 있었다.

'먼저 샘부터 도와주자.'

마음을 먹고 샘쪽으로 채 한걸음도 옮기기 전에 라이는 놀라운 광경을 볼 수 있었다. 두 번째로 쐈던 자신의 화살에 가슴이 적중되었던 키메라 오크가 부시시 몸을 일으키고 있는 것을.

놈은 자신의 몸에 꽂혀 있는 화살을 분질러 버린 후, 남은 토막을 밀어서 몸에서 뽑아냈다. 화살이 뽑힌 자리에서 피가 분수처럼 뿜어져 나왔지만, 그것도 잠시. 곧이어 피가 멈추기 시작했다.

이 믿기지 않는 장면을 지켜보고 있던 라이의 두 눈이 휘둥그레졌다.

"저, 저게 가능한 일이야?"

그 순간 그는 이상한 경험을 했다. 온 몸의 털이 곤두서는 듯한 해괴한 느낌과 함께 움직일 생각을 하지 않았는데도 자신의 몸이 옆으로 쓱 움직인 것이다. 그와 동시에 자신이 서 있던 위치를 거칠게 훑고 지나가는 창 한 자루. 놀랍게도 그건 방금 전 자신이 해치웠다고 지레 짐작했던 키메라 오크놈이 휘두른 것이었다.

"헉?!"

라이는 경악했다. 죽였다고 생각한 키메라 오크는 아직 싱싱하게 살아 있었다. 목 부분에 붉은 피가 흥건하게 묻어있긴 했지만……

"이런 망할 놈! 정 그렇다면 다시는 살아날 수 없도록 모가지를 뎅강 잘라 주마."

화살에 맞았던 키메라 오크가 여기에 도착하기 전에 놈을 해치워야만 했다. 살기 위해서는 그것밖에 방법이 없었다. 저놈이 살아난 것을 보면, 남은 두 마리도 살아날 가능성이 컸다. 만약 그놈들까지 모두 다 가세한다면 무조건 죽음뿐이다.

그런 초조함이 라이의 몸을 딱딱하게 경직시켜, 오히려 평소보다 몸놀림을 둔하게 만들었다. 더군다나 놈에게 치명타를 입힐 수 있는 위치는 정해져 있다. 키메라 오크도 바보가 아니었기에 방금 전에 베였던 목 언저리에 대한 방어를 철저하게 하고 있었다. 그 모든 요소들이 합쳐져 둘 간의 대결은 라이의 기대와 달리 팽팽하게 이어지고 있었다.

챙! 챙! 툭! 퍽!

결국 생각하기도 싫었던 사태가 벌어졌다. 두 번째 화살에 맞았던 키메라 오크가 전장에 도착한 것이다. 라이는 그때까지 눈앞의 키메라 오크를 어떻게 하지 못하고 있는 상황. 라이의 눈에 절망감이 어리기 시작했다.

서걱.

그때 기적이 일어났다. 아니, 기적이랄 것도 없었다. 대장이 자신이 맡고 있던 키메라 오크의 목을 날려버리고 달려오던 키메라 오크를 맞이한 게 어찌 기적이겠는가. 라이가 기적이라고 느낀 것은 그만큼 이 기괴한 키메라 오크에게서 받은 심적 충격이 컸던 탓이다.

라이가 눈치채지 못하고 있었지만 이미 대장은 전장의 상황을 예의 주시하고 있었던 것이다. 그렇기에 라이에게 또 한 마리의 키메라가 달려들자, 자신이 맡고 있던 키메라 오크의 목을 단칼에 날려 버리고 전장의 균형을 맞춘 것이다.

대장이 트롤까지 해치운 실력자라는 걸 떠올리자 불안에 떨던 마음이 차분하게 안정되었다. 라이는 격렬하게 방패와 칼을 휘두르며 키메라 오크를 압박해 나가기 시작했다. 본인이 가진 실력이 유감없이 나오는 것이다.

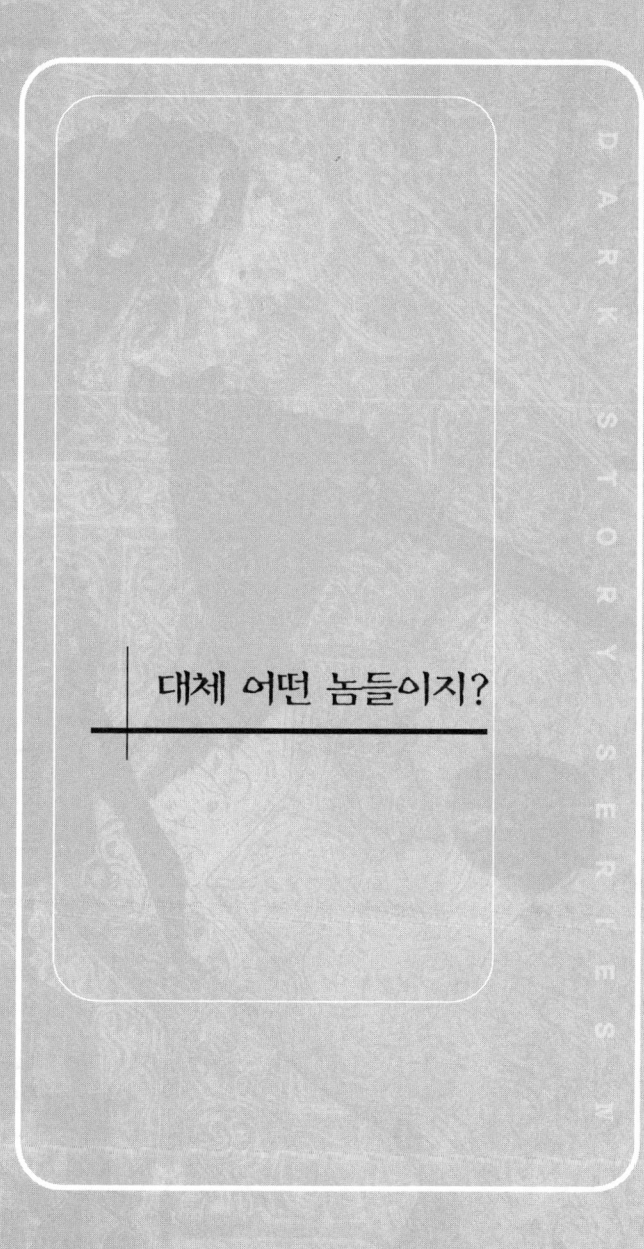

대체 어떤 놈들이지?

33

몰몬트 산맥의 추격전

처음에는 예상보다 침입자가 멀리 도망쳐 버렸기에 늦어지는 것이라 생각했었다. 하지만 키메라 오크들을 내보낸 후 1시간이 흘러가자 여마법사는 뭔가가 잘못되었다는 것을 직감했다. 이렇게까지 늦을 리가 없는 것이다.

그녀는 즉각 휘하에 거느리고 있는 외곽경비대를 집합시켰다. 외곽경비대는 '4호'라고 불리는 CE004 1마리와 '3호'라고 불리는 CE003 30마리로 이뤄진 강력한 집단이었다. 그런데 지금은 CE003이 7마리나 빠져 버려 24마리로 줄어 있었다.

오크의 강력한 후각을 이어받은 덕분에 키메라들은 곧장 동료의 흔적을 찾아내어 뒤를 쫓아갔다. 격전은 그리 먼 곳에서 벌어진 게 아니었다. 치열한 격전이 벌어진 흔적과 함께 여기저기에 쓰러져 있는 키메라의 사체들. 모두 다 하나같이 몸통과 머리가 분리되어 있었다.

흔적들을 살펴보고 있던 여마법사의 눈에 특별한 물건이 하나 들어왔다. 그녀가 땅바닥에서 집어 든 것은 언뜻 창이라고 오판할 정도로 크고 긴 화살촉이었다. 그녀는 이런 화살을 쓰는 곳이 어딘지 알고 있었다.

"도렌 영지?"

하지만 곧이어 그녀는 고개를 가로저었다. 남겨진 흔적으로 봤을 때 적의 숫자는 겨우 셋. 병사 따위가 2배수가 넘는 키메라를 처치할 수 있을 리도 만무하지만, 도렌 영지병들이 영지에서 멀리 떨어진 이런 깊은 곳까지 들어올 리가 없다.

"아니야. 병사는 아닌 것 같고…, 어쩌면 현지에서 고용된 용병이겠지."

이런 투박한 화살을 쓰는 용병의 실력이야 뻔한 것일 테고, 나머지 둘의 실력이 상당한 모양이다. CE003 여섯 마리를 해치우고도 아무도 죽지 않은 걸 보면 말이다. 그렇다면 그 둘은 꽤 이름 있는 모험가일 가능성이 컸다.

"제길, 일이 귀찮게 됐잖아. 녀석들이 이곳에서 키메라를 발견했다는 소문을 사방에 퍼뜨리는 것만은 어떻게 해서든 막아야 해."

키메라가 던전을 지키는 파수꾼이라고 생각하고 수도 없이 많은 모험가들이 이리로 몰려오면 어떤 사태가 벌어지겠는가. 그것들을 몽땅 다 해치우든지, 아니면 연구소를 다른 곳으로 옮기든지 양자택일을 하는 수밖에 다른 방법이 없을 것이다.

이곳에 이 정도 규모의 연구소를 건설하는 데 얼마나 많은 자금이 투입되었는데……. 결단코 그런 일이 벌어져서는 안 된다. 연구소장이 자신을 가만히 놔둘 리가 없는 것이다.

그녀는 자신의 부대에 유일하게 있는 CE004를 향해 고개를 돌렸다. CE004는 CE003을 더욱 개량한 키메라로서 CE003보다 50%정도 더 강력한 전투력을 지니고 있었다. 그런 그를 여마법사는 대장으로 임명하여 부려먹고 있는 중이었다.

"무슨 일이 있더라도 놈들을 찾아서 반드시 죽여라."

"취칙, 알겠다……."

키메라들에게 용병들의 추적을 명령하려던 그녀는 곧이어 자신이 미처 하지 않은 일이 있다는 것을 떠올렸다. 여섯 구의 사체들을 없애야 하는 것이다. 그걸 그녀 혼자서 없애려면 꽤나 힘들고 성가시다. 이런 경우에는 키메라의 도움을 받는 쪽이 한결 수월하다.

"가기 전에 배를 채울 수 있도록 저것들을 다 먹어치워. 그리고 핏자국과 삼키지 못하는 뼈는 한곳에 모아 놓도록."

명령이 떨어지자마자 마치 기다리기라도 했다는 듯 키메라 오크들은 침을 질질 흘리며 앞 다투어 동료의 사체들을 뜯기 시작했다.팔 한짝을 들고 뜯어먹거나, 두 손 가득 내장을 들고 먹거나.

순식간에 주위는 사체에서 뿌려진 피로 시뻘겋게 물들었다. 그런 피 튀기는 식사 모습이 너무나도 역겨웠던 그녀는 차마 바라보지 못하고 다른 쪽으로 시선을 돌렸다.

"젠장, 아무리 봐도 적응이 되지를 않네."

처음부터 휘하 전력을 몽땅 다 투입했어야 했는데……. 어쨌거나 저들을 다 투입한 이상, 녀석들의 질긴 명줄도 이걸로 끝일 것이다. 놈들의 실력이 제 아무리 좋다고 해도 저들을 상대로는 절대 살아날 수 없을 테니까.

대체 어떤 놈들이지? 139

오도독, 와드득.

뼈째로 생살을 씹어 먹는 끔찍한 소리에 귀까지도 틀어막고
싶어진다. 그녀는 키메라들의 식사 장면이 보기 싫어 시선을 이
리저리 옮겼다. 그런데, 이때 뭔가 이상한 게 그녀의 눈에 들어
왔다. 능선 위쪽 파란 하늘에 찍혀 있는 시커먼 점 하나. 처음에
는 독수리가 아닐까 생각했지만 곧이어 그녀는 그게 와이번이
라는 것을 깨달았다. 마법을 쓸 수도 있었지만, 그녀는 재빨리
품속에서 작은 망원경을 꺼내 들었다.

역시, 그녀의 예상대로 와이번은 야생이 아니라 사람이 부리
는 것이었다. 자세히 보니 와이번 위에 타고 있는 사람이 둘 보
였다. 워낙 멀어 얼굴까지 알아볼 수는 없었지만 말이다. 그것
을 보자마자 여 마법사는 자신의 타고난 조심성으로 마법을 쓰
지 않은 것을 다행이라 생각했다. 만약 자신이 마법을 썼다면,
저 와이번의 뒷자리에 타고 있는 마법사가 금방 눈치챘을 테니
까. 마법사는 다른 건 몰라도, 마나의 움직임에는 아주 민감한
족속인 것이다.

순간, 그녀는 키메라 오크들을 이대로 보내도 괜찮을까 고민
했다. 와이번이 날고 있는 방향으로 봤을 때, 어쩌면 저들과 키
메라들의 동선이 겹치는 지점이 생길 우려가 있었던 것이다.

잠시 고민하고 있던 그녀에게 키메라 오크 대장이 다가왔다.

"취익, 다 먹었다……."

그녀가 뒤를 돌아보니 자신이 지시한 대로 한곳에다가 뼈들
을 모아 놓은 게 보였다.

"이제 놈들을 쫓아가 죽여. 죽인 뒤 시체를 먹어치우는 건 상관없지만 머리통은 꼭 가져와. 알겠어?"

"취칙! 알겠다."

키메라 오크들을 보낸 후, 홀로 남은 그녀는 마법을 사용해서 흔적을 태워 버릴까 고민하다가 그냥 놔두기로 했다. 너무 위험하다는 생각이 들었던 것이다. 마법을 쓰면 용기사 일행이 눈치챌 게 뻔했으니까.

"조심해야겠군. 이 일대는 순찰을 하지 않는 줄 알았는데, 요 근래에 순찰 범위에 포함된 모양이지? 대규모 마법을 쓰기 전에는 필히 대공 감시를 해두는 게 좋겠어."

발로 흙을 밀어 뼈 위에 대충 덮은 그녀는 와이번에 대해 깊게 생각하지는 않았다. 국경 순찰을 돌고 있는 용기사를 본 것이라고 생각했으니까.

*　　*　　*

"좀 쉬었다가 가자."

대장의 말이 떨어지자마자 쓰러지듯 바닥에 주저앉아 헐떡거리는 샘. 누가 봤으면 그가 가장 초보자인 줄 알겠지만, 사실 숲속에 있어서 최고의 전문가는 바로 샘이었으니 작금의 상황이 정말 특이한 경우라고 봐야 했다.

"견딜 만하냐?"

"에, 대장."

대장은 품속에서 돌덩이 같은 육포 조각을 꺼내 들며 라이에게 건네주었다.

"틈틈이 뭐라도 좀 먹어 둬. 이런 때는 체력이 떨어지면 끝장이니까 말이야."

"예. 감사합니다."

"그런데 아까 보니 도끼를 아주 잘 다루던데…, 누구에게서 배웠나?"

"용병단에 있을 때 루베르크라는 교관님께 배웠습니다. 루톤식 도살법(屠殺法)이라고 하던데요."

라이의 대답에 대장은 어이가 없었다. 루톤식 도살법이라면 가장 기본적인 도끼술들 중 하나가 아닌가. 겨우 그런 기초만을 배워서 키메라 오크와 그 정도로 싸울 수 있다면 누가 고급 도끼술을 배우려 들겠는가. 그렇다면 해답은 다른 곳에 있을 것이다.

"혹시 도끼 말고 다른 무기를 다뤄 본 적이 있나?"

이미 모든 걸 털어놓은 터라 라이는 솔직하게 대답했다.

"물론 있죠. 아버지께 검술을 배웠습니다. 대장님처럼 뛰어난 검객은 아니셨지만, 섬기던 백작 휘하의 기사들 중에서는 첫손가락에 꼽히는 실력자셨죠."

그렇게 말하는 라이의 어조에는 약간의 자부심이 묻어 있었다. 아버지의 뛰어난 검술 실력은 그의 어릴 적 자랑거리였었으니까.

"그럼 왜 검을 쓰지 않고, 도끼를 쓰는 게냐?"

예전의 험난했던 기억이 떠오르자 라이는 고개를 흔들며 대답했다.

"노예로 잡혀간 처지에 입맛에 맞는 무기를 고를 수가 있어야죠. 창고에 쌓여 있던 수많은 고철들 중에서 이게 그나마 쓸 만했으니 선택의 여지가 없었죠."

라이의 대답에 대장은 어이가 없는 모양이다.

"허어…, 그것 참……."

어쨌거나 라이가 검술을 배웠다는 게 확실해진 이상, 대장은 그의 실력이 궁금하기 짝이 없었다. 대장은 내심 라이가 꽤 높은 수준의 검술을 익히고 있을 거라고 짐작했다. 그렇지 않다면 저런 기초적인 도끼술만 가지고 키메라 오크를 상대한다는 것은 불가능한 일이었으니까.

대장은 자신의 검을 라이에게 건네주고, 샘에게 단검을 잠깐 빌려달라고 했다. 자신의 장검을 라이에게 건네준 이유는, 라이가 장검을 사용하는 것을 보고 싶었기 때문이다.

"공격해 봐."

대장의 실력이 어느 정도인지 이미 알고 있는 라이였기에 마음 놓고 검을 휘둘렀다.

챙챙!

대련은 그리 오래 지속되지 않았다. 키메라 오크가 또 나타날지 알 수가 없는 상황에서 라이의 실력을 본답시고 체력을 너무 소모할 수 없었던 게 첫 번째 이유였고, 두 번째 이유는 라이의 실력이 예상보다 너무 형편없었기 때문이다. 실력을 숨기고 있는 것인지, 아니면 본래 실력이 그런 것인지는 알 수가 없었지만…… 어쨌거나 몇 차례 검을 부딪쳐 본 대장은 더 이상의 대련은 무의미하다고 판단했다.

"그만! 이 정도면 됐다."

대장은 장검을 돌려받으며 부드러운 목소리로 칭찬을 했다.

"제법 쓸 만한 실력이긴 하구나."

갑작스런 중단에 라이는 의아한 듯 대장을 바라봤다. 자신이 알고 있는 기술을 몇 가지 써 보지도 못했는데 벌써 그만두자니 의아하지 않을 수가 없었던 것이다.

"그렇게 볼 필요 없다. 이 정도면 네 실력을 충분히 알았으니까. 또, 지금 이런 걸로 힘 빼고 있을 여유로운 상황이 아니지 않느냐."

대장은 샘이 어느 정도 휴식을 취해 숨이 진정된 듯 보이자 뒤를 한 번 돌아본 후 말했다.

"어서 출발하자. 더 이상 추격해 오지 않는다면 좋겠는데……."

이런 일조차 제대로 처리 못해!

33

몰몬트 산맥의 추격전

용기사 도튼에게 붙잡혀 간 리치몬드와 젠슨은 요새에 도착하자마자 곧바로 마법진을 통해 동부지구장에게로 보내졌다. 기사단에서 사용하는 소규모 이동마법진이 요새 내에 설치되어 있었기에 가능한 일이었다.

하지만 몇 시간도 채 지나지 않아 잘못 잡아들였다는 게 밝혀졌다. 감찰부의 내부 정보를 캐내기 위해 정신계 마법을 사용하자마자 알게 된 사실이었다. 잔뜩 기대에 부풀어 있던 동부지구장은 이런 일조차 제대로 처리하지 못하고 엉뚱한 놈들을 보내온 스트론 분견대장에게 엄청 화가 났다.

동부지구장은 자신이 원한 놈들이 아니라는 사실을, 아랫사람을 시켜 통보하는 것으로 자신의 불쾌감을 전달했다. 그리고 그것은 스트론에게 아주 효과적으로 먹혀들었다. 지구장도 아닌 그의 비서쯤 되는 새파란 마법사 녀석의 통보를 자신이 직접 받아야 했던 스트론은 동부지구장의 의도대로 극심한 모멸감을 느껴야 했던 것이다.

그 모멸감을 스트론이 혼자 삭힐 리가 없다. 그는 즉시 도튼을 소환했다. 마음 같아서는 그와 파트너인 마법사까지도 함께 소환해서 욕설을 실컷 퍼부어 주고 싶었지만, 그 마법사 놈이 딴데다가 헛소리라도 나불거리는 날에는 일만 더욱 복잡해진다. 더군다나 이들이 잡아 와야 할 대상이 감찰부의 배신자들이라는 것을 밝힐 수가 없다 보니 질책을 하는 데에도 한계가 있었다.

"너 이 새끼, 일 처리 제대로 안할래? 내가 왜 실컷 일해 주고, 그 망할 마법사 새끼한테 이런 치욕을 당해야 하냐고. 엉?"

"설마, 그 깊은 산속에 3명으로 이뤄진 또 다른 파티가 있을 거라고는……."

"그걸 지금 말이라고 해!"

더 이상 변명을 해 봐야 소용없다는 걸 깨달은 도튼은 그냥 고개를 푹 숙였다. 물론 속으로는 열불이 치밀어 올랐지만 어쩌겠는가. 계급이 깡패인 걸.

"죄송합니다, 대장님."

스트론의 질책은 그리 오래가지 않았다. 그도 알고 있는 것이다. 잡아야 할 놈이 어떤 놈인지 정확히 알려줬었다면 이런 일이 처음부터 일어나지도 않았을 것이라는 것을.

"지금 당장 가서 다시 잡아 와. 이번에는 제대로 된 놈으로!"

"하, 하지만 지금은……."

밤이었다. 이런 깜깜한 밤에 와이번을 타고 날아 봐야 뭐가 보이겠는가.

"야 이 새끼야, 지금 밤낮 따지고 있을 때인 줄 알아? 당장 가서 잡아 와. 알겠어?"

도튼은 지금은 상관에게 그 어떤 말을 해도 통하지 않겠다는 걸 눈치채고 재빨리 대답했다.

"옛!"

분견대장의 방에서 나온 도튼은 선임 마법사를 찾아갔다. 선임 마법사는 통신실에 있었다.

"무슨 일인가?"

"잠시 드릴 말씀이 있습니다."

도튼은 선임 마법사를 통신실 밖으로 데리고 나와 사정을 설명했다. 분견대장이 야간비행을 지시했다는 것을.

"데리고 나가기에는 델슨이 너무 피곤한 상태입니다. 그러다가 자칫 실수라도 하는 날에는……."

델슨은 그의 파트너인 마법사의 이름이다. 도튼의 말에 선임 마법사는 고개를 주억거렸다. 그도 마법사다. 피곤한 상태에서 마법을 쓰는 게 얼마나 위험한 일인지 잘 알고 있는 것이다.

더군다나 마법사에게 야간비행은 주간에 비해 훨씬 더 큰 부담을 줬다. 주간에 행하던 탐색마법은 물론이고, 와이번의 시야를 확보해 주기 위한 라이트 마법까지 쉬지 않고 구동시켜야 했다. 일상적인 정찰비행이라면 몰라도 언제 비행이 끝날지도 모르는 이런 상황에서는 자칫 큰 사고로 이어질 가능성이 컸다.

선임 마법사는 잠시 턱을 잡고 생각에 잠겼다. 엉뚱한 놈들을 잡아 온 덕분에 반나절 정도의 귀중한 시간을 날려 버렸다. 보안 유지도 중요하지만 이제 시간과의 싸움이다. 그렇다면 용기사 하나를 보내기보다 용기사 전체를 다 출동시키는 게 훨씬 더 나은 선택일 수도 있었다.

"그건 그렇군. 알겠네. 내가 대장님께 잘 말해 두지. 대신, 내일 새벽에 출동할 수 있겠나?"

"물론입니다, 선임 마법사님."

"그럼 그렇게 해 주게."

다음날 날이 밝자마자 요새에 있는 일곱 마리의 와이번이 일제히 새벽공기를 가르며 하늘 위로 날아올랐다. 감찰부에서 파견한 병력이 언제 이곳에 도착할지 모른다. 그 전에 놈들을 찾아내야 하는 것이다. 그렇기에 분견대장은 결단을 내렸다. 휘하에 있는 용기사들을 몽땅 다 수색에 투입하기로.

동부지구장 같은 거물에게 눈도장을 받을 수 있는 절호의 기회였다. 게다가 잘만 한다면 그 보상으로 이 빌어먹을 촌구석에서 벗어날 수 있도록 힘을 써 주겠다는 말까지 듣지 않았던가. 스트론은 인생에 큰 도움이 될 튼튼한 동아줄을 잡은 기분이었다. 하지만 일이 제대로 풀리지 않았을 때는 거꾸로 자신에게 치명적인 걸림돌이 될 우려 또한 있었다.

아니, 동부지구장이 자신을 향해 해꼬지하는 것쯤이야 겁이 날 게 없었다. 그래 봐야 이곳 분견대에서 더 떨어질 곳은 없었으니까. 하지만 감찰부에서 자신이 개입했다는 것을 눈치채거나, 혹은 동부지구장과 자신이 암중으로 진행시킨 것이 상부에 발각이라도 되는 날에는 자칫 자신의 목숨까지 위태로울 수 있는 것이다.

초조함에 집무실을 이리저리 서성거리던 스트론은 애초에 그 망할 마법사 녀석의 청탁을 받지 않았으면 좋았을 텐데 하는 후회까지 했지만 이미 때는 늦었다. 하기야 그런 거물의 청탁을 거절한다는 것 자체가 불가능한 일이기는 했지만…….

*　　*　　*

평상시에는 많아 봐야 하루 두세 마리 정도만이 산맥 위를 날아다녔었는데, 오늘은 꼭두새벽부터 일곱 마리씩이나 되는 와이번이 산맥 곳곳을 저공비행하며 헤집고 다니기 시작했다.

그들이 찾고 있는 것은 세 명으로 이뤄진 도망자 집단이다. 분견대장은 혹시 정보가 밖으로 샐 것을 우려해서 그저 도망자 집단이라고만 말해뒀다.

산맥이라는 게 아주 넓고 광대한 것 같아도 지형적인 제약 탓에 사람이 이동할 수 있는 길은 생각만큼 많지 않다. 그런 만큼 도망자 집단이 가고자 하는 방향을 대략적으로나마 짐작할 수 있다면, 아무리 깊은 산맥 속이라도 찾아내는 것은 그리 어려운 게 아니었다.

하지만, 용기사가 일곱이나 투입되어 해가 중천에 뜰 때까지 산맥 위를 샅샅이 훑고 있음에도 불구하고 아직까지 아무런 성과도 내지 못하고 있었다.

"어쩌면…, 우리를 보고 숨은 건 아닐까요?"

델슨의 말에 도튼은 신경질적인 어조로 대꾸했다.

"물론 봤겠지. 봤으니까 숨었겠지! 빌어먹을, 그렇지 않고서야 놈들이 이렇게 감쪽같이 모습을 감췄을 리가 없잖아."

"그러면 어떻게 하죠? 동굴 속 깊은 곳에 들어앉아 있으면 탐색마법으로도 찾아낼 수가 없습니다."

"으아악! 이런 젠장, 이젠 나도 모르겠다. 이 근처에 작은 동굴들이 얼마나 많은데. 그 하나하나를 전부 다 뒤져 볼 수도 없는 노릇이잖아."

새벽부터 끌려나와 짜증이 잔뜩 쌓여 있는 도튼을 상대하기 싫었던 델슨은 얼른 고개를 돌려 주변을 살펴보는 척했다.

그런 그의 눈에 뭔가가 잡혔다.

"어, 이게 뭐지? 저쪽에서 뭔가가 20여 마리 정도 달려가고 있긴 한데…, 이런 색깔의 마나는 처음 보는 것이라 뭐라 말을 하기가……."

꼭두새벽부터 수색작업을 벌여 처음으로 뭔가 이상한 것이 발견된 것이었기에 도튼은 반색을 하며 물었다.

"뭔데 그래?"

"흠, 정상적인 생명체는 아닙니다. 색상은 언데드 같은데, 움직이는 걸 보면 키메라 같기도 하고……."

도튼은 생각할 것도 없다는 듯 시큰둥한 목소리로 결론을 내렸다.

"이쪽에서 언데드가 나타났다는 소리는 아직 들어본 적이 없어. 어느 빌어먹을 마법사놈이 만든 엉성한 키메라겠지. 이건 나중에 대장에게 보고하기로 하고, 어서 놈들이나 찾아."

"저, 그런데 좀 이상하지 않습니까? 20여 마리씩이나 되는 키메라가 이런 외진 산골짜기 속을 전력질주하고 있다는 게……."

델슨의 말에 도튼은 전적으로 공감했다. 사실, 딱히 이것 외에 그의 눈길을 끈 다른 것도 없었으니…….

"좋아. 저것들을 한번 따라가 보자."

도튼은 와이번의 고비를 살짝 당겨 천천히 선회하기 시작했다. 이때, 델슨이 지니고 있던 소형 수정구에서 빛과 함께 요란한 소리가 터져 나왔다. 델슨이 다급히 수정구를 작동시키자 수정구 안에 선임 마법사의 모습이 떠올랐다. 델슨은 급히 예를 갖추며 말했다.

"도튼 팀입니다, 선임 마법사님."

「뭐 좀 찾아낸 게 있나?」

"아직은 찾지 못했습니다만, 방금 전에 흥미로운 걸 찾아내긴 했습니다. 마나 색상은 언데드로 나오는데, 산맥 위를 달려가는 키메라 떼를 발견했거든요. 지금 추적 중입니다."

순간 선임 마법사의 미간에 주름이 깊게 잡힌다. 그는 어이가 없다는 듯 되물었다.

「분명, 키메라라고 했나?」

"예. 20여 마리에 달하는 오크형 키메라입니다. 상당히 빠른 속도로 숲을 돌파해 달려가고 있습니다. 도튼 용기사님도 처음 보는 거라고 하셨습니다."

「그 키메라들을 지휘하는 사람이 있던가?」

"아뇨. 사람은 없었습니다. 모두 다 키메라들이었습니다."

「쯧, 쓸데없는 짓 하지 말고 다른 곳이나 찾아 봐!」

"예?"

분견대장은 비밀 유지를 위해 도튼에게는 그냥 도망자라고만 말했지만, 선임 마법사는 놈들의 신분이 감찰부에서 공을 들여 키워놓은 킬러라는 것을 이미 알고 있었다. 그런 뛰어난 놈들을 잡는 데 감찰부에서 멍청하기 짝이 없는 키메라들을 대량으로 투입했을 리가 있겠는가. 더군다나 그것들을 지휘하는 사람도 보내지 않고 말이다.

도튼이나 델슨 같은 말단들은 잘 모르고 있었지만, 몰몬트 산맥 안에는 원로원이나 마법사 길드가 세워 놓은 비밀 연구소가 몇 군데 있다는 걸 선임 마법사는 익히 알고 있었다. 그렇기에 키메라 얘기가 나오자마자 그런 곳에서 만든 키메라를 실험하고 있는 것일 거라고 즉각 판단했던 것이다.

안 그래도 시간이 없는데, 찾으라는 놈들은 찾지 않고 키메라나 쫓아다니고 있었다니……. 선임 마법사로서는 짜증이 나지 않을 수 없는 상황이다.

「그런 데서 노닥거리고 있을 시간이 없어. 키메라 따위에 정신 팔지 말고, 다른 데나 찾아보란 말일세. 알겠나?」

"예, 알겠습니다, 선임 마법사님."

선임 마법사와 델슨간에 오간 대화를 모두 엿들은 도튼은 다시금 와이번의 고삐를 당겨 비행 방향을 다른 쪽으로 틀었다.

키메라에 대한 보고를 들은 선임 마법사가 보인 반응으로 봤을 때, 자신들이 알지 못하는 뭔가가 있다는 것을 금방 눈치챈 것이다.

"이쪽보다는 좀 더 앞쪽을 뒤져 보자. 우리 예상보다 놈들의 발걸음이 훨씬 더 빨랐을 수도 있으니까 말이야."

"그렇게 하시죠."

도튼이 고삐를 당겨 신호를 보내자 와이번이 커다랗게 날개를 몇 번 펄럭였다. 순식간에 가속하며 앞으로 쏘아져 나가는 와이번.

"망할 놈의 새끼들. 내게 이 고생을 시키다니. 어디 잡히기만 해 봐라. 아예 반쯤 죽여 놓을 테다."

"저…, 그런데 점심식사는 어떻게 하죠?"

"그냥 육포나 씹어 먹어! 그 새끼들 잡지 못하면 들어올 생각조차 하지 말라고 하니까."

도튼의 짜증 섞인 말에 풀이 죽은 델슨은 고개를 푹 숙였다. 통상 행하던 순찰 때처럼 점심시간 때는 돌아가서 식사를 하며 휴식을 취할 수 있을 거라고 생각하고 비상식량을 준비하지 않은 것이다. 결국 그 망할 새끼들을 찾아내기 전까지는 배고픔을 참아 가며 수색작업을 해야 할 모양이다.

*   *   *

커다란 마법진이 그려져 있는 방 중심부에는 무시무시하게 생긴 괴물이 쇠사슬에 묶여 있다. 마치 개 줄에 묶여 있는 개처럼 얌전히 누워 있었기에 전체적인 크기를 짐작하기는 어려웠지만, 초대형 몬스터라고 할 수 있는 오우거(Ogre)와 비슷한 크기가 아닐까 짐작되었다.

괴물은 지금까지 알려져 있는 그 어떤 몬스터와도 상이한 모습을 하고 있었다. 체형에 비해 비정상적일 정도로 입이 컸고 강철도 뚫어버릴 듯한 무시무시한 송곳니들이 잔뜩 튀어나와 있다. 더군다나 괴물의 몸체를 보호하고 있는 것은 흔히 볼 수 있는 털이 잔뜩 덮인 가죽 같은 게 아니었다. 마치 게딱지 같은 두터운 갑옷판 같은 것이 괴물의 온 몸을 뒤덮고 있었다.

그런 괴물을 사랑스럽다는 눈길로 바라보고 서있는 후덕한 인상의 노인. 괴물의 기괴한 생김새와 그의 애정 어린 눈빛이 묘한 불일치를 일으키고 있었다. 이때, 그의 뒤에서 인기척이 들려왔다. 노인은 자신만의 시간을 방해받은 게 불쾌하다는 듯 싸늘한 어조로 입을 열었다.

"무슨 일인가?"

곧이어 맑으면서도 굉장히 조심스러워 하는 듯한 음성이 들려왔다.

"보고드릴 것이 있습니다, 소장님."

연구소장은 곧이어 그 목소리의 주인공이 누구인지 기억해냈다. 외곽 경비를 책임지고 있는 여마법사, 마를린의 목소리였던 것이다. 연구소장은 천천히 뒤로 돌아섰다. 그의 눈빛은 괴물을 바라보고 있을 때와는 달리 아주 차갑게 굳어 있었다.

"무슨 일인데, 내 휴식 시간을 방해한 건가?"

만약 하찮은 일이라면 가만두지 않겠다는 눈빛이었기에 마를린은 어깨를 한껏 움츠렸다. 그러면서 조심스럽게 오늘 아침에 동굴 초입 부근에서 있었던 침입자의 흔적에 대해 보고했다. 침입자들을 처리하기 위해 휘하의 키메라 오크들을 보냈는데, 아직까지 돌아오지 않고 있다는 것도 말이다.

키메라의 엄청난 이동 속도로 봤을 때, 임무를 마치고 돌아올 때가 한참 지났던 것이다.

"흠, 3명의 침입자라……?"

겨우 셋이서 20여 마리가 넘는 키메라들을 상대한다는 것은 불가능했다. 물론 여섯 마리를 처치한 것도 의외의 일이긴 했지만, 마지막에 출동시킨 20여 마리는 격이 다르다. 그 숫자도 숫자거니와 키메라 오크 부대를 이끌고 있는 CE004는 CE003과는 격을 달리할 정도로 강한 놈이다.

3명의 침입자 중에 그래듀에이트급 실력자가 포함되어 있지 않은 이상, 키메라들을 당해 낼 수 있을 리가 없다. 그렇기에 마를린은 키메라 부대로부터 연락이 없자 곧장 연구소장에게로 달려온 것이다.

잠시 미간을 찌푸리던 연구소장이 싸늘한 표정으로 질문을 던졌다.

"연구소 안까지 침투해 들어온 건가?"

"그렇지는 않은 것 같습니다. 동굴 입구 쪽에서 불을 피워 음식을 해 머으려 한 것으로 보아, 비를 피하다 우연히 들어오게 된 것 같습니다."

이때, 한 사내가 황급히 달려와 연구소장에게 보고했다.

"소장님, TG086이 갑자기 폭주하기 시작했다고 합니다."

사내의 보고에 연구소장의 인상이 확 일그러졌다. 지금까지 실험에 투입된 여러 몬스터들 중에서도 가장 많은 실패를 기록한 게 트롤이다. 그리고 키메라화에 성공한 후 1개월 이상 정상 작동했을 때에만 부여받을 수 있는 게 'G' 인식번호였다.

"젠장. 6개월이나 지났기에 성공한 줄 알았더니, 지금에야 폭주를 시작하다니……."

G 인식번호를 부여받을 정도라면 안정화에 성공한 것이나 다름없다고 생각하고, 그 실험체의 제작법을 기준으로 대량생산 체제를 구축하는 게 상례다. 그런데 또다시 이런 일이 벌어지다니. 트롤 키메라들 중에서 G 인식번호를 부여받은 후에 문제가 터진 게 벌써 20여 마리에 달했다.

키메라 트롤의 엄청난 힘에 생각이 미친 연구소장은 다급히 물었다.

"피해는?"

"그리 크지는 않습니다. 다행히도 폭주 초기 단계에 눈치챘기에 망정이지, 안 그랬으면 큰일 날 뻔했습니다."

"그건 불행 중 다행이로군."

"간신히 제압하긴 했습니다만, 진정제가 전혀 먹혀들지 않고 있습니다. 아무래도 폐기처분하는 게 낫지 않겠느냐며 조장님께서……."

연구소장은 사내의 말을 끊으며 짜증스런 어조로 버럭 언성을 높였다.

"무슨 말도 안 되는 소리인가! 폭주의 원인도 제대로 파악하지 못했는데 마지막 남은 골드 넘버를 없애 버리자니. 대가리가 달렸으면 문제점을 찾아낼 생각을 해야지. 뭐, 폐기처분하는 게 낫겠다고?"

연구소장은 무시무시한 기세로 사내에게 명령했다.

"로므렌에게 전해! 무슨 짓을 해서라도 원상태로 만들어 놓으라고 말이야. 만약 그렇게 하지 못하면 그 쓸모없는 대가리를 오크에게 붙여 버리겠다고. 알겠나?"

"예, 소장님."

사내를 내보낸 후에 연구소장은 답답한지 이리저리 서성이다 마를린에게로 고개를 돌리며 물었다.

"아, 참. 무슨 말을 하고 있었지?"

최대한 평정을 유지하려고 하는 듯 했지만, 연구소장의 인상은 이미 잔뜩 일그러져 있었다. 마를린은 내심 비명을 질러대고 있었다. 이렇게 재수가 없을 수가. 하필이면 지금 그 빌어먹을 트롤이 폭주를 하다니……. 후덕한 모습을 하고 있었지만, 연구소장은 겉모습처럼 결코 좋은 사람이 아니었다. 자신의 기내에 못 미치면 한없이 잔인해질 수도 있는 사람이었던 것이다. 하기야 그러니까 이런 비밀 연구소의 소장 자리를 꿰찰 수 있었던 것이겠지만.

마를린은 잔뜩 긴장해서 대답했다.

"침입자에 대해 보고를 드리고 있었던 참이었습니다."

"아, 참 그랬었지."

연구소장은 생각해 볼 것도 없다는 듯 마를린에게 지시했다.

"마법사 길드에 통보하여 이쪽으로 들어온 모험가들 중에서 그래듀에이트급 정도의 실력자가 있는지 알아보도록 하게."

3인의 침입자 중 그래듀에이트급이 한 명 정도는 끼어 있을 거라는 것은 그녀도 이미 짐작한 바였다.

"예. 그런데 만약 있다면 어떻게 처리하면 될까요?"

"그건 차후에 생각해 보기로 하지. 그 정도 실력의 모험가라면 우리 쪽에서 손을 쓰기 보다는, 길드 차원에서 해결하는 게 좋을 테니 말이야. 그런데 사체 수거는 어떻게 했나?"

사체 수거라는 말에 마를린은 속으로 뜨끔했다. 규정대로라면 피 한 방울조차도 흙 속에 스며들지 못하게 완벽하게 처리해야만 했다. 하지만 그녀는 용기사에게 들킬까 봐 그냥 놔두고 돌아왔던 것이다. 더군다나 마지막으로 파견한 24마리의 사체는 어느 산골짜기에서 죽었는지조차 확인이 안 된 상황이다.

"마지막으로 행방불명된 24마리의 키메라는 아직 처리하지 못했습니다. 모두 전멸을 한 것인지, 혹 전멸을 했다면 그 장소가 어디인지 알 수가 없기에……. 죄송합니다. 제가 처리하고 싶지만 이제 제 휘하에는 키메라가 단 한 마리도 남아있지 않아서……."

"쯧, 마커스에게 말해둘 테니 길드 쪽 일부터 처리한 다음, 키메라를 보충 받아 마무리 짓도록 하게. 알겠나?"

"예, 소장님."

"난 바쁜 일이 생겨서 이만 가 봐야겠네. 다음에 보세."

마를린으로서는 다행스럽게도 소장은 더 이상 그녀와 대화를 나누고 싶은 생각이 없었던 모양이다. 하기야 그럴 수밖에 없으리라. 지금 그의 신경은 온통 TG086에게로 쏠려 있을 테니 말이다.

연구소장이 허둥지둥 자리를 뜬 후에야 마를린은 안도의 한숨을 휴우 내쉬었다. 자신이 저지른 잘못을 생각했을 때 매섭게 질책을 당할 줄 알았는데, 별 추궁도 당하지 않고 얼렁뚱땅 넘어가 버린 것이다.

'재수 없게 일이 겹쳐 왕창 깨질 줄 알았는데, 오히려 그 덕분에 쉽게 넘어가 버렸네.'

하지만 지금 안도의 한숨이나 내쉬고 있을 때가 아니었다. 연구소장도 그래듀에이트급 실력자의 개입을 걱정하고 있지 않은가. 그녀는 입술을 잘근잘근 씹으며 중얼거렸다.

"그래듀에이트가 그리 흔한 것은 아니니, 곧 꼬리를 잡을 수 있겠지. 어쨌거나 단순한 모험가들이어야 할 텐데……."

마를린은 왠지 찝찝한 마음이 드는 것을 참기 힘들었다. 그 정도 실력자가 용병이나 모험가 따위로 뛰는 경우는 극히 드물었으니까.

설마 드래곤의 저주?

33

몰몬트 산맥의 추격전

죽은 듯 누워 있는 라이를 바라보는 대장의 시선은 복잡하기 짝이 없었다. 이걸 대체 어떻게 설명해야 할까? 변절자조차도 스승으로 삼으려고 들 정도로 절박한 처지에 놓인 소년이다. 그런데 그런 아이가 어떻게 그런 무시무시한 능력을 지니고 있을 수가 있단 말인가.

20여 마리가 넘는 키메라 오크 떼가 갑자기 모습을 드러냈을 때, 대장은 하늘이 무너지는 것만 같았다. 이제 죽었다는 생각이 들었지만, 그는 필사적으로 정신을 차렸다. 대장은 라이를 향해 악을 쓰듯 소리쳤다.

"뒤로 후퇴하는 순간, 놈들에게 당한다. 무조건 막아라! 그것만이 살길이야."

말은 그렇게 하면서도 대장은 뒤로 주춤주춤 물러섰다. 키메라 오크 떼가 갑자기 모습을 드러낸 순간, 대장은 도저히 싸워서 이길 수 없다는 것을 깨달았다. 맞서 싸우기에는 키메라 오크들의 숫자가 너무 많았던 것이다.

물론, 이런 때가 올 것을 대비해서 세운 작전이 있었다. 그 작전은 세우게 된 기본적인 정보는 자신들을 덮쳤었던 키메라 오크 여섯 마리에게서 얻었다. 원래 키메라들은 단독행동을 하지 않는다. 지능이 떨어지기에 지휘하는 사람이 꼭 필요했기 때문이다. 그런데 만약 지휘하는 사람이 없다면?

얼마 전에 여섯 마리와 싸웠을 때, 키메라 오크들의 지능이 백일하에 드러났다. 샘이 화살 공격을 시작하자 샘이 있는 쪽으로 달려오더니, 라이가 화살 공격을 하니 놈들은 곧바로 방향을 바꿔 라이를 향해 무조건 달려들었다. 달려오는 오크들을 한 마리씩 맡아 처리하긴 했지만 당시 상황을 곰곰이 생각해 본 대장은 키메라 오크들이 자신들에게 적대감을 보인 사람에게 먼저 달려든다는 걸 짐작했다.

만약 지휘하는 사람이 있어서 키메라 오크들을 효율적으로 운영한다면 죽기 살기로 싸워야 하겠지만, 혹시라도 없다면? 그때의 경험에 기초하여 대장과 샘은 라이를 미끼로 던지고 도망칠 계획을 미리 세웠다.

조직적인 공격을 하지 못하는 녀석들이다. 그렇다면 몇 마리씩 짝을 지어 공격을 하거나, 추격 따위의 행동은 하지 않을 가능성이 컸다. 키메라 오크들이 뒤처진 라이를 향해 벌떼처럼 달려드는 동안 자신들은 도망칠 생각이었다. 물론, 놈들이 라이를 해치우는 데 몇 분 걸리지 않을지도 모르지만, 그래도 없는 것보다는 나으리라.

키메라 오크들의 시선이 정신없이 도끼를 휘두르는 라이에게 몰렸다는 생각이 들자마자 두 사람은 미리 짠 계획대로 정신없이 달아났다. 무조건 앞만 보고 내달리던 대장은 호기심을 참지 못하고 힐끗 뒤를 돌아봤다. 라이가 어떻게 되었는지 너무 궁금했으니까. 아직까지 막아 주고 있을까? 아니면 오크들이 이미 라이를 해치우고 자신의 뒤통수를 향해 육박해 오고 있을까?

이때, 그는 놀라운 장면을 목격할 수 있었다. 미친 듯 오크를 살육하고 있는 라이의 공포스러운 모습을. 방금 전까지 쥐고 있었던 그의 도끼는 어디로 갔는지 보이지도 않았다. 놀랍게도 라이는 맨손으로 오크를 잔인하게 찢어 죽이며 미친 듯이 살육하고 있었던 것이다.

대장은 달리던 것도 멈추고 멍한 얼굴로 라이를 바라봤다. 오크의 팔을 붙잡고 통째로 뜯어내 버리는 게 과연 인간으로서 가능하기나 한 일일까?

"악마……."

그렇다. 오크의 사지를 뜯어내는 것만으로도 모자라 심장을 뽑아내어 터뜨리고 있는 라이의 모습은 악마 그 이상도 이하도 아니었다. 얼마 전에 있었던 그 악마 같았던 모습을 회상하며 멍한 얼굴로 기절해 있는 라이를 바라보고 있을 때, 샘이 조심스러운 목소리로 물어왔다.

"이 기회에 죽여 버리는 게 좋지 않을까요?"

샘의 목소리에는 짙은 두려움이 깔려 있었다.

그 제안이 솔깃하게 들리지 않았다면 사람이 아니리라. 하지만 그럴 수가 없었다. 언제 키메라 떼가 또다시 나타날지도 모르고, 이젠 감찰부의 추격자들도 신경 써야 할 시기다. 공포스럽고 무섭기는 했지만 엄청난 힘을 지닌 라이만 자신들을 도와

준다면 무사히 국경을 넘는 것도 꿈은 아니리라. 물론 미쳐 날
뛰는 라이의 손에 자신들이 죽을 위험도 다분히 높긴 했지만.

"어쨌거나 우리는 이 녀석 덕분에 목숨을 건졌잖아."

"하지만 너무 위험합니다. 이 녀석이 싸우는 모습을 조금 전
에 보셨잖습니까? 세상에. 키메라 오크의 사지를 무 뽑듯 뽑아
버리다니."

사지를 뽑는 정도가 아니었다. 라이와 키메라 오크들 간의 격
투는 그들의 상식을 초월한 것이었다. 주먹으로 키메라 오크의
머리를 수박 터트리듯 박살내 버렸고, 칼도 잘 박히지 않는 탄
탄한 가슴을 마치 두부라도 되는 듯 손을 쑤셔 넣어 심장을 뽑
아냈다. 그리고 꿈틀거리던 심장을 단번에 터트리며 미친 듯이
웃어대던 라이의 모습. 샘은 그때만 생각하면 오금이 저려올 정
도였다.

대장은 씁쓸한 미소를 지으며 애써 변명했다.

"최소한 우리를 공격한 건 아니지 않나."

"그건 아무도 장담할 수 없는 일입니다. 대장님도 보셨잖습니
까? 완전히 이성을 잃고 날뛰던 것을. 만약 그때 우리가 옆에
있었다면……."

생각만 해도 끔찍한지, 샘은 말을 채 끝내지도 못하고 몸을
부르르 떨었다.

"괜찮아, 괜찮아. 공격하지만 않으면 덤벼들지 않을 거야."

말은 그렇게 했지만, 그건 샘에게 들으라고 한 말이 아니라
대장 자신에게 하는 소리였다. 이성을 잃고 키메라 오크들을 잔

인하게 학살하던 라이의 공포스런 모습을 떠올리면 한 순간도 녀석과 함께하고 싶지 않은 게 사실이었으니까. 녀석이 살의를 품는 순간, 두 사람은 죽은 목숨이라고 봐야 했다.

"어차피 이판사판이야. 우리를 잡겠다고 키메라 오크들뿐만 아니라, 이제 곧 감찰부의 추격자들까지 몰려올 텐데. 살아서 국경을 넘으려면 악마에게라도 의지하는 수밖에."

"그, 그래도……."

대장은 싸늘한 목소리로 샘의 불만을 틀어막았다.

"더 이상 군소리 하지 마! 이곳에서 살아서 도망치려면 이 녀석의 도움이 절대적으로 필요하니까. 난 이미 라이와 함께 할 것을 결정했어."

"에휴, 알겠습니다. 대장님이 그렇다면 그런 거겠죠."

마지못해 고개를 끄덕이는 샘의 일그러진 표정을 보며 대장은 그의 어깨를 두들겨 안심시켰다.

"걱정 마, 잘 될 거야. 앉아서 쓸데없는 생각이나 하고 있을 거라면 주변이나 살펴보도록 해. 혹시 이쪽에도 식인식물 같은 게 있는지 말이야. 참, 아까 라이가 죽인 그 오크들 사체부터 살펴보는 게 좋겠네. 그놈들이 주변에 있다면 피 냄새를 맡고 그쪽으로 몰려들 테니까."

"알겠습니다."

샘이 수색을 위해 자리를 비우고 나자, 대장의 시선은 또다시 라이에게로 향해 있었다. 마치 잠을 자고 있는 듯 편안한 표정으로 누워있는 라이의 얼굴을 바라보던 대장의 머릿속은 복잡하기만 했다. 어떻게 자신이 지니고 있는 엄청난 능력을 모른 채, 이렇게 어리숙한 모습으로 살 수가 있을까? 그것도 오랜 세월 수련을 거쳐야만 얻을 수 있는 그런 능력이 아닌, 타고난 능력을 말이다.

라이가 자신에게 한 말을 되새겨보면 스스로의 이런 능력을 모르는 것이 확실했다. 만약 알고 있었다면 노예로 끌려가 그런 개고생을 하지 않았을 테니까. 트윈 헤드 오우거가 사람의 탈을 뒤집어쓰고 있지 않는 한, 현실적으로 이런 일은 결단코 일어날 수가 없었다. 물론, 음유시인들이 구슬픈 가락으로 불러대던 옛 용사들의 전설담이라면 또 몰라도…….

이때, 갑자기 대장의 머릿속을 번쩍하며 스쳐 지나가는 게 있었다.

"호, 혹시?"

그렇다. 이런 얘기는 드래곤에 얽힌 전설들 중에 간혹 나오는 주제들 중의 하나가 아니었던가. 용사가 사악한 드래곤의 저주를 받고 기억을 봉인당해 바보같이 생활하는 이야기. 그러다가 우연한 기회에 자신의 기억을 회복한 용사가 수많은 시련을 이겨내고는 동료들을 모아 드래곤에게 복수한다는, 뭐 그런 내용 말이다.

대장은 다시 한 번 라이의 얼굴을 자세히 훑어봤다. 처음에는 내가 왜 이런 허무맹랑한 생각을 하고 있는지 한심해했지만, 좀 전의 그 살이 떨릴 정도의 잔악한 학살극을 떠올리자 충분히 가능성이 있는 얘기처럼 느껴졌다. 라이의 나이가 너무 어리다는 게 마음에 걸리긴 했지만.

'가만, 드래곤은 겉모습쯤은 마법을 통해 손쉽게 바꿀 수 있다고 하잖아. 그럼 나이가 어려 보이게 하는 것쯤은 일도 아니겠지.'

드래곤이 기억을 봉인한 용사. 그렇다면 이자의 본모습은 도대체 뭘까? 드래곤이 겉모습을 바꾸고 나이가 어려 보이게끔 할 정도의 용사라면 최소 그래듀에이트급 이상은 될 것이다. 그렇다면 알아낼 방법이 아예 없는 거나 마찬가지였다.

왕국 내에서 최고의 실력을 지닌 기사들이 모인 곳이라면 근위대밖에 더 있겠는가. 근위기사들에 대한 내용은 모든 게 베일 속에 가려져 있다. 그들이 적국의 암살자에게 암살이라도 당하게 되면 큰일이었으니까.

더군다나 라이는 알카사스의 기사가 아닐 가능성이 크다는 데 있다. 녀석의 억양에 크라레스쪽 사투리가 짙게 배어 있는 것을 보면……. 라이는 아버지가 섬기는 백작을 따라 저 머나먼 북쪽지방으로 도망쳐 그곳에서 성장했다고 말했다. 어쩌면 그것조차 드래곤에 의해 심어진 가짜 기억일지도 모르지만 말이다.

알카사스의 근위기사에 대한 것도 모르는 판에 타국의 기사들을 알 수 있을 리 없다.

'갑자기 사라진 크라레스의 기사라……?'

타국 기사의 신상 따위 그가 알 리 없었지만 그럼에도 '크라레스' 하면 곧바로 떠오르는 한 사람이 있긴 했다. 바로 크라레스 제국의 전설적인 영웅, 치레아 대공이다.

하지만 그는 여자인데다가 수십 년 전의 인물이다. 그녀에 얽힌 전설만 해도 수십 가지가 넘었다. 어린 여자애라는 말부터 시작해서 농염한 미모를 지닌 중년 여성이라는 것까지……. 워낙에 상반된 얘기들이 많아 반쯤은 거짓말이 아닌가 하는 생각까지 했을 정도가 아니었던가.

대장이 심란한 마음에 이런 말도 안 되는 상상을 이리저리 하고 있을 때였다. 문득 라이가 정신을 차렸다. 그는 마치 낮잠이라도 한숨 잔 듯 살짝 눈을 떴다가 대장이 자신을 빤히 내려다보고 있다는 것을 깨닫고는 후다닥 몸을 일으켰다.

"어, 어떻게 된 거죠?"

한숨이 나올 만큼 맹한 표정. 저 표정만으로 봤을 때, 얼마 전에 벌어졌던 학살의 주인공이라고는 전혀 상상하기조차 힘들었다. 더군다나 지금 주변에는 키메라 오크의 시체라고는 하나도 없다. 키메라 오크를 다 해치운 라이가 한동안 터벅터벅 걸어가다가 풀썩 쓰러졌기 때문이다.

대장은 어색한 미소를 지으며 대충 둘러댔다.

"기절한 널 업고 탈출한다고 죽는 줄 알았다. 누구 한명 다치지 않고 그 지옥에서 벗어날 수 있었던 것만도 자비의 여신님의 도움을 받았음이야."

"그, 그렇습니까……?"

라이는 고개를 갸웃하지 않을 수 없었다. 설사 신의 도움을 받았다고 해도 수십 마리씩이나 되는 키메라 오크 떼에게서 어떻게 벗어날 수 있었을까? 그로서는 상상조차 되지 않았다.

어쨌거나 한 가지는 확실했다. 대장의 실력이 자신이 생각한 것보다 더욱 뛰어나다는 것. 그것 외에는 키메라 오크들의 포위망을 돌파할 수 있는 방법이 없었으니까. 라이는 자기 나름대로 그렇게 생각하고, 그때의 상황을 이해했다.

"몸은 좀 어떠냐?"

라이는 몸 여기저기를 만져 봤다. 오크와 싸우다가 정신을 잃은 것 치고는 몸 상태가 그리 나쁘지 않았다. 어쨌거나 아픈 데는 없었으니까.

"괜찮은 거 같아요."

"샘이 주위를 살펴보러 갔는데, 조금 있으면 돌아올 거다. 그때까지 조금 더 쉬어 둬라. 언제 또다시 그 망할 놈의 오크새끼들이 튀어나올지 모르니, 오늘은 좀 무리를 해서라도 멀리 이동할 테니까."

"예, 대장님."

우수한 키메라의 조건

33

몰몬트 산맥의 추격전

단단하게 구속되어 있는 몬스터 한 마리. 트롤과 비슷하게 생기기는 했지만, 훨씬 더 무섭게 생겼다. 터져나갈 듯 커다랗게 부풀어 올라있는 근육, 무시무시한 송곳니. 더군다나 덩치도 일반적인 트롤에 비해 20% 정도는 더 컸다.

　이놈이 바로 트롤의 신체에다 마수(魔獸)의 정제된 피를 접종시켜 만들어 낸 키메라 TG086이었다.

　"크르르릉……."

　TG086은 무시무시한 이빨을 드러내며 적의를 표출하고 있었다. 그것을 보며 이곳 제8연구동의 책임자 로므렌은 충격을 감추지 못하고 있었다. 또다시 정신제어술식이 깨진 것이다.

　광기에 번들거리는 무시무시한 두 눈동자. 얼마 전까지만 해도 자신을 비롯한 연구원들을 향해서는 절대로 보여주지 않던 모습이다. 도대체 왜 정신제어술식이 깨진 것일까? 그로서는 도무지 이해를 할 수가 없었다.

　키메라 제조술에 있어서 가장 핵심적인 부분이 바로 정신제어였다. 키메라는 살아있는 전투병기나 다름없다. 그런 녀석이 주인이 명령을 무시하거나 바항한다면 큰일도 그런 큰일이 없다. 특히, 비무장상태인 연구원들이라면 더 이상 말할 것도 없다.

키메라의 뇌에 삽입되는 정신제어술식은 수백 년에 걸쳐 수도 없이 많은 실험과 실패를 거듭하며 수정되고 보완되어 완성되었다. 그 후 지금까지 수없이 많은 키메라 제조에 이용되고 있음에도 술식이 깨졌다는 보고는 단 한건도 접수된 적이 없었다.

그런데 왜 이곳 연구소에서만 유독 이런 상황들이 벌어지고 있는 것일까? 정확한 원인을 아직 찾지는 못했지만, 마물의 피때문일 거라는 짐작은 하고 있었다. 다른 연구소에서 키메라를 제조하는 방법과 다른 부분이 있다면 그것뿐이었으니까.

로므렌은 미간을 찌푸리며 부하 연구원에게 지시했다.

"50cc 더 주사하게."

"한계치를 한참 상회했습니다, 조장님. 더 이상 주사했다가 자칫 내부에서부터 조직괴사가 일어나기라도 한다면……."

이들이 사용하고 있는 진정제는 맹독성을 함유하고 있는 약품이었다. 이것을 인간에게 사용한다면 단 한 방울만으로도 수십 명을 즉사시킬 수 있을 정도다. 이런 위험한 성분의 진정제를 사용해야만 할 정도로 그들이 연구하고 있는 키메라의 생명력은 놀라운 것이었다.

"시키는 대로 해!"

연구원은 마지못해 상관의 명령에 따랐다.

잠시 후, 트롤의 모습에서 약간의 변화가 일어났다. 표정에서 적의(敵意)가 사라지는가 싶더니 몽롱하게 풀리기 시작한다. 트롤의 눈이 점차 감기기 시작하는 것을 보며, 로므렌은 걱정이 앞섰다. 나중에 정신을 차린 후에도 이런 증상이 계속되면 어떻게 해야 할까? 연구소장이 뭐라고 하건 그때는 폐기처분하는 수밖에 달리 도리가 없으리라.

이때, 누군가가 연구동으로 들어오는 것을 느낀 그는 고개를 힐끗 뒤로 돌렸다. 싸늘한 안색의 연구소장이었다. 로므렌은 허둥지둥 연구소장에게로 다가가 인사를 건넸지만, 소장은 인사나 받고 있을 정신이 아닌 모양이다.

그는 곧장 용건부터 꺼냈다.

"어떻게 됐나?"

"겨우 안정시키기는 했습니다."

연구소장은 안도의 한숨을 내쉬며 트롤을 살펴본다.

"괜찮을 것 같나?"

"아직은 알 수가 없습니다. 나중에 깨어나 봐야……."

"아무래도 마수의 피와 살을 이용하는 방법을 바꿔야겠어. 그 많은 트롤들 중에서 어떻게 단 한 개체도 성공한 것이 없다니……."

표정 변화가 별로 없던 연구소장으로 하여금 이렇게까지 감정을 드러나게 만든 것을 보면 트롤에 대한 연구가 얼마나 험난했는지 짐작할 수 있으리라.

마물을 획득한 이래 그들은 지금껏 놀, 코볼트, 오크를 거치며 키메라 제작 기술을 발전시켜 왔다. 하지만 이상하게도 트롤에 이르러서는 아직 단 한건도 성공하지 못했다. 어쩌면 기존의 키메라 제작방법이 트롤에게 뭔가 맞지 않는다고 보는 게 옳으리라.

잠시 아무 말 않고 이리저리 서성거리던 연구소장은 로므렌을 향해 자신이 방금 떠올린 생각을 말했다.

"트롤이 지닌 재생력이 원인일지도 몰라. 지금 떠오른 생각인데 말이야. 마수의 피를 좀 더 정제해 보면 어떨까? 트롤의 재생력이 강한 만큼 마수의 피를 정제해 그 힘의 균형을 맞추자는 소리야. 어떤가, 내 생각이?"

아직까지 마수의 피에 함유되어 있는 성분조차 제대로 밝혀진 게 없다. 그럼에도 일반 몬스터에게 주입하면 트롤에 맞먹는 엄청난 재생능력과 힘, 그리고 방어력을 얻을 수 있었다. 단점이라면 마수의 피를 주입해서인지 곧잘 흉성이 폭발한다는 점이다.

그런데 이런 상황에서 마수의 피를 정제해서 뭘 어쩌겠다는 말인가. 연구소장이 완전히 처음부터 다시 시작할 궁리를 하고 있다는 걸 느낀 로므렌은 자신의 생각을 건의하지 않을 수 없었다.

"혹시 제작 방식 때문이 아니라, 실험체 자체에 문제가 있는 건 아닐까요?"

생각지도 못한 말을 들었기에 연구소장은 인상을 찡그리며 되물었다.

"실험체에? 그게 대체 무슨 말인가?"

"예. 지금까지 저희들은 연구의 방향을 소형에서 대형으로 점차 확대시켜 왔습니다. 아무래도 소형 쪽이 구하기도 쉽고, 연구하기도 좋으니까요."

연구소장은 퉁명스런 목소리로 이죽거렸다.

"뻔히 알고 있는 얘기는 집어치우고…, 그래서 자네가 하고자 하는 말의 요지가 뭔가?"

"트롤에서의 계속된 실험 실패. 지금까지는 그저 실험체의 크기가 커졌기 때문에 생기는 문제라고만 생각해 왔지 않습니까? 하지만 그게 아닐지도 모른다는 생각이 들어서 말입니다."

아직까지 로므렌이 하고자 하는 말의 요지를 파악하기 힘들었던 소장은 고개를 갸웃거리며 되물었다.

"그게 아니다? 그렇다면 자네는 그 이유가 뭐라는 건가? 뭔가 짚이는 게 있으니까 이런 얘기를 꺼낸 거겠지?"

"어쩌면 집단생활을 하는 몬스터냐, 아니냐의 차이가 이런 문제를 불러일으킨 게 아닐까 하는 생각이 들어서 말입니다."

연구소장은 지금까지 그쪽으로는 생각을 전혀 해 보지 않았다. 그럴 수밖에 없는 것이 정신제어술식에 의해 컨트롤되는 키메라가 종족의 특성을 간직한다는 것은 있을 수가 없는 일이었으니까.

"말도 안 되는 소리!"

"물론 저도 그게 억지가 다분한 추론이라는 것쯤은 잘 알고 있습니다. 하지만 그게 아니라면 도저히 해명이 안 되는 것을 어떻게 하겠습니까?"

"……."

연구소장은 지금까지 가슴속에 께름칙하게 걸리던 것의 정체가 바로 이게 아닐까 하는 생각이 문득 들었다. 로므렌의 말마따나 이게 아니라면 트롤이나 오우거 같은 대형 몬스터에서만 유독 정신제어가 계속 실패하고 있는 이유를 찾을 수가 없었으니까.

"흐음…, 한 번쯤 검토해 볼 만한 가치는 있을지도 모르겠군."

연구소장이 자신의 의견을 긍정적으로 받아들이자, 로므렌은 용기를 내어 말을 이었다.

"저는 연구대상을 다른 종으로 바꿔야 한다고 생각합니다."

하지만 딱히 실험체로 쓸 만한 집단형 몬스터가 없다는 게 문제였다. 개체가 가지고 있는 기본적인 능력으로 봤을 때 사인족(獅人族)이 최고이기는 했지만, 그런 최고급품을 실험체로 소비한다는 건 말도 안 된다. 각 개체의 가격도 가격이었지만 구할 수 있는 숫자도 몇 되지 않았다. 현재의 연구비로는 어림도 없는 것이다.

연구소장은 떨떠름한 표정으로 물었다.

"설마 사인족 같은 걸 연구하자는 건 아닐 테고…, 혹시 오크를 강화하는 쪽으로 되돌아가자는 말인가?"

"아닙니다. 몬스터가 아닌, 인간을 실험체로 써보는 건 어떻겠습니까?"

연구소장은 황당하다는 듯 되물었다.

"인간을?"

"예."

연구소장은 가당치도 않다는 듯 콧방귀를 뀌었다.

"자네 제정신인가? 인간 따위를 키메라로 만들어서 어디다 쓰게?"

인권(人權) 때문에 인간이 키메라의 재료로 사용되지 않는 게 아니다. 지능을 제외한다면 몬스터에 비해 아무런 장점도 없기 때문이다. 근육이 잘 발달된 젊고 튼튼한 사내라고 해도 평범한 오크 한 마리와 싸워서 이기기 힘들 정도로 허약한 존재가 바로 인간이었으니까.

"종족의 특성이 나타난다는 말은 개체의 개별적인 성향을 '기억' 하고 있다는 게 아닐까요?"

"기억…, 이라고?"

"예. 어쩌면 지금까지 만들어진 키메라들 중에서 가장 우수한 지능을 갖춘 걸 만들 수 있을지도 모릅니다."

"흠, 지능이 우수한 키메라라……?"

로므렌의 당치않은 주장에 어이가 없었던 연구소장은 따끔하게 질책을 하려 했다.

하지만 이런 식의 상식을 깨는 이론이 튀어나와야 마법이 발전한다는 것쯤은 그도 알고 있었다. 게다가 트롤의 키메라화 실험이 원인을 알 수 없는 이유로 계속 실패만 거듭할 뿐, 아무 진척이 없지 않은가.

그리고 무엇보다 연구소장의 마음을 움직인 부분이 있었다.

그건 바로 연구비였다. 실험체로 사용하고 있는 몬스터의 조달 가격은 상당히 비쌌다. 그 때문에 생쥐처럼 크기도 작고, 가격도 저렴한 실험체를 통해 충분한 데이터를 확보한 후에야 몬스터로 손을 뻗칠 수가 있었다. 그것도 크기가 작은 놀부터 시작해서 코볼트, 오크, 트롤의 순서로 발전시켜 왔다.

개체의 크기가 커지면서 실험체의 조달 단가는 급증하고 있는 중이다. 덩치가 크면 클수록 생포해서 잡아 오기가 힘들어지니 그건 당연한 결과였다. 하지만 그게 인간이라면 얘기가 달라진다. 노예시장을 통해 저렴한 가격에 대량으로 조달하는 게 가능했으니까.

이곳 연구소에는 10개의 실험조가 있었고, 그들이 한 달에 소비하는 실험체의 숫자는 엄청났다. 특히 실험체가 트롤로 바뀐 이후, 엄청난 돈을 재료 조달에 뿌리고 있는데도 불구하고 실험 재료를 제 시간에 구하지 못해 연구가 지체되는 일이 한두 번이 아닌 상황이다.

그러니 이곳 실험조들 중에서도 가장 많은 실험체를 소비해 오던 로므렌의 조가 실험체를 인간으로 바꾼다면 다른 연구조들의 숨통이 트일 가능성이 높았다.

여기까지 생각이 미친 소장은 크게 인심이라도 쓴다는 듯 인간에 대한 실험을 허락했다. 어쨌거나 그가 연구하려 하는 게 아무짝에도 쓸모가 없는 것은 아니었으니까.

"흠, 의견을 낸 사람이 자네니, 인간에 대한 실험은 자네가 전적으로 맡아서 한번 해 보게."

"감사합니다, 소장님. 최선을 다하도록 하겠습니다."

그런 로므렌에게 연구소장은 냉담한 표정으로 말했다.

"최선 따위의 말장난은 필요 없네. 우리에게는 성과가 필요해, 성과가."

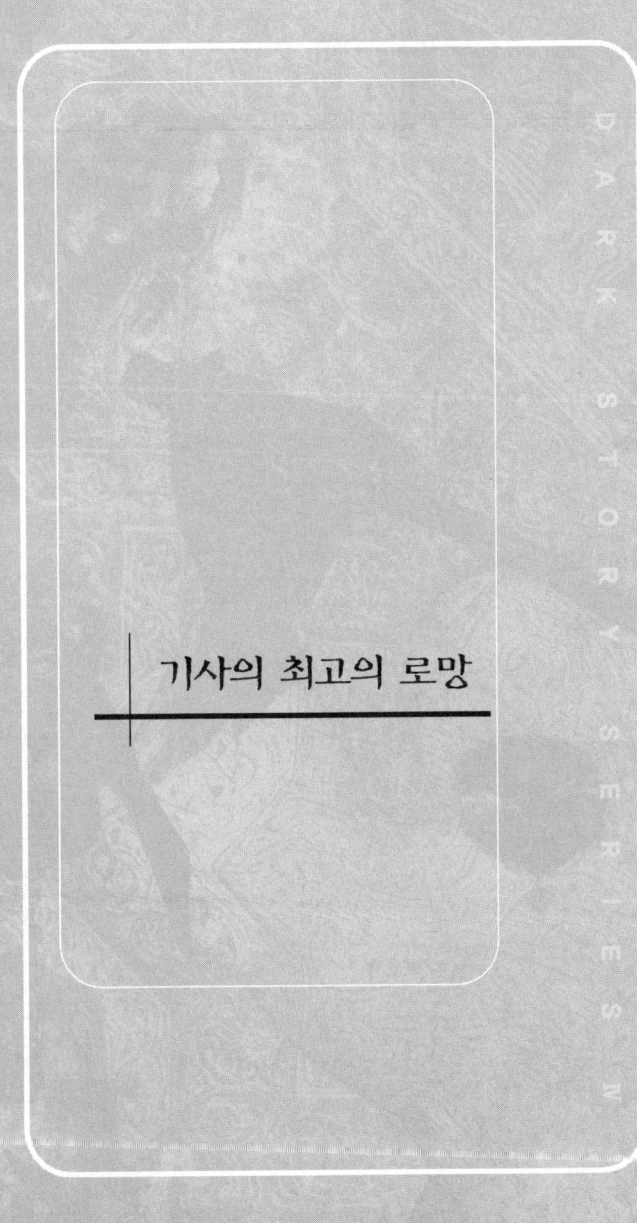

기사의 최고의 로망

33

몰몬트 산맥의 추격전

마도왕국 알카사스를 움직이는 실세가 국왕이 아니라 원로원이라는 것은 아는 사람은 다 알고 있는 공공연한 사실이다. 원로원이 지닌 힘은 마법사들에게서 나온다. 왕국 내 마법사들의 대부분을 회원으로 거느리고 있는, 마법사들의 권익을 대변하는 단체인 마법사 길드가 원로원이 지닌 힘의 원천이었던 것이다. 길드에서 성장한 마법사들이 올라갈 수 있는 가장 높은 자리가 바로 원로원 의원이었기에 그런 권력의 고리가 만들어지게 된 것이다.

원로원에 들어갈 수 있는 기회를 호시탐탐 노리고 있는 마법사 길드장. 그런 그에게 커다란 공로를 세울 기회가 뜻하지 않게 찾아왔다. 원로원 직속의 비밀연구소들 중 한곳에서 길드 본부에 협조 요청을 보내온 것이다. 비밀연구소에 침투하려고 한 첩자들을 잡아달라는 것이었다. 그 어떤 댓가를 치르더라도…….

길드장은 중앙지구장에게 그 일을 맡겼다. 자신도 공을 세우고, 또 자신의 오른팔인 중앙지구장도 공을 세울 수 있도록. 그래야 자신이 원로원으로 들어갈 때 그가 길드장이 되어 자신의 뒤를 받쳐 줄 수 있을 게 아닌가.

명령을 받은 중앙지구장은 곧바로 엄청난 현상금을 내건 뒤 휘하 길드원들을 총 동원해 몰몬트 산맥 주변을 샅샅이 뒤져 비밀연구소에 접근했음직한 모험가들을 찾기 시작했다. 그가 수색에 투입한 마법사의 숫자만 무려 5백여 명. 마법사 한 명당 몇 개의 마을만 살펴보면 산맥 전체의 마을을 다 훑어볼 수 있을 정도로 많은 인원이었다. 더군다나 마법사들은 기동성이 좋다. 각자 공간이동 마법을 통해 꽤 먼 거리까지도 이동이 가능했으니까.

물론, 왕국 내에는 개인이 임의로 공간이동을 하려면 커다란 제약이 뒤따른다. 왕국 곳곳에 빈틈없이 세워진 마법탑에서 역장을 방출하고 있는 탓이다. 하지만 왕국 내의 모든 마법탑은 길드의 손아귀에 있었다. 공간이동에 방해가 되는 마법탑들에 연락을 보내 잠시 역장 방출을 중지시키면, 최단시간 내에 마법사들을 필요한 지점으로 공간이동을 시킬 수가 있는 것이다.

마을에 도착한 마법사가 가장 먼저 뒤질 곳이 여관일 것은 뻔한 일. 이런 상황에서 타지에서 들어온 투숙객을 잡아내지 못하면 오히려 그게 더 이상한 것이다.

수상쩍은 타지 사람을 가장 먼저 찾아낸 것은 '스틴'이라는 마법사였다. 그는 곧바로 자신이 알아낸 사실을 상부에 보고했다. 그런 다음 그가 두 번째로 통신을 보낸 사람은 자신의 친구였다. 자신의 행운을 자랑하고 싶었던 것이다.

"야, 엉뚱한 곳에서 헛물켜지 말고 이쪽으로 와."

「무슨 헛소리야. 나 지금 바빠」

"바쁜 소리 하고 자빠졌네. 거긴 아무리 뒤져 봐야 나올 게 없거든."

수정구 속에 비치고 있던 친구의 표정이 왈칵 일그러지는 게 보였다.

「그건 또 무슨 헛소리야? 혹시 상부에서 무슨 연락이라도 받았냐?」

"에헴! 그게 아니라, 그놈을 조금 전에 내가 찾아냈다는 말씀이지."

친구의 두 눈이 휘둥그레졌다.

「그거 정말이냐?」

스틴은 짐짓 어깨를 으쓱거리며 대답했다.

"당근이지."

「이런 빌어먹을! 좋겠다. 좋겠어」

부러워하는 친구에게 스틴은 음흉한 목소리로 말했다.

"할 일도 없을 텐데 이쪽으로 넘어와라. 나랑 같이 있다 보면 콩고물이라도 주워 먹을 수 있을지 모르잖아. 지금 내가 있는 곳은 스페슈라라는 마을이야."

「스페슈라?」

"응."

「알았어. 조금만 기다려. 금방 간다」

몰몬트 산맥에 도착한 중앙지구 소속 마법사들은 자유자재로 공간이동 마법을 쓰고 있는 중이었다. 타국에서는 아직 모르고 있었지만, 초대형 마법진을 통해 생산된 대량의 마나가 집결되는 장소인 마법탑에서만 공간이동 마법을 방해하는 역장을 뿌릴 수가 있다. 즉, 마법탑이 없는 이런 산골짜기에서는 자유롭게 공간이동 마법을 쓸 수가 있다는 말이다.

잠시 후, 스틴의 말에 부리나케 공간이동 마법을 통해 현장에 도착한 친구가 주위를 두리번거리며 물었다.

"그놈 어디 있냐?"

"어디긴 어디겠어. 저기 보이는 여관에 있지. 무려 5일 동안, 밥 먹을 때 외에는 방 안에서 꼼짝도 안하고 있었단다."

"이런 젠장! 기왕이면 내게 배정된 마을에 숨어 있을 것이지, 하필이면 이곳에 숨어 있을 게 뭐람. 그런지도 모르고 샅샅이 뒤지고 다니느라 개고생만 했네."

연신 투덜거리는 친구의 모습에 스틴은 입 꼬리가 귀에 걸릴 정도로 환히 웃으며 말했다.

"흐흐, 행운의 여신께서 날 보고 방실방실 웃고 계시나 봐. 상금을 받게 되면 뭘 할까나? 그동안 돈이 없어 해 보지 못했던 실험이나 원 없이 해 봐야겠다."

"쩝, 게다가 이번 일로 지구장님께 눈도장 확실하게 찍었을 테니. 부럽다, 부러워."

스틴의 행운에 입맛을 다시던 그는 여관을 향해 '뷰 마나 포스(View Mana Force)'를 사용하여 목표물을 구경하려고 했다. 하지만 그의 눈에 잡힌 것은 일반적인 시민들뿐이었다.

"없는데? 네가 까불고 있는 동안에 혹시 놈이 도망쳐 버린 거 아냐?"

친구의 지적에 스틴은 '그러니 네가 안 되는 거야' 라고 말하듯 혀를 차며 퉁명스럽게 말했다.

"쯧쯧, 첩자들을 그런 단순한 생각으로 잡을 수 있을 것 같아? 하긴, 나도 하마터면 그놈을 놓칠 뻔했지. 무슨 짓을 했는지는 모르겠지만, 마법으로는 놈의 기척을 잡아낼 수 없어. 아마도 기척을 숨기는 마법 따위를 쓰는 모양이야."

"그럼 '뷰 매직 포스(View Magic Force)'를 쓰면 되잖아?"

스틴은 피식 웃으며 대꾸했다.

"그것도 안 통해."

"그렇다면 대탐색마법(對探索魔法) 2가지를 동시에 쓰고 있다는 말인데……."

고개를 갸웃거리며 여기까지 말하던 친구는 문득 떠올랐다는 듯 스틴에게 다급히 물었다.

"혹시 첩자가 마법사 아냐?"

"아니야. 내가 패밀리어를 집어넣어서 확인까지 했어. 잘 발달된 근육을 지닌 건장한 사내놈이더라고. 내가 그런 기본적인 것도 확인해 보지 않고 상부에 보고를 했겠냐?"

"흠, 그렇다면 그놈이 틀림없……."

여기까지 말하던 친구의 안색이 창백하게 변했다. 갑자기 뭔가 떠오른 것이다.

"야, 너 저 녀석이 5일 동안 줄곧 여관 안에만 처박혀 있었다고 했지?"

"응. 그 덕분에 찾는 게 쉬웠어. 여관에서 일하는 꼬마 녀석이 오랜만에 찾아온 장기 투숙객이라며 떠벌여댔었거든."

"설마…, 그 5일 동안 계속 마법도구를 돌리고 있었던 거 아냐?"

친구의 말에 스틴의 안색도 창백하게 질렸다.

"허걱! 그, 그렇구나……."

5일 밤낮으로 마법도구를 구동시킨다? 그건 결코 쉬운 일이 아니었다. 마법도구를 구동시키려면 엄청난 마나가 지속적으로 소비되기 때문이다. 그런 마나를 감당할 수 있다면 검사의 실력도 상당해야 하겠지만, 최고급 마법도구가 아니고서는 불가능한 일이었다. 효율이 나쁜 싸구려 마법도구라면 제아무리 그래듀에이트급 실력자라고 해도 채 1시간도 구동시키지 못하고 마나가 고갈될 게 뻔했으니까.

마법도구의 가격은 효율이 좋을수록 기하급수적으로 비싸진다. 그런 엄청난 물건을 소유하고 있는 인물이 하찮은 자일 가능성은 없다. 한번 쓰고 버리는 그런 소모용 첩자 나부랭이는 절대로 아니라고 봐야 했다.

스틴은 다급히 품속에서 수정구를 꺼내 상급자를 찾았다. 이 사실을 알리고 좀 더 많은 병력을 보내달라고 요청하기 위해서…….

* * *

호크 기사단 몰몬트 분견대장 스트론은 최근 입안이 바짝바
짝 타들어간다고 느낄 정도로 초조해하고 있었다. 그 이유는 망
할 놈의 동부지구장으로부터 받은 청탁 때문이었다. 그리 어렵
지 않을 거라고 생각해서 덥석 받아들였는데, 그게 탈이었다.
예상외로 일이 제대로 풀리지 않고 있었던 것이다.

더군다나 도튼이 엉뚱한 놈들을 잡아온 탓에 금쪽같은 반나
절을 날려먹기까지 했다. 각 도시에 설치되어 있는 영구적인 공
간이동 마법진을 통하지 않고서는 공간이동이 불가능하다는 제
약이 있다고는 하지만, 그렇게 해서 얻어지는 시간적 여유는 길
게 잡아 봐야 채 이틀도 되지 않는다.

몰몬트 산맥에서 가장 가까운 위치에 있는 공간이동 마법진
이 갖춰진 도시까지 공간이동한 후, 역장이 미치지 않는 거리까
지만 이동하면 그 이후부터는 마음껏 공간이동 마법을 쓸 수가
있는 것이다.

그렇게 생각하면 감찰부에서 보낸 추격조가 지금쯤 산맥 어
딘가에 도착해 있다고 봐야 할 것이다. 물론, 그들이 용기사들
보다 빨리 배신자들을 찾아낼 수 있을 거라고는 생각하지는 않
았다.

하지만 그자들에게도 눈이 달려있는 이상, 하늘 위를 날아다
니고 있는 용기사들을 봤을 거라는 게 문제였다. 그것도 감찰부
에서 찾고 있는 자들과 스트론이 찾는 자들이 같으니, 한 지역
에서 모두 다 만나게 될 게 아니겠는가. 왜 용기사들이 총출동
하여 그쪽 지역은 집중적으로 뒤지고 있었느냐고 감찰부에서

의문을 제기해 온다면 뭐라고 변명을 해야 할까? 스트론으로서는 골치가 아픈 문제였다.

이때, 마법사 한 명이 통신실에서 헐레벌떡 달려왔다.

"빠, 빨리 통신실로 오시랍니다."

통신실이라는 말에 스트론은 용기사들 중 하나가 배신자들을 포획한 줄 알았다. 그는 반색을 하며 물었다.

"그렇게 애를 먹이더니 결국에는 잡혔군. 그래, 누가 잡았나? 핫핫핫, 포상을 두둑이 해야겠구만……."

스트론의 질문에 마법사는 난처하다는 듯 어색한 표정으로 대답했다.

"그, 그게 아니라 부단장님께서 찾으십니다."

부단장이 찾는다는 말에 미소를 짓고 있던 스트론의 얼굴이 확 일그러졌다. 어떤 놈이 큰 일도 없는데 와이번을 떼거리로 내보냈다고 밀고라도 한 게 아닌가 하는 생각이 번쩍 들었던 것이다.

'젠장, 뭐라고 변명해야 하지?'

스트론은 허둥지둥 통신실로 달려갔다.

통신실에는 선임 마법사와 당직 마법사 두 명이 대기하고 있었다. 스트론이 들어오자 선임 마법사는 수정구들 중 하나를 가리켰다.

"저쪽입니다, 대장님."

선임 마법사가 손가락으로 가리키는 수정구 안에는 회색 제복을 입은 건장한 사내의 상반신이 입체적으로 비치고 있는 중이었다. 수정구 안에 자리 잡고 있는 까칠한 인상의 중년인. 신참 마법사를 두려움에 질리게 만들었을 정도로 매서운 눈매의 인물이다. 만약 그에게 융통성이라는 게 조금만이라도 있었다면 단장이 되고도 남았을 거라는 의견이 지배적인 사내인 만큼, 조심할 필요가 있는 것이다.

스트론은 재빨리 옷매무새를 가다듬은 후 수정구 앞에 섰다. 괜한 꼬투리 잡히지 않도록.

"안녕하셨습니까, 부단장님?"

「귀관에게 *지시할 게 있어서 찾았다네*」

지시할 게 있다는 말에 스트론은 내심 안도의 한숨을 내쉬었다. 그는 곧바로 아부성 짙은 미소를 지으며 물었다.

"그런 거라면 당직 마법사에게 통보만 해 주셔도 되는데……. 그런데 무슨 일이십니까?"

「*별일은 아닐세*」

부단장은 방금 전에 마법사 길드로부터 지원요청이 들어왔음을 알렸다. 길드 쪽의 말에 의하면, 첩자 하나가 기어들어왔는데 아무래도 그래듀에이트급 실력자인 것 같다는 것이다. 그래듀에이트를 상대로 마법사가 근접전을 벌인다는 것은 자살행위나 마찬가지다. 그런 만큼 그자를 제압하기 위해 그래듀에이트 네 명만 지원해 달라는 것이다.

"지원을 해 주는 것은 어렵지 않습니다만, 부단장님의 말씀을 들어보니 임무의 지휘권은 길드 쪽이 가지고 있는 거로군요."

부단장은 스트론이 왜 그런 말을 꺼낸 것인지 곧바로 감을 잡았다. 그가 알고 있는 스트론은 무능력하기 짝이 없는 아부꾼이었으니까.

「귀관의 말대로 지휘권이 길드 쪽에 있는 건 사실이라네. 하지만 그렇다고 해서 혹시라도 그 자를 놓쳤을 때의 면죄부가 되지는 않지.」

여기까지 말한 부단장은 목소리를 한층 낮게 깔면서 무시무시한 음색으로 명령했다.

「길드 놈들 앞에서 만약 무능력한 모습을 보였다가는 내가 자네를 가만히 두지 않을 거야. 알겠나? 무슨 일이 있더라도 그 자를 잡도록 하게!」

부단장의 호통에 스트론은 난처하다는 듯 말했다.

"사력을 다해 도망치려고 드는 놈을 생포하겠답시고, 어설프게 공격해서는 도저히……."

만에 하나, 혹시라도 모를 일이 생길 것에 대비해 미리 빠져나갈 길을 만들려고 필사적으로 노력하고 있는 스트론의 모습에 부단장은 왈칵 짜증이 치밀어 올랐다.

「생포가 힘들다면 죽여도 돼. 어쨌거나 기사단 망신을 시키는 일은 절대로 있어서는 안 돼. 알겠나?」

더 이상 빠져나갈 방법이 없자, 스트론은 어쩔 수 없이 대답했다.

"옛, 부단장님. 최선을 다하도록 하겠습니다."

「그럼 수고하게.」

마지못해 고개를 조아리는 스트론을 향해 잠시 못마땅한 시선을 보내던 부단장은 그 말을 끝으로 통신을 끊었다. 수정구에서 부단장의 모습이 사라지자마자 스트론은 불쾌하다든 듯 툴툴거렸다.

"젠장. 대충 잡는 시늉만 하려고 했더니, 저 영감이 어떻게 눈치를 채고……. 그래듀에이트 넷 정도 보냈다가 잘못되면 나만 왕창 깨지게 되는 거잖아. 부단장이 직접 저렇게까지 말을 했으니 말이야."

보신(保身)을 삶의 제1신조로 삼고 살아오던 스트론이었기에 자칫 첩자를 놓치게 될 상황이 벌어질까 안절부절 못하고 있자 옆에 서 있던 선임 마법사가 피식 웃으며 조언했다.

"잘못될 일은 아마 없을 겁니다, 대장님. 길드에서 주도적으로 움직였으니 스페슈라 마을 일대에는 마법사들이 이미 쫙 깔려 있을 게 뻔합니다. 우리는 그저 그들이 주문을 외울 시간만 벌어 주면 될 겁니다."

"그건 나도 알고 있지만, 걱정이 좀 되는군."

잠시 주위를 서성이며 고민을 하던 스트론이 불쑥 물었다.

"지금 맷은 어디에 있지?"

맷은 그의 휘하에 있는 네 명의 오너들 중 하나였다.

"그는 왜 찾으십니까?"

"맷에게 그 임무를 책임지고 완수하라고 해. 그래듀에이트만 넷 보내기에는 안심이 안 돼."

이때 수정구들 중 하나가 번쩍번쩍 점멸하기 시작했다. 누군가가 접속을 요청해 오고 있는 것이다. 당직 마법사가 수정구

위에 손을 쓱 올려 채널을 열자 상대방의 모습이 수정구 안에 나타났다. 그는 길드에서 일하는 마법사들이 착용하는 정식 제복을 착용하고 있었다.

당직 마법사는 한눈에 상대의 지위가 어떤 것인지를 알아보고 황급히 고개를 조아렸다.

"수고가 많으십니다. 호크 기사단 몰몬트 분견대에 접속하신 것을 환영합니다."

「분견대장을 바꿔 주게. 급히 전할 말이 있다네」

아직 통신실 안에 있었던 스트론은 당연히 그 얘기를 들었다. 당직 마법사를 옆으로 슬쩍 밀치며 수정구 앞에 자리 잡았다.

"무슨 일인데 그러시오?"

상대 마법사는 스트론에게 인사를 건넨 후, 방금 전에 입수된 특급 정보를 전했다. 자신들이 제압하려고 하는 자가 그냥 그레듀에이트도 아니고 오너일 가능성이 높다는 것을. 그렇기 때문에 분견대 전력을 모두 동원해 달라고 요청했다.

오너라는 말에 스트론은 긴장해서 자신도 모르게 마른침을 꿀떡 삼켰다.

"방금 한 말, 책임지실 수 있소?"

자신의 말을 불신하는 듯하자 상대방 마법사는 불쾌하다는 듯 대꾸했다.

「물론이오. 있지도 않은 사실을 들어 귀하에게 증원을 요청하지는 않소. 긴급을 요하는 일이오. 최대한 빨리 지원을 해 주길 부탁드리오」

'오너'라는 말에 스트론의 이성이 마비되었다. 오너라면 그래듀에이트급 기사들 중에서 타이탄을 지급받은 자를 말하는 단어가 아니던가. 이런 시골구석에 처박혀 있다 보니 오너 급 기사와 격투를 벌일 수 있는 기회가 올 거라고는 기대조차 해 본 적이 없었다. 그런데, 느닷없이 그런 기회가 굴러 들어온 것이다.

주체할 수 없을 만큼 흥분한 스트론은 선임 마법사에게 다급히 지시했다.

"최대한 빨리 대원들 전부 다 집합시켜. 외출, 외박 나간 녀석들도 모두 다!"

"예, 알겠습니다."

"그리고 산맥 쪽으로 나가 있는 용기사들도 모두 다 스페슈라 마을 근처로 집결하라고 해."

선임 마법사는 스트론의 명령에 난감한 표정을 지으며 조심스럽게 입을 열었다.

"저…, 지금 그들은 배신자들을 수색하고 있는 중입니다만……."

용기사들을 모두 빼 버리면 배신자들에 대한 수색이 완전히 중단된다. 자칫 동부지구장의 청탁을 늘어주지 못하게 되면, 상관이 적잖은 불이익을 받게 될 수도 있지 않을까 염려하는 것이리라. 하지만 이미 타이탄 사냥에 눈이 뒤집힌 스트론에게 그 말은 씨알도 먹혀들지 않았다.

"괜찮아 그거 이 일이 끝낸 후에 다시 시작해도 돼. 그래 봐야 오늘 하루만 수색을 못하게 되는 게 아닌가. 지금은 첩자 놈을 잡을 수 있도록 분견대의 전력을 다해야 한단 말일세. 자칫 놈이 포위망이 구축되기도 전에 도망이라도 치면 문책 정도로 끝날 일이 아니란 말이야. 알겠나?"

외부로 나가 있는 대원들까지 모두 집합시켜 스페슈라 마을로 가려면 시간이 필요했다. 그동안 혹시라도 놈이 도망이라도 치면 닭 쫓던 개 신세가 되는 것이다. 아니, 자신의 모가지까지 위태로울 수도 있는 일이다.

"대장님의 말씀도 옳으십니다만, 그래도 용기사들을 전부 다 철수시킬 필요는 없을 듯합니다. 동부지구장이 직접 부탁을 한 일이니 만큼, 한두 명 정도는 계속 수색 작업을 하게 놔두는 게 좋지 않겠습니까?"

"흠, 그것도 그렇군. 알겠네. 그건 자네 마음대로 하게. 참, 용기사들 보고 스페슈라 마을에서 빠져나가는 사람이 있는지 철저히 감시하고 보고하라고 해. 포위망이 갖춰지기 전에 놈이 도망치면 큰일이니까 말이야."

"예, 지금 즉시 전하도록 하겠습니다."

자신도 출동 준비를 하기 위해 다급히 통신실을 나가려던 스트론은 고개를 뒤로 돌리며 선임 마법사에게 덧붙여 말했다.

"아, 참! 그놈들 보고 스페슈라 마을 근처에는 절대로 접근하면 안 된다는 주의도 빠뜨리지 마! 알겠나? 행여 첩자 녀석의 눈에 띄기라도 하면 큰일이니까."

"명심하겠습니다."

허둥지둥 자신의 집무실로 돌아온 스트론은 검대에 걸려 있던 검부터 허리에 찼다. 두근거리는 가슴을 진정시키기가 어려웠다. 대륙 전체를 뒤흔들었던 전쟁이 끝난 지 이미 오래다. 당연히 적을 제압하여 공을 세울 수 있는 일 자체가 사라진 거나 다름없었다. 그런데 오너를 잡을 수 있는 이런 엄청난 기회가 자신에게 찾아오다니. 게다가 첩자는 꼴랑 한 명인데 반해 이쪽은 자신을 포함해 오너만 다섯 명이다. 더군다나 마법사 길드의 전폭적인 지원까지 받을 수 있으니 도저히 실패할 수가 없는 임무인 것이다.

첩자인 오너를 잡게 된다면 진창에 빠졌던 스트론의 인생도 완전히 바뀌게 될 것이다. 스트론이 흥분한 마음을 주체하지 못하고 집무실 안을 이리저리 서성이고 있을 때였다.

갑자기 집무실 문이 활짝 열리며 외출복 차림의 사내 하나가 씩씩거리며 실내로 들어왔다.

"아니, 무조건 집합하라니 이게 대체 무슨 소립니까? 중요한 약속이 있어서 오늘 외박할 거라고 며칠 전부터 말씀드렸고, 대장님께 직접 허락까지 받지 않았었습니까?"

신경질적인 사내의 말에 스트론은 음흉스런 미소를 지으며 자신의 검을 쓰다듬었다.

"흐흐, 첩자 한 마리가 우리 구역에 들어왔다. 놈을 사냥하라는 상부의 지시야."

사내는 어이가 없는 모양이다.

"겨우 첩자 한 명 때문에……"

"아, 그런데 그놈이 오너 급이라고 하더군."

스트론의 말에 화가 잔뜩 난 사내의 얼굴이 순식간에 놀라움으로 바뀌었다.

"오너 급이라고요?"

"그래."

오너 급이라는 말에 사내의 눈에 참을 수 없는 희열의 빛이 떠올랐다. 이곳에 배치된 이래 언감생심, 감히 꿈조차 꾸지 못하고 있었던 일이다. 적 타이탄의 목을 베는 것이 타이탄을 지급받은 기사에게 있어서 최고의 로망인 이유는, 그 한방으로 출세길이 보장되기 때문이다. 그런 탐스러운 먹잇감이 손아귀에 들어왔는데 그까짓 계집과의 약속 따위 뇌리에서 지워진 지 오래다. 이번 임무로 팔자가 바뀌게 생겼는데…….

이곳 분견대에 배치된 오너의 숫자는 분견대장 스트론을 포함해서 모두 다섯 명이다. 상대가 타이탄을 가지고 있다고 해도 숫자상으로 5대 1의 우위에 있는 만큼, 맞붙기만 한다면 상대를 제압하는 데 무리가 없으리라. 하지만 문제는 그자가 싸우지 않고 도망치려 한다면 자칫 놓칠 수도 있다는 점이었다.

"놈이 정면대결을 회피하고, 무조건 도망을 치려 하면 어떻게 합니까?"

사내의 질문에 스트론은 별것 아니라는 듯 대답했다.

"그걸 대체 말이라고 하나? 첩자 따위를 잡는데 지금부터 공격하겠다고 정중하게 경고라도 하고 잡겠단 말인가? 당연히 은밀하게 포위망을 갖춤과 동시에 곧바로 기습을 해야지. 그렇게 하면 제아무리 실력 좋은 놈이라고 해도 당할 수밖에 없을 테니 말이야."

"놈이 어디 소속인지 정체도 모르는데 그렇게 해도 괜찮겠습니까? 만약 3대 강국의……."

사내의 질문에 스트론은 인상을 찌푸리며 소리쳤다.

"3대 강국 소속이든 아니든 이건 상부의 지시란 말일세. 그리고 놈의 목을 베어 버리면 끝날 일이잖은가. 그러니 쓰잘데기 없는 헛소리 말고 빨리 출동 준비나 해!"

죽은 자는 말이 없다. 뒤끝이 깔끔하려면 역시 기습공격이 최고다. 혹시라도 놈이 도망치면 죽도 밥도 되지 않기에.

꼬인다, 꼬여

33

몰몬트 산맥의 추격전

탁탁, 타앗~

나뭇가지를 연달아 밟으며 허공으로 도약하여 놀라운 속도로 숲 속을 이동하고 있는 인영(人影). 누가 봤으면 엘프나 트롤이라고 생각했겠지만, 놀랍게도 그는 사람이었다.

"헉, 헉~"

나무 위쪽은 달빛으로 인해 꽤나 밝았지만, 발 밑 저 아래쪽은 나무 그림자에 가려 칠흑과도 같이 어두웠다.

"망할 놈의 새끼들! 잠자고 있는데 다짜고짜 공격하다니……."

정말이지 지금 생각해도 그 사지(死地)에서 살아서 탈출했다는 게 믿기지가 않았다. 평소 자신의 실력에 자신이 있던 그였지만, 그렇게까지 떼거리로 덤빈다면 얘기가 틀리다. 더군다나 그는 잠자고 있는 상황에서 난데없는 기습까지 당했다.

갑자기 뭔가 이상한 기운이 느껴져 잠이 번쩍 깼었다. 만약 그때 그가 조금이라도 망설였거나, 혹은 실수라도 했다면 여기까지 도망쳐 오지도 못했을 것이다. 지금 그의 몸 상태만 봐도 방금 전의 싸움이 얼마나 치열했는지 알 수 있었다. 옷은 성한 곳을 찾기 힘들 정도로 걸레가 되어 있었고, 몸 여기저기에서 난 상처에서 흘러내리는 피로 인해 전신이 피투성이였다.

주위를 조심스럽게 둘러보던 그는 약간이나마 시간적 여유를 얻었다고 판단하자마자 서둘러 치료에 들어갔다. 지금처럼 피를 흘리다 보면 체력이 급격히 떨어질 뿐만 아니라, 핏자국이 남아 얼마 가지도 못해 추격을 당할 수 있다는 걸 잘 알기 때문이다.

검 날이 아래쪽으로 향하도록 검을 거꾸로 잡은 그는, 검 손잡이 아래쪽에 붙어있는 균형추를 조심스럽게 돌려서 뽑았다. 균형추가 뽑혀 나온 자리에는 작은 공간이 있었다. 그리고 그 안에는 투명한 액체가 들어있었다. 비상시에 사용하기 위해 넣어 둔 포션이다.

다급히 여관을 탈출하느라 검 외에 다른 건 아무것도 가지고 나오지를 못했다. 검 손잡이 속의 빈 공간에 들어있는 미량의 포션만이 그가 가지고 있는 치료약의 전부였다. 앞으로 또 어떤 일을 당하게 될지 알 수 없는 만큼, 아껴서 써야만 했다.

월터는 손가락 끝에 포션을 찍어 상처에 발랐다. 미량의 포션이긴 했지만 황실에 납품되는 최고급품이었던 만큼 그 효과는 절대적이었다. 곧이어 출혈이 멈췄고, 욱신거리던 통증이 서서히 희미하게 사라져 갔다.

통증이 어느 정도 가시자, 그의 두뇌가 민첩하게 움직이기 시작했다. 문득 떠오른 의문 하나. 상관에게 들은 게 맞다면, 이곳에서 이런 일을 당해서는 안 된다. 그런데 왜 이런 일이 벌어진 것일까?

"월터, 자네 혹시 사막에 가 봤나?"

"아뇨."

상관의 뜬금없는 질문에 월터는 별 생각도 없이 고개를 가로저으며 대답했었다. 그러자 그의 상관은 잘됐다는 듯 환하게 웃으며 말했다.

"그럼 잘됐군. 이번 기회에 사막이란 게 어떤 곳인지 구경이나 좀 하고 오게. 이곳과는 풍광이 전혀 다를 거야. 그러니 가서 두루두루 살펴보고 견문 좀 넓히고 오라구."

평소 실없는 소리를 곧잘 하던 상관이었기에, 처음에는 웃자고 하는 농담인 줄만 알았다.

"핫핫, 요 근래 대장님께 들은 조크들 중에서 단연 최고였습니다. 우와~, 듣기만 해도 등골이 섬뜩한데요?"

월터의 너스레에 상관은 표정을 싸늘하게 굳히며 말했다.

"농담이 아닐세."

그 말에 웃는 얼굴 그대로 흠칫 굳어버린 월터.

"지, 지금 저에게 사막에 가라는 말씀이십니까?"

"그래."

황무지와 사막은 완전히 다르다. 대륙 전체를 통틀어 사막이라는 소리를 들을 수 있는 곳은 단 한 군데뿐이다. 마도왕국 알카사스의 서쪽 방면에 광대하게 펼쳐져 있는 대사막지대.

사막 지형에 특화된 일부 생명체들을 제외하고는 작렬하는 태

양빛을 이기지 못하고 바짝 말라 고기포가 되어 버린다고 들었다. 더군다나 모래폭풍이라도 불면 지옥이 따로 없다고 했다. 그런 불지옥에 가서 이국적인 풍광을 즐기라고? 천만의 말씀. 가고 싶으면 댁이나 가시라고.

"절대로 가기 싫습니다."

"설마 내 명령을 거역하겠다는 건가?"

안색이 딱딱하게 굳은 상관에게서 순간적으로 터져 나온 압도적인 기세에 월터는 바짝 얼어붙어 버렸다. 급히 입을 열어 아니라며 수습하려 했지만, 입 밖으로 목소리조차 나오지가 않는다. 그저 간신히 어색한 미소만을 지어 보였을 뿐이다.

월터의 상관은 장난기도 많은데다가 워낙에 젊어 보이는 외모 탓에 함께 밖에 나가면 모두들 그가 월터의 동생인줄 알 정도였다. 더군다나 그들이 속해 있는 부대는 총원이 겨우 7명뿐이라 아주 가족적인 분위기를 유지하고 있었다. 지금처럼 그가 자신의 상관이라는 걸 잊어버린 게 꼭 월터의 문제라고 볼 수만은 없는 것이다.

월터가 간신히 목소리를 낼 수 있게 된 것은 약간의 시간이 지난 후였다.

"그, 그럴 리가 있겠습니까, 대장님. 가겠습니다. 어디든 보내만 주십쇼. 불속이건 물속이건 지옥이건 어디건 가겠습니다."

그의 상관은 겉모습은 전혀 그렇게 보이지 않았지만, 역사책에 나올 정도의 전설적인 인물이었다. 마도대전은 물론이고 제1, 2차 제국전쟁에까지 참전한 역전의 용사로서 제국에 셋밖에 없다는 마스터들 중 하나다.

"핫핫, 그렇게나 사막에 가 보고 싶단 말이지?"

까미유 드 크로데인 공작은 자신이 언제 신경질을 냈냐는 듯 유쾌한 웃음을 터트리며 월터의 어깨를 토닥였다.

"이래서 내가 자네를 좋아한다니까. 별 일 아니니까, 휴가 간다고 생각하고 한동안 푹 쉬다 오라구."

그때를 생각하면 이빨마저 뿌드득 갈린다. 이게 푹 쉬고 오라는 휴가냐? 그런데 가만히 생각해 보니 조금 이상한 게 있었다.

"어떻게 내 정체를 파악한 거지?"

당연히 의구심이 들 수밖에 없었다. 그가 지금 손가락에 끼고 있는 반지는 아주 특별한 것이었으니까. 제2근위대원으로 임명될 때 황제 폐하로부터 직접 하사받은 물건들 중 하나였다. 반지의 겉모습은 평범했지만, 안쪽을 보면 수없이 많은 마법주문들이 깨알같이 새겨져 있는 것을 볼 수 있다. 두 가지씩이나 되는 마법을 반지 안쪽에 새겨 넣다보니 굵기가 꽤나 두툼해져 버렸지만, 그 성능만큼은 확실했다. 하이드 마나 포스(Hide Mana Force)와 하이드 매직 포스(Hide Magic Force)를 통해 마법사로부터 자신의 기척을 완벽하게 숨길 수 있었으니까.

월터는 혹시 모를 위험에 대비하기 위해 산맥을 넘기도 전에 반지를 구동시켰었다. 그런데 어떻게 알카사스쪽에서 자신의 정체를 파악할 수 있었던 것일까? 아무리 생각해도 이해할 수가 없었다. 알카사스의 이목을 피하기 위해 정상적인 경로를 통해 입국하지 않고, 산맥을 넘는 수고까지 마다하지 않았는데 말이다.

정신을 집중해 보니 반지 쪽으로 상당량의 마나가 흘러들어가고 있는 게 느껴진다. 마법사들이 득실거리던 그 마을에서 포위망을 뚫고 탈출하는데 성공할 수 있었던 것도 이 반지가 제대로 동작하고 있었기에 가능했던 것이리라.

반지에 문제가 없다면, 어디에서 잘못된 것일까? 크로데인 공작에게서 설명 받은 대로라면, 사막에 도착하기 전까지는 별다른 문제가 없어야 했다. 그에게 주어진 임무는 첩보원들에 대한 호위일 뿐이었으니까.

최근 들어 사막부족 일부가 무척 수상쩍은 움직임을 보이고 있다고 했다. 그걸 조사하기 위해 다수의 첩자를 투입했지만 단 한 명도 살아서 돌아온 자가 없다고 했다. 그 때문에 그래듀에이트는 물론이고 오너 급도 몇 명 보냈었던 모양인데, 모두 연락이 두절되었다.

결국, 상부에서 꺼내들 수 있는 마지막 카드는 제2근위대의 투입이었다. 적기사(Red Knight)가 과연 사막에서도 쓸 만한지 테스트도 할 겸……

그런데 사막부족이 있는 지점까지 곧바로 공간이동을 해서 가지 않고, 왜 산맥을 타고 넘어가며 이 고생을 하고 있을까? 그 이유는 무엇 때문인지는 몰라도 10년 전쯤부터 알카사스 왕국을 통과하는 공간이동 마법을 쓰고 살아남은 사람이 단 하나도 없었기 때문이다. 알카사스가 마도왕국이라고 불릴 정도로 우수한 마법사들이 득시글거리는 나라인 만큼, 마법을 통해 뭔가 장난질을 쳐 놓은 게 아닌가 짐작하고 있을 뿐이다.

어쨌거나 그런 이유로 월터는 안내인들과 함께 산맥을 넘어 이곳까지 들어온 것이었다. 그런데 알카사스에 들어 온지 며칠 되지도 않아 기습을 당했다. 그것도 알카사스의 정규 기사단에게.

더군다나 그들은 잠자리에 든 그를 향해 경고조차 하지 않고, 다짜고짜 마법공격부터 퍼부었다. 생포하면 좋지만, 여의치 않다면 죽이겠다는 의도가 분명했다. 당연히 또 다른 의문이 싹튼다. 자신이 코린트의 근위기사라는 것을 알고도 그런 초강수를 동원했을까? 대체 뭘 믿고?

그가 산맥을 넘어 밀입국한 것은 사실이었지만, 그것 외에는 불법적인 일은 아무것도 저지른 게 없다. 그리고 그가 앞으로 행할 임무도 알카사스와는 아무런 상관도 없는 일이었다.

만약 이번 일로 외교적인 문제가 발생하게 되면 곤란한 쪽은 알카사스였다. 그렇다고 저들이 이쪽의 정체를 몰랐다고 하기에는 동원한 전력이 너무 엄청났다. 정체불명의 잡범 하나 잡겠다고 수십 명에 달하는 기사와 마법사를 동원했다는 건 말도 안 되는 변명이었으니까.

물론 이 모든 것이 라이와 대장 일행 때문에 발생된 일로 인해 이렇게까지 꼬여 버린 것이었지만, 그걸 월터가 알 수 있을 리 없다.

"도대체가 이유를 안 수가 없네. 어쩌면 뭔가 협잡질에 걸려

든 거 아냐?"

　산맥을 넘어올 때 마법사 한 명을 지원해 달라고 했던 요청도 기각되었다. 현지에 가 보면 지원해 줄 마법사가 있다는 설명과 함께. 그리고 몰몬트 산맥을 통과시켜 준 길잡이들은 마을에 도착하자마자 사막까지 안내할 새로운 길잡이들이 곧 올 거라며 그를 혼자 남겨 두고 사라져 버렸다.

　요 근래 일어났던 일들을 차근차근 되짚어 생각해 보면 누군가가 파 놓은 함정에 제 발로 걸어들어가 풍덩 빠진 것이라고 월터가 오해할 수밖에 없는 상황인 것이다.

　"젠장, 어떤 놈이 날 못 죽여서 안달이 난거지? 뭐 좋아. 돌아가서 확인해 보면 곧바로 알 수 있을 테니까."

　본국에 돌아가는 대로 그는 자신이 가진 모든 권한을 총동원해서 철저하게 조사해 볼 생각이었다. 물론 알카사스의 방비 상태가 어떤지 점검하는 게 임무였다고 하면 뭐라 따지기도 힘든 노릇이었지만. 문제는 그게 자신의 목숨을 가지고 찔러 본 거라면 도저히 참을 수 없을 것이다. 그 상대가 설혹 자신의 상관이라고 하더라도……

　최소한 술 한 잔은 얻어먹고 넘어가야 한다는 게 소드 마스터를 상관으로 두어 소심할 수밖에 없었던 월터의 야무진 각오였다.

*　　*　　*

수정구 속의 인물은 짙은 불쾌감을 감추지 않고 으르렁거렸다. 그도 그럴 것이 지금 시간은 새벽 4시. 단잠을 방해받은 데다, 설상가상으로 보고받은 내용조차도 마음에 들기 않았기 때문이다.

「그 자를 놓쳤다고?」

"예, 그렇습니다."

순간 단장의 얼굴에 짙은 불쾌감이 떠올랐다. 몰몬트 분견대에 내려진 지시에 대해서는 부단장의 보고를 받았기에 이미 알고 있었다. 길드의 요청에 따라 적의 첩자를 체포하는 임무. 주도권이 길드에 있는 만큼 실패했다고 해서 별 문제될 것은 없었다.

그를 불쾌하게 만든 건 그런 하찮은 보고를 위해 자신의 단잠을 깨웠다는 것이다. 이런 건 부단장, 아니 그 밑에 있는 참모에게 보고해도 충분하다고 봐야 했다.

하지만 저 망할 스트론 녀석은 자신의 단잠을 깨웠고, 그것 때문에 단장은 바짝 독이 올라 있는 상태였다. 통신을 그냥 끊어 버리려던 단장은 마음을 바꿔 화풀이를 하기 위해 스트론을 질책하기 시작했다.

「귀관은 평상시에 부하들의 훈련을 어떻게 시킨 건가? 그래듀에이트를 넷씩이나 보냈는데, 마법사들이 주문을 외우는 그 짧은 시간동안 놈의 발을 붙잡는 것도 못했다는 게 말이 되나?」

질책성 말을 듣고서야 스트론은 아직 단장에게 첩자가 오너라는 보고가 올라가지 않았다는 것을 깨달았다. 하기야 그럴 수도 있으리라. 첩자가 오너라는 건 그도 마지막 순간에 길드로부터 들은 것이었으니까.

"모르셨습니까? 상대는 오너였습니다. 그래서⋯⋯."

「호오, 오너였다고? 그래, 사상자는 없었나?」

단장은 스트론의 말을 다 듣지도 않은 채 말을 끊었다. 방금 전과 달리 질책어린 음성이 아닌 흥미롭다는 듯한 말투였다.

"다행히 사상자는 아무도 없었습니다."

입이 찢어지도록 하품을 한 후, 단장은 졸음이 가득한 음성으로 물었다.

「대단하군. 그래, 상대가 타이탄을 꺼냈는데도 불구하고 사상자가 나오지 않았다니 말이야. 그래, 그 자가 꺼낸 타이탄의 종류는 뭐였지?」

"그놈은 타이탄을 꺼내지 않았습니다."

「타이탄도 꺼내지 않았다면서 그 자가 오너라는 것은 어떻게 안 거지?」

"출동하려는 순간에 길드로부터 첩자가 오너라는 급보가 날아왔기에 제가 직접 부하들을 모두 이끌고 현장으로 달려갔습니다."

첩자는 타이탄을 꺼내지도 않았다. 거기에 비해 이쪽은 분견대 전체를 다 동원했다. 그런 상황에서도 첩자는 이쪽의 포위망을 돌파하고 도망쳤다. 결국 이런 말이나 마찬가지다.

스트론이 책임을 회피하기 위해 구차한 변명만 늘어놓고 있다고 느낀 단장의 얼굴에 더욱 짙은 불쾌감이 어린다. 그걸 재빨리 눈치챈 스트론이 다급히 말했다.

"하지만 첩자가 코린트의 기사라는 것을 알고만 있었더라도……."

스트론의 말에 졸음이 가득했던 단장의 얼굴 표정이 경악으로 바뀌었다.

「코, 코린트라고? 그 말 책임질 수 있나?」

"물론입니다. 한밤중이라고는 하지만 제가 직접 검을 맞대봤습니다."

잠시 혼란에 빠져있던 단장은 곧 뭔가를 떠올린 듯 여유를 되찾았다. 그는 콧방귀를 뀌며 대꾸했다.

「검형(劍形;Form)이나 스텝의 특징 따위야 얼마든지 조작할 수 있지. 코린티아 검법을 연구한 게 우리나라뿐일 거라고 생각하나?」

"지당하신 말씀이십니다. 하지만 생과 사를 가르는 그 찰나의 순간에서까지 그런 연극을 할 수 있는 사람은 거의 없지요."

「첩자를 그렇게까지 몰아붙였다고?」

"예. 뭐 그건 어렵지 않았습니다. 수적 우세도 우세였지만, 만반의 준비를 갖춘 상태에서 기습해 버렸거든요."

기습공격이라는 스트론의 말에 단장의 얼굴이 점차 일그러지기 시작했다.

"밤이 되기를 기다렸다가 그 자가 잠자리에 든 것을 확인한 후에 마법으로 일제사격을 퍼붓고……."

단장은 더 이상 들을 필요도 없다는 듯 으르렁거렸다.

「코린트의 기사를 상대로 그런 짓을 하다니! 자네 제정신인가?」

스트론은 어쩔 수 없었다는 듯 어깨를 으쓱하며 대답했다.

"저는 그자가 코린트의 기사인 줄 전혀 몰랐습니다. 그저 길드를 도와 그자를 포획하라는 지시만 받았을 뿐입니다. 가급적이면 생포하되, 그게 여의치 않으면 죽여도 무방하다고 부단장님께서 직접 명령하셨거든요. 그래서 저는 확실하게 처리하려고 노력했을 뿐입니다."

거침없는 스트론의 대답에 단장은 난감하다는 듯 말했다.

「휴우, 아무리 부단장이 그렇게 지시했다고 해도 그렇지. 그리고 기습공격을 했으면 잡기라도 했어야지. 이렇게 놓쳐 버리면 아주 곤란해지는데……」

잠시 어떻게 해야 할지 이리저리 고민하던 단장은 한숨을 푹 내쉬며 명령했다.

「무슨 일이 있더라도 그놈을 잡아! 이 사실이 코린트에 알려져서는 절대로 안 된다. 알겠나?」

"이곳 분견대 인원만으로는 불가능합니다. 더군다나 그 자는 기척을 완벽하게 숨기는 마법도구까지 지니고 있단 말입니다. 그렇지 않았다면 지금쯤 녀석의 시체와 함께 코린트의 타이탄을 가지고 단장님을 찾아뵈었겠죠. 어쨌거나 그 망할 놈의 마법도구가 문젭니다. 덕분에 길드에서 나온 마법사들은 눈 감은 장님들처럼 쓸모가 없게 됐습니다. 요새 사령관에게 말해서 보유하고 있던 키메라들을 전부 다 동원하긴 했습니다만, 별로 도움은 되지 않고 있습니다. 워낙 날쌘 놈이라 나뭇가지를 타고 도약해서 움직이는데, 제아무리 키메라의 후각이 뛰어나다고 해도 그런 흔적을 따라 추적할 수가 있겠습니까?"

심각한 표정으로 스트론의 보고를 듣고 있던 단장이 이윽고 입을 열었다.

「내 생각에는 키메라보다는 정령사 쪽이 추적에 훨씬 도움이 될 듯싶군. 길드에 협조를 구해서 최대한 많은 숫자의 정령사들을 보내달라고 하겠네.」

"가급적이면 빨리 보내 주십시오. 이러다 자칫 놈을 놓칠 수가 있습니다."

단장은 못마땅하다는 눈빛으로 스트론을 한참동안 노려보더니 수정구에서 모습을 감췄다. 통신을 끊은 것이다. 단장의 매서운 눈초리를 봤음에도 불구하고 스트론은 태연하기 짝이 없었다. 단장의 표정을 보니 자신의 변명이 제대로 먹혀들어갔다는 것을 눈치챘으니까.

그는 잠시 기지개를 켠 후 선임 마법사를 불렀다. 통신실에서 대원들의 추적 작업을 총괄하고 있던 선임 마법사는 피곤에 지친 안색이 역력했다.

"용기사들은 아직 안 일어났겠지?"

야간 시력이 별로 좋지 못한 와이번은 밤에 날아오르는 것을 극도로 싫어했다. 그 때문에 주위가 어둑해질 무렵 스페슈라 마을에서 철수해서 요새에 돌아와 있었다. 와이번 덕에 용기사와 마법사들 역시 한숨 자면서 휴식을 취하고 있는 중이다.

"예, 대장님. 모두들 깨울까요?"

"아니, 조금이라도 푹 쉴 수 있도록 놔둬. 대신, 새벽에 일어나면 모두들 배신자 수색에 복귀시키도록 해."

"그래도 괜찮겠습니까? 단장님께서 이번 일을 아신다면……."

스트론은 선임 마법사를 향해 장난스럽게 한쪽 눈을 찡긋해 보이며 말했다.

"뭐 상관없잖아? 그놈이 마법도구를 이용해서 기척을 숨기고 있는 통에 용기사들은 아무짝에도 쓸모가 없다고 하면 그만이니까. 흠, 아니면 놈이 워낙 빨라 넓은 지역까지 수색을 확대했다고 하면 되지. 안 그래?"

"그, 그건 그렇습니다만……."

이때, 수정구를 통해 통신을 받던 마법사 하나가 흥분한 목소리로 스트론에게 보고했다.

"제5수색조가 첩자의 흔적을 찾아냈답니다."

"위치는?"

"145구역에서 180구역으로 넘어가는 경계선 부근입니다."

스트론은 자리에서 벌떡 일어서며 선임 마법사에게 지시를 내렸다.

"그럼 그쪽은 자네한테 맡기겠네."

"수색조와 합류하시려는 겁니까?"

"상대가 상대인 만큼, 그러는 게 좋지 않겠나? 그러니 배반자 놈들을 부탁하네."

"염려 놓으십쇼."

통신실을 뛰쳐나온 스트론은 요새에 남아있던 마지막 전력까지 박박 긁어 제5수색조와 합류하기 위해 출발했다.

1개 분대급의 기사단 분견대가 배치되어 있는 세브롱 요새였지만, 지금 이곳 요새에 남아있는 기사단 요원이라고는 통신실에 있는 마법사 몇 명이 전부였다. 부대의 효율적인 통제를 위해 마법통신망을 유지시켜야 한다는 필요성이 없었다면 이들까지도 모두 다 추적 작전에 동원되었으리라.

어젯밤부터 시작된 추적 작전은 지금까지도 계속 진행되고 있었다. 그 때문에 통신실에 있는 모든 마법사들은 수면부족으로 두 눈에 핏발이 서 있는 상태였다.

"전원 참고할 것. 목표는 342구역을 벗어나 256구역으로 들어섰다. 반복한다. 목표는 342구역을 벗어나 256구역으로 들어섰다, 이상 통신실."

수정구를 향해 다급하게 전달 사항을 말해 주던 마법사는 전송을 끝내자마자 짜증스런 목소리로 투덜거렸다.

"이런 젠장, 답신이 오지 않으니까 제대로 수신이 되었는지 알 수가 없잖아."

이때, 외부 통신을 받기 위해 놔둔 두개의 수정구 중 하나가 점멸하기 시작했다. 채널을 열자 호크 기사단의 정식 복장을 한 마법사가 모습을 드러냈다.

"안녕하십니까. 몰몬트 분견대 당직 마법사 루트 도미네스입니다."

「수고가 많다. 10분 후, 부단장님께서 지원부대를 이끌고 그쪽 공간이동 마법진으로 이동하실 예정이다. 그에 대한 준비를 부탁한다. 알겠나?」

"옛."

통신을 옆에서 엿들은 선임 마법사는 얼굴이 새하얗게 질려버렸다. 첩자의 소속이 소속인 만큼 상당한 규모의 지원부대가 달려올 줄은 알고 있었지만, 부단장이 직접 올 거라고는 예상조차 하지 못했다. 왜냐하면 이번 작전의 성격상 성공하더라도 외부에 공표조차 할 수 없는데다가, 실패했을 때는 혹독한 책임 추궁이 뒤따를 게 뻔했기 때문이다.

잠시 후 겨우 정신을 차린 선임 마법사가 다급히 부하에게 명령했다.

"자네는 빨리 가서 역장 발생장치를 끄도록 하게."

"예."

"그리고 자네는 귀빈실을 점검하도록 하게. 부단장님에 대한 소문은 익히 들었겠지? 안 그래도 기분이 썩 좋지 않으실 텐데, 괜한 꼬투리 잡히지 않도록 최선을 다하란 말이야!"

"예."

이제 남은 시간은 겨우 10분! 부단장을 맞이할 준비를 하기에는 턱도 없이 모자랐다. 그 탓에 선임 마법사는 꽁지에 불이 붙은 것처럼 이리저리 뛰어다녀야만 했다.

얼추 10분이 된 것 같자 선임 마법사는 허둥지둥 옥상(屋上)으로 달려갔다. 공간이동 마법진이 마법탑 옥상에 설치되어 있었기 때문이다. 그가 채 숨을 고르기도 전에 마법진 위에서 희뿌연 빛이 뿜어져 나오기 시작했다. 그리고 그 빛이 멈춘 순간, 40여 명에 달하는 사람들이 서있는 게 보였다.

선임 마법사는 깡마른 체구의 사내에게로 달려가 고개를 조아렸다. 짧게 다듬은 콧수염과 얇은 입술 탓에 아주 냉정하게 보이는 사내였다.

"어, 어서 오십시오, 부단장님. 저는 분견대의 선임 마법사인 레스터 클라인이라고 합니다."

부단장이 거느리고 온 부하들의 숫자는 몇 되지 않았지만, 그 전력은 엄청났다. 오너의 숫자만 무려 20명! 타이탄 숫자로만 따진다면 거의 4개 분대 급이다. 그런데 이게 전부가 아니라는 사실이었다. 워낙 다급한 상황이었기에 호크 기사단의 핵심인 원만 데리고 온 것이었고, 나머지 대원들은 준비가 되는 대로 이쪽으로 공간이동해 올 것이라고 했다.

부단장은 마중을 나온 클라인의 인사조차 받지 않은 채 곧바로 물었다. 그의 음성에는 탐탁지 않은 심정이 그대로 묻어나온 듯 차갑기만 했다.

"스트론은 지금 어디에 있나?"

"대장님은 현재 추적 현장에서 대원들의 지휘를 하고 계시는 중입니다."

이곳은 요새에서 가장 높이 솟아올라 있는 마법탑의 꼭대기다. 아직 해가 뜨지는 않았지만 점차 어슴푸레하게 밝아오고 있었기에 주변을 바라보는 데 있어서 문제가 될 것은 없었다. 클라인은 저 멀리 보이는 산쪽을 손가락으로 가리키며 보고했다.

"다행히도 키메라가 첩자의 흔적을 찾아냈습니다. 지금 놈을 맹추격 중인 것으로 알고 있습니다."

클라인의 보고에 부단장의 싸늘하게 굳은 얼굴에서 일순 안도감이 스쳐지나갔다.

"그래? 그나마 다행이로군."

부단장은 데리고 온 기사들을 돌아보며 지시했다.

"너희들은 빨리 달려가서 스트론을 도와주도록 해라."

"옛."

부단장과 함께 온 마법사들이 클라인에게 모여들어 공간이동 좌표를 물어봤다. 그리고는 저마다 공간이동마법진을 그리기 시작하는 마법사들. 그런 모습을 잠시 바라보던 부단장은 고개를 돌려 클라인에게 물었다.

"길드에서 정령사는 도착했나?"

"아직 오지 않았습니다."

"망할 녀석들. 단장님께서 직접 요청을 하셨는데도 아직까지 보내지 않고 있다니!"

단장에게 듣기로는 첩자 놈은 탐색마법으로는 찾아낼 수가 없다고 했다. 그렇다면 추적을 하기 위해 정령사는 필수가 아니겠는가. 그걸 뻔히 알고 있을 텐데도, 자신이 기사단 전력의 절반을 이끌고 여기까지 올 동안 정령사 몇 명 보내주는 것조차도 하지 않고 있다니……. 더군다나 이번 일이 길드 쪽에서 지원요청을 한 탓에 벌어진 일이 아닌가.

"그래도 놈의 흔적을 찾았다니 다행이긴 하지만……."

이때, 통신실에 있던 마법사 한 명이 헐레벌떡 달려 나와 클라인에게 보고했다.

"서, 선임 마법사님! 흔적을…, 흔적을 놓쳤답니다."

클라인이 뭐라고 대꾸하기도 전에 부단장이 끼어들었다.

"그건 또 무슨 소리냐? 자세하게 보고하도록 해라."

마법사는 방금 전에 들어온 소식을 전했다. 첩자의 흔적을 놓쳤다는 것이다. 그 때문에 대원들은 서로간의 간격을 넓히며 새로운 흔적이 없는지 그 인근을 샅샅이 뒤지고 있는 중이라고 했다.

"지금까지는 혈흔을 남기며 도망쳤기에 추적이 용이했다고 합니다만, 무슨 수를 썼는지 모르겠지만 갑자기 혈흔이 사라져 버렸다고 합니다."

부단장은 답답하다는 듯 뒤로 돌아서서 난간을 짚었다. 그의 눈앞으로 광대한 몰몬트 산맥이 한눈에 펼쳐져 있다. 문제는 지금 보이는 이게 몰몬트 산맥의 전부가 아니라는 데 있었다. 지금 그의 시야에 보이는 것은 산맥의 극히 일부분에 지나지 않았으니까. 설혹 마법의 힘을 빌린다고 해도 저 넓은 산맥 안에서 첩자가 마음먹고 숨는다면 사막에 떨어진 바늘을 찾는 것이나 마찬가지일 것이다.

"이곳에 배치되어 있는 용기사가 일곱 명이었나?"

"옛, 부단장님."

이때, 마법탑 중앙에 마련되어 있던 사각형의 문이 열리더니, 승강기를 타고 와이번이 올라오는 게 보였다. 와이번이 일곱 마리나 되었기에 승강기는 제일 꼭대기 층인 와이번 우리에서 옥상으로 몇 번이나 오르락내리락 해야만 했다.

출동 준비를 하고 있는 용기사들을 향해 부단장이 다가갔다. 자신을 알아보고 인사를 건네는 용기사들에게 부단장은 힘들겠지만 적 오너의 수색 작업에 한층 힘을 쏟아 달라며 격려 겸 당부를 했다.

그런 부단장을 뒤에서 바라보며 클라인은 난처하기 짝이 없었다. 지금 이 상황에서 어떻게 용기사들에게 배신자를 찾으러 가라며 지시를 내릴 수가 있겠는가.

그는 머리가 아픈지 이마를 손가락으로 꾹꾹 누르며 한숨을 푹 내쉬었다. 이러다 동부지구장의 부탁을 이행하지 못할 경우, 그 후환이 두려웠기 때문이다.

용기사와 마법사를 등에 태운 와이번은 날개를 앞발 삼아 네 발로 엉금엉금 기어가 마법탑 가장자리로 가서는 아래로 뛰어내렸다.박쥐 날개처럼 생긴 거대한 날개를 활짝 펼치며 거대한 와이번이 순차적으로 날아오르는 장면은 보는 이로 하여금 가슴이 뛰게 만들 정도로 장관이었다. 그것도 한두 마리가 아닌 일곱 마리가 날아오르자 곧바로 하늘이 꽉 차는 듯한 느낌이었다.

손을 흔들며 용기사들을 배웅한 부단장은 그들의 모습이 멀어지자 클라인에게로 시선을 돌린 뒤 지시했다.

"지금 당장 길드 본부로 통신을 넣어라. 10분 내에 정령사를 보내 주지 않으면 우리들은 이번 임무에서 손을 뗄 거라고."

손을 떼겠다는 단호한 말에 클라인의 안색이 일순간 파랗게 질렸다. 첩자가 코린트의 기사일지도 모르는 상황에서 기사단이 손을 떼 버리면 그 뒤는 어떻게 될지 뻔했으니까.

"서, 설마 진짜로 손을 떼실 건……."

"쓸데없이 토 달지 말고, 지금 당장 내가 시키는 대로 해."

"예…, 옛. 부단장님."

통신실을 향해 허둥지둥 달려가는 클라인의 뒤통수를 노려보던 부단장은 도저히 못 참겠다는 듯 욕설을 내뱉으며 투덜거렸다.

"멍청한 놈들! 대가리는 좋은지 모르겠지만, 당최 일의 선후를 몰라."

마법사 길드의 어설픈 일처리에 짜증이 나 욕설을 내뱉기는 했지만, 지금 그의 주위에는 마법사들이 너무 많았다. 부단장은 자신이 데리고 온 마법사들 중 선임을 불렀다.

"루카스."

"예, 부단장님."

"저 녀석 하는 거 보니, 아무래도 안심이 안 되는군. 자네가 통신실을 책임지도록 하게."

"그렇게 하겠습니다."

분견대 선임 마법사의 지위가 부단장이 데려온 루카스보다 높을 수는 없다. 그런 만큼 굳이 부단장이 지시를 내리지 않아도 얼마 지나지 않아 이곳의 모든 마법사들은 루카스의 지휘 하에 들어가게 될 것이다.

그럼에도 불구하고 부단장이 굳이 루카스에게 그런 명령을 내린 것은, 방금 전의 욕설이 '길드의 마법사들'을 향한 게 아니라 허둥지둥 달려간 '선임 마법사'를 향해 한 것처럼 꾸미기 위해서였다. 방금 전 자신의 언사가 길드 쪽 귀에 들어가면 귀찮아지기 때문이다.

이때, 저 멀리 장대하게 펼쳐진 산맥 쪽이 조금씩 붉어지기 시작했다. 해가 떠오르려 하는 것이다. 그쪽으로 시선을 돌린 부단장은 자신도 모르게 중얼거렸다.

"딴 건 모르겠지만 정말이지 경치 하나는 끝내주는 곳이군……."

마법탑 옥상에서 본 그날의 일출은 부단장의 기억 속에 오랫동안 남을 정도로 아름답기 그지없었다.

부단장이 호크 기사단 전력의 절반을 데리고 와서 합류했다고 해도 상황은 전혀 호전되지 않고 있었다.

'젠장, 재수 더럽게 걸렸어.'

넓디넓은 몰몬트 산맥 안으로 도망친 기사 한 명을 잡아들이는 일이다. 호크 기사단 전력 절반을 쑤셔 넣는다고 해도 쉬울 리가 없다. 그리고 그만한 전력을 투입하는 일인 만큼, 임무에 실패했을 때는 호된 질책이 뒤따를 것은 뻔한 일. 그것을 잘 알고 있는 부단장이었기에 이번 임무를 맡지 않으려고 별별 핑계를 다 준비했었다. 하지만 핑계를 채 말해 보기도 전에 단장은 부단장을 직접 지명하면서 명령했다.

"스트론에게 들으니 생사불문이라도 상관없다는 지시를 자네가 내렸다며? 그 책임을 지게."

자신이 내뱉은 말이었기에 그로서도 어쩔 수가 없었던 것이다. 부단장은 떨떠름한 표정으로 연신 찻물을 들이켰다. 이곳에 와서 벌써 여섯 잔째 마시고 있는 차다. 바짝바짝 타들어가는 속을 달래는 데는 술이 좋겠지만, 부하들은 꽁지 빠지게 수색 작업을 하고 있는데 지휘관이라는 자가 태평하게 술을 마시고 있을 수는 없지 않겠는가. 그것도 평소 규율을 그렇게 강조해 왔던 그가.

이때, 가볍게 문 두드리는 소리가 들려왔다.

"들어와."

그러자 루카스가 안으로 들어오며 방금 전에 수신한 마법통신에 대해 보고했다.

"정보부에 문의해 본 결과, 행방을 알 수 없는 오너의 숫자는 약 50여 명 정도라고 합니다."

그 말에 부단장의 인상이 왈칵 일그러졌다. 그는 이곳으로 출발하기 전에 정보부에 코린트의 오너들 중에서 현재 행방을 알 수 없는 자들의 숫자와 그 명단을 알려달라고 요청했었다. 스트론의 보고가 확실하다면 그 행방불명인 인물들 중의 하나가 지금 지신들과 숨바꼭질을 하고 있는 녀석일 가능성이 컸으니까.

그런데 행방을 알 수 없는 오너의 숫자가 무려 50여 명씩이나 될 거라고는 생각조차 못했다. 왜냐하면 오너들은 전략적 파괴력이 엄청나기에 정보부에서 적국 오너들의 일거수일투족까지 치밀하게 조사하고 있었을 거라고 믿었었다.

물론, 오너 급 실력자들의 뒤를 몰래 추적한다는 게 결코 쉬운 일은 아니다. 더군다나 실력이 높기로 명성이 자자한 코린트의 오너들인 만큼 접근조차 쉽지 않을 거라는 것 정도는 부단장도 알고 있었다.

하지만 아무리 그래도 그렇지. 50여 명씩이나 되는 오너의 위치 파악이 전혀 안되고 있다는 건 문제가 크다. 코린트 기사단의 주력인 고성능 타이탄 50기라면 웬만한 국가쯤은 하루아침에 멸망시키기에 충분했으니까.

이제는 외교적 마찰 따위를 신경 쓸 때가 아니다. 자칫 잘못하면 알카사스가 뒤집어질 수도 있는 위기 상황인 것이다. 부단장은 신경질적으로 탁자에 찻잔을 내려놓으며 으르렁거렸다.

"24시간 줄 테니, 그 숫자를 최대한 줄여 보라고 해. 그리고 이 상황을 상부에 지급으로 보고하도록."

"예, 부단장님."

"멍청한 새끼들! 50기? 50기가 옆집 똥개 이름인 줄 아나."

만약 코린트의 타이탄 50기가 한꺼번에 왕국의 수도 다란스에 나타난다면 어떻게 될까? 4대강국에 들어간다는 알카사스였지만, 왕실이 파괴되고 나라 전체가 뒤집어질 가능성이 컸다.

그런 일이 벌어지지 않도록 하기 위해서는 무슨 수를 써서라도
저 산맥 속에 숨어 있는 쥐새끼를 잡아 정보를 캐내야만 했다.
코린트에서 왜 오너 급 기사를 보냈고, 뭘 알아보려고 했었던
것인지를.

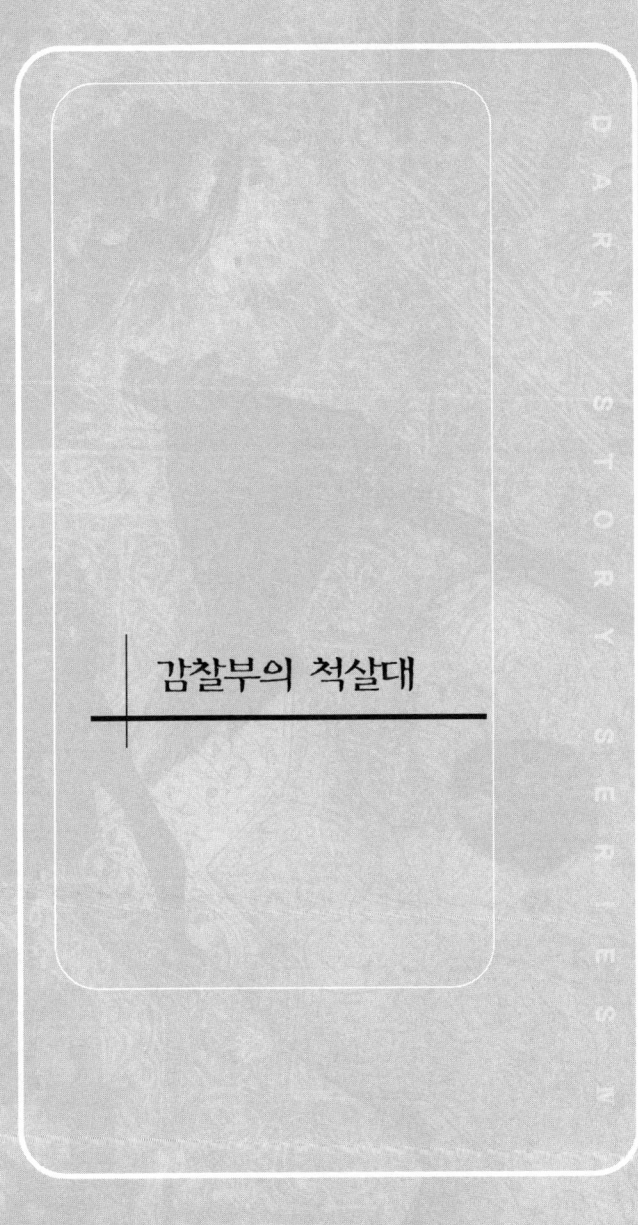

감찰부의 척살대

33

몰몬트 산맥의 추격전

알카사스의 수도 다란스에서는 마도왕국이라는 명성에 걸맞게 마법에 관련된 물품들을 아주 손쉽게 구할 수 있었다. 각종 마법서적은 물론이고, 시약이나 재료 등등……. 산지(産地)에 직접 가도 구할 수 없는 것들 역시 이곳에서는 쉽게 구할 수가 있을 정도였다.

전 대륙에서 다란스만큼 마법사들의 인구 밀도가 높은 곳이 없을 정도였지만, 그렇다고 해서 마법사들만 득실거리는 것은 아니었다. 검사나 상인, 모험가 등 마법물품을 구하거나 팔고자 하는 수많은 여행객들이 더 많았다. 마법사가 많은 만큼, 그들이 생산한 각종 마법물품들을 저렴한 가격에 구입할 수 있었기 때문이다.

대륙 각지에서 사람들이 몰리는 만큼 다양한 의복의 여행객들이 뒤엉켜 상점을 둘러보며 한가롭게 걷는 게 다란스 중심가의 평상시 풍경이다. 그러다가 마음에 드는 물품이 있으면 상인과 흥정을 벌이는 것이다.

그런데 이때 그들 사이로 앞만 똑바로 보고 걸음을 서두르고 있는 무리가 지나갔다. 뭔가 급한 일이라도 있는 듯. 하지만 주변에 넘치는 게 모험가고 마법사들이었기에 아무도 그들에게 흥미를 보이는 사람은 없었다.

그들은 곧바로 공간이동 마법진이 설치되어 있는 공간이동 문으로 향했다. 다섯 명으로 이뤄진 모험가 파티가 공간이동 마법진이 설치되어 있는 건물로 가고 있는 모습에, 그 누구도 신경을 쓰지 않았다. 행인들이 관심을 가지는 건 아름다운 외모를 지닌 신관과 마법사들뿐이다. 하지만 이들의 경우 복면으로 얼굴을 가려 눈만 내놓고 있었기에 아무도 관심을 가지지 않았던 것이다.

공간이동 마법진에 배치된 경비병들이 꽤나 많았지만, 아무도 그들이 복면으로 얼굴을 가린 것에 대해 의문을 제기하는 사람은 없었다.

"송신 마법진은 저쪽입니다."

경비병이 가리키는 쪽으로 걸어가니 곧 매표소가 나왔다. 예쁘장한 아가씨가 손님들을 반갑게 맞이했다.

"어서 오세요, 손님들. 어디로 가시나요?"

상큼한 목소리로 손님을 맞았음에도 그녀에게 돌아온 건 무뚝뚝한 음성이었다.

"그렉시아."

"이용료는 사람은 30실버, 말은 40실버입니다. 사람 다섯 명, 말 다섯 필이니, 합계 7골드입니다."

거금을 지불한 것에 비해 공간이동은 너무나도 허무하게 끝이 났다. 잠시 눈앞이 흔들리며 약간 어지러운 듯한 느낌이 전부였으니까. 하지만 그 잠깐 사이에 엄청난 거리를 이동해 왔다는 것을 알게 되면 마법의 경이로움에 감탄사가 절로 나올 수밖에 없다. 일반 사람들로 하여금 마법의 위대함과 편리함을 가장 확실하게 느낄 수 있게 해 주는 장치가 바로 공간이동 마법진이었던 것이다.

"그렉시아에 도착했습니다. 이쪽으로 나오세요."

마법진 밖으로 나오면 경비병들이 대기하고 있는 공간으로 연결된다. 십여 명에 달하는 경비병들이 도열해 있었고, 그 중 지휘관인 듯 보이는 자가 다가오며 말했다.

"그렉시아에 오신 걸 환영합니다. 자, 모두들 복면을 벗고 각자의 신분증명서를 보여 주시기 바랍니다."

여행객에 대한 신분 검사가 이뤄지는 것은 공간이동이 끝난 직후다. 수신 마법진에 한동안은 힘을 제대로 쓰지 못하도록 하는 마법이 설치되어 있기 때문에 아무런 저항 없이 검사가 가능했던 것이다.

일행 중 한 사내가 복면을 벗고 앞으로 나섰다. 꽤나 인상이 좋은 사내였다. 그는 지휘관에게 자신의 신분증과 마법진 이용권을 내밀며 부드러운 목소리로 말했다.

"수고가 많으시군요. 자, 여기 있습니다."

지휘관은 신분증에 기록된 내용과 여행객의 얼굴이 맞는지 꼼꼼히 살펴보며 질문을 던졌다.

"동부지역의 관문인 그렉시아에는 무슨 일로 오셨습니까?"

"몰몬트 산맥에 사냥을 하러 왔습니다."

사내는 손바닥을 펴서 슬그머니 옆으로 그으며 대답했다. 지휘관의 시선이 자신도 모르게 사내의 손바닥을 따라 움직였다.

"혹시 국경을 넘어가실 겁니까?"

"사냥이 순조롭게 이뤄지면 넘어갈 일은 없을 것 같습니다. 하지만 만에 하나라는 게 있으니……."

그러자 사내를 향해 지휘관이 딱딱한 어조로 경고했다.

"혹, 국경을 넘어가시게 되면, 필히 그쪽 나라의 검문소에 등록을 하도록 하십시오. 그러면 자동으로 우리 쪽에도 통보가 되도록 되어 있으니까요. 만약 신고도 하지 않고 국경을 들락거린 게 밝혀지면 큰 곤욕을 치를 수도 있습니다."

"알겠습니다."

경비병들이 보기에는 힘든 각도에서 연신 손을 움직이고 있는 사내. 그리고 그런 손을 홀린 듯 바라보며 대화를 나누고 있는 지휘관. 대화 중 연신 손을 움직이는 사내에게 왜 자꾸 손장난을 하냐며 짜증을 낼 만도 하련만, 지휘관은 사내의 행동에 이상함을 전혀 느끼지 못하는 모양이다.

신분증 확인이 끝나자 지휘관은 사내를 향해 말했다.

"평안한 여행되시길 바랍니다. 그럼 안녕히 가십쇼. 통과!"

일행들 전부의 신분증명서를 확인해야 했지만, 지휘관이 확인한 건 단 한 명뿐. 도열해 있던 경비병들은 서로의 눈치를 살피며 이걸 어떻게 받아들여야 할지 몰라 당황해 했다. 부하들이 주춤거리기만 할 뿐, 자신의 명령을 따르지 않고 있자 지휘관은 짜증어린 어조로 외쳤다.

"뭣들 하나! 빨리 비켜서지 않고."

"대장님, 신분 확인은 아직 한 분밖에 하지를……."

"무슨 말도 안 되는 소리를 하는 거야. 빨리 비켜!"

상관의 명령에 일제히 통로를 내주는 부하들. 다섯 명의 모험가들은 무표정하게 말을 끌고 그들 앞을 지나갔다. 그들이 밖으로 나가자마자 경비병들은 상관에게 의아하다는 듯 물었다. 자신들이 보기에는 분명히 한 명밖에 신분 확인을 하지 않았다고. 방금 지나간 모험가들이 뭔가 이상한 마법이라도 쓴 게 아니냐고. 하지만 상관은 말도 안 된다는 듯 단호하게 말했다.

"말이 되는 소리를 해라. 공간이동 마법진을 방금 빠져나온 자가 무슨 짓을 할 수 있다는 말이냐? 나는 확실하게 모두의 신분증 검사를 끝냈어. 되먹지도 않은 소리 할 시간 있으면, 이 근처 청소나 해 둬."

상관의 불호령에 의문을 제기했던 경비병들은 입을 꽉 다물어야 했다.

복면의 모험가들은 검문소를 통과하자마자 전속력으로 말을 달렸다. 급하긴 했지만, 이곳에서 공간이동 마법을 쓸 수는 없었다. 역장이 미치지 않는 거리까지 벗어나야만 하는 것이다.

도시에 설치되어 있는 역장 발생기에 얼마나 많은 마나가 공급되느냐에 따라 역장이 미치는 범위가 달라진다. 모험가들이 받은 기밀문서에 따르면 그렉시아의 마법탑에서는 평균 50킬로미터 내외의 범위에 걸쳐 역장을 발산하고 있다고 기록되어 있었다. 안전하게 공간이동하려면 마법탑에서 최소한 60킬로미터는 벗어나야 하는 것이다.

밤새도록 말을 달려 다음날 아침이 되어서야 그들은 목표로 했던 1차 목적지에 도착할 수 있었다. 폴른이라는 영지에 소속되어 있는 작은 마을이다. 그들은 마을에 도착하자마자 여관부터 찾아 들어가 식사를 주문했다.

"식사는 조금 있다가 나올 겁니다."

이렇게 말한 점원은 손님들의 옷에 먼지가 잔뜩 묻어있는 걸 발견했다.

"쉬다 가실 건가요? 마침 빈방이 몇 개 남아 있습니다, 손님."

"아니, 식사만 하고 갈 거다. 그런데…, 여기에 말을 며칠 맡겨 두고 싶은데……."

"걱정 마십쇼, 손님. 제 말처럼 잘 돌봐드리겠습니다."

사근사근하게 말하는 점원에게 사내는 은화 한 개를 던져 주며 말했다.

"우리가 돌아왔을 때, 말들의 상태가 좋으면 한 개 더 주마."

"여부가 있겠습니까, 손님."

점원이 식사를 가지러 주방으로 들어가자 사내는 품속에서 수정구를 꺼냈다. 마법사들이 통신용으로 주로 쓰는 물건이었다. 사내의 인상이 좋기는 했지만 결코 잘생긴 얼굴은 아니다. 그걸 보면 이 마법사는 다른 마법사들과 달리 자신의 얼굴을 마법으로 뜯어고치지 않은 모양이다. 오히려 그 때문에 그가 마법사라는 것을 다른 사람들이 알아채기가 힘든 것이었지만……

마법사는 탁자 위에 수정구를 올려놓은 후, 품속에서 숯가루가 든 주머니를 꺼냈다. 약간의 숯가루를 수정구 위에 솔솔 뿌린 후, 그는 수정구 위에 손을 이리저리 움직이며 주문을 외우기 시작했다. 그리고 그의 주문이 끝났을 때, 숯가루가 저절로 움직여 수정구를 중심으로 한 마법진이 완성되어 있었다.

한순간 밝게 빛나는 듯하던 수정구에서 빛이 점차 사라졌다. 하지만 수정구 속에는 아무런 변화가 없다.

이럴 리가 없는데 하는 표정으로 수정구를 들여다보고 있는 마법사. 그런 마법사의 행동을 가만히 지켜보고 있던 온화한 표정의 중년사내가 더 이상 참지 못하겠는지 입을 열었다.

"무슨 일이 있는 것 같군. 이렇게까지 통신을 받지 않을 리가 없는데 말이야."

"아무래도 그런 것 같습니다."

고개를 갸웃거리던 마법사는 품속에서 숯가루 주머니를 다시 꺼내며 말을 이었다.

"본부에 한번 물어보도록 하겠습니다."

방금 전에 접속이 안 된 것이 마법사의 실수로 실패한 게 아니라는 것을 증명이라도 하듯 이번에는 수정구 속에 영상이 맺혔다. 검은색 로브를 입은 음침한 분위기의 상대방을 향해 마법사는 고개를 조아리며 조심스럽게 말했다.

"앤트러스 특무대(特務隊), 예정대로 1차 목적지에 도착했습니다. 그런데 헤밍턴 팀과 연락이 되지 않고 있습니다. 혹시, 아시는 바는 없으십니까?"

상대편 마법사는 아직 모르는 일이었던 모양이다. 곧바로 당황한 목소리가 수정구에서 흘러나왔다.

「연락이 되지 않는다고? 그럴 리가 없을 텐데……」

이때, 지금까지 옆에서 가만히 듣고 있던 중년사내가 끼어들었다.

"해밀턴이 마지막 연락을 보냈을 때 보내 온 좌표가 있나?"

자신의 수정구에 중년사내의 모습이 보일 리 없을 텐데도, 그의 목소리를 듣자마자 상대방 마법사의 표정이 급격히 바뀌었다.

「물론 있습니다, 앤트러스 각하.」

"그 좌표를 불러 주게. 그곳에서부터 찾아가는 수밖에 도리가 없지 않겠나."

상대방 마법사는 다급히 좌표를 불러준 후, 공손한 어조로 말을 이었다.

「마법사 길드의 중앙지부에서 수백 명에 달하는 마법사들을 몰몬트 산맥으로 이동시켰다는 긴급 정보가 입수되었습니다.」

"설마…, 그들도 배신자들을 찾고 있는 건가?"

「해밀턴으로부터의 보고에 따르면 그건 아닌 것 같았습니다. 그들은 마을을 중심으로 외지인을 본 적이 있는지 탐문하고 있다고 했으니까요. 어쨌거나…, 그들의 목적이 뭐건 간에 각하와 동선이 겹칠 가능성이 있기에 보고 드리는 겁니다.」

"알겠네. 조심하도록 하지."

「건투를 빌겠습니다, 각하」

마법사가 통신을 끝마치자 앤트러스는 함께 온 일행을 둘러보며 말했다.

"식사를 끝마친 후 곧바로 출발하겠다. 모두들 피곤하겠지만 아무래도 해밀턴 팀과 연락이 안되는 게 마음에 계속 걸려서 말이야."

"예, 대장님."

*　　*　　*

마를린은 키메라 손실분을 보충받기 위해 지원팀으로 달려갔다. 이미 연구소장이 지시를 해 둔 덕분인지 키메라들을 잃어버린 것에 대한 보고서는 별도로 쓰지 않아도 되었다.

"소장님께서 내주라고 지시하신 분량입니다. 키메라들은 저쪽에 준비시켜 뒀습니다. 여기에 서명하시길……."

명세서에는 CE004 5개체, CE003 32개체라고 되어 있었다. 외곽경비대가 전멸당한 것에 연구소장도 내심 적잖이 충격을 받은 모양이다. 이렇게 대폭적으로 전력을 증강시켜 준 것을 보면.

"각종 테스트에 사용되고 있던 개체들까지 몽땅 다 긁어모은 겁니다. 재생산을 시작하긴 했습니다만, 당분간은 보충이 힘드니 그 점 유의하시길 부탁드립니다."

"알겠어요. 조심해서 쓰도록 하겠어요."

외곽경비대가 경비해야 할 비밀통로는 무려 여섯 개. 주변을 둘러봐야 온통 숲밖에 없는데 비밀통로를 왜 이렇게 많이 뚫어 놨나 싶겠지만, 다 이유가 있었다. 그것들은 처음부터 사람이나 물자의 이동을 위해서 뚫은 게 아니었다. 물자는 공간이동 마법진을 통해 운반되는 것만으로도 충분했으니까. 그럼에도 비밀통로를 이렇게 많이 뚫은 이유는 연구소가 지하에 있다 보니 원활한 환기를 위해서였다.

새로운 부하들을 충원 받은 마를린이 가장 먼저 한 일은 연구소의 외곽 경비망을 재구축하는 것이었다. 꽤 오랜 시간 외곽 경비에 구멍이 뚫려 있었던 셈이지만, 그녀는 그다지 신경 쓰지 않았다. 내부 경비대에서 연구소로 침입자가 들어왔다는 통보가 없었기 때문이다.

어쨌거나 새로 부하들을 지급받은 이상, 외곽 경비망을 재구축한 뒤 행방불명된 키메라를 찾아 그 사체들을 확실히 처리해야만 했다. 이번 추적 작업에 동원될 키메라들은 마를린이 직접 지휘할 생각이었다.

"너희들은 내가 갔다가 올 동안, 연구소 주변을 철저하게 경계하고 있도록 해. 알겠어?"

"취익!"

"만약 조금의 실수라도 있었다가는 오늘 저녁밥은 아예 없을 줄 알아."

그녀의 협박에 험악하게 생긴 키메라들이 풀이 죽은 표정을 짓는다.

'훗, 꼴 같지 않게 시무룩한 표정을 짓기는······.'

키메라들에게 일침을 가한 후, 마를린은 가마를 향해 걸어갔다. 경비를 맡긴 키메라들을 제외한 나머지가 그녀가 탑승할 가마를 중심으로 나란히 도열해 있었다.

한눈에 보기에도 가마는 꽤 멋이 있었다. 마치 달걀을 눕혀 놓은 것처럼 납작한 유선형의 형태를 하고 있었고, 새하얀 겉 표면은 물방울조차 또그르르 굴러 떨어질 정도로 매끄러웠다. 키메라 두 마리가 앞뒤에서 잡고 운반하게 만들어 놓은 것으로, 그녀의 전임자가 아이디어를 짜내서 제작한 물건이다.

숲속을 헤치고 움직이기 좋도록 만들어 놓은 것인 만큼, 좌우 폭은 그리 넓지 않았다. 하지만 앞뒤로 길게 만들어 놨기에 편안한 자세로 반쯤 누워서 갈 수 있었다. 마를린은 푹신한 의자에 다리를 쭉 펴고 앉은 후 문을 닫았다. 동그란 유리창이 여러 개 뚫려 있었기에 바깥의 동정을 관찰하는 데 있어서 전혀 어려움이 없다.

외곽 경비대장에 임명되었을 때, 그녀는 자신에게 주어진 이 근사하게 생긴 가마에 감탄했었다. 시대를 앞서가는 듯한 멋진 외형은 물론이고 안락한 실내까지. 그야말로 무엇 하나 마음에 안 드는 게 없는 최고의 명품! 이런 멋진 물건을 자신에게 남겨 주고 간 전임자의 마음 씀씀이에 그저 감사할 뿐이었다. 실제로 직접 타 보기 전까지는······.

기마를 타고 이동하기는 절대로 싫었지만, 어쩔 수가 없었다.

"가자!"

그녀의 명령에 키메라들이 일제히 움직이기 시작했다. 키메라들이 걸어가는데 따라서 부드럽게 흔들리기 시작하는 가마. 주위를 지나가던 마법사들이 모두들 입을 헤 벌리며 부러운 듯 보고 있다. 정말 어깨가 으쓱해지는 순간이다.

동굴을 벗어난 후, 그녀는 키메라들에게 속도를 내라고 지시했다. 마냥 느긋하게 걸어갈 수는 없는 노릇이니까. 하지만 속도를 내자마자 가마에 숨어있던 문제점들이 적나라하게 드러나기 시작했다. 전임자가 최대한 안락하게 만들어 놓았다고 하지만, 사실 이건 사람이 탈만한 물건이 아니었다. 한눈에 봐도 상당한 액수를 들여 만들었음직한 가마를 전임자가 오죽하면 그냥 놔두고 가 버렸겠는가.

키메라들이 숲속을 질주하자, 가마 안은 가만히 앉아 있는 게 불가능할 정도로 요동치기 시작했다. 멍청하기 짝이 없는 키메라들이 탑승자의 사정 따위 전혀 고려해 주지 않았기에 생기는 어쩔 수 없는 결과다.

앞뒤좌우로 흔들리는 것도 고역이지만, 더 큰 문제는 소음이었다.

투다다닥!

끼기긱!

주위의 나뭇가지들이 사정없이 가마에 부딪치며 만들어 내는 굉음! 튼튼한 외피가 막아 주고 있는 덕분에 나뭇가지에 얻어맞을 염려는 없었지만, 나뭇가지가 딱딱한 외피와 부딪치는 소리는 여과 없이 실내로 전해져 들어온다. 키메라들이 운반하기 쉽도록 가벼운 재료로 만들었기에 그 소리가 더욱 크게 울리는 것인지도 모른다.

"이런 빌어먹을!"

주변의 소리를 차단할 수 있는 마법을 익혔다면 얼마나 좋았겠느냐마는, 아직 그녀는 그 정도 실력이 되지 못하니 환장할 노릇이다. 어쩔 수 없이 그녀는 귀마개 두 개를 만들어 귓구멍을 틀어막는 것으로 만족해야만 했다.

"미쳐 버리겠네."

처음에는 귀청을 때리는 소음이 문제였지만, 차츰 시간이 지날수록 흔들림이 더욱 큰 문제가 되기 시작한다. 가마가 흔들흔들하는데 따라서 속도 울렁울렁……. 더군다나 좁은 공간 안에 갇혀 있다 보니 그 상태는 더욱 심해진다.

"자…, 잠깐만 쉬었다 가자."

기어들어가는 듯한 마를린의 목소리를 못 들었는지 키메라들은 계속 내달린다. 그녀는 도저히 못 참겠다는 듯 배를 움켜쥐고 뾰족한 소리로 외쳤다.

"그만! 서! 서라고, 이 망할 새끼들아!"

키메라들이 급정거를 하자마자 노랗게 질린 얼굴을 한 마를린이 급히 문을 열어젖혔다.

"우웨에엑! 우웩!!"

이렇게 미친 듯이 흔들리는 가마에 타고 있으니 멀미가 날 수밖에.

가까운 거리였다면 키메라들의 뒤를 쫓아 비행마법으로 따라가던지, 아니면 속도 증가 마법을 활용하여 달려갔을 것이다. 하지만 먼 거리라면 얘기가 달라진다. 그녀의 체력으로는 장거리를 고속으로 이동하는 키메라들을 뒤따라간다는 게 무리였던 것이다.

"내가 이래서 가마를 타고 싶지 않았던 거였는데……."

갑자기 눈물이 핑 돈다. 이러려고 마법사가 된 게 아니었는데……. 키메라들만 보내서 사체를 처리해 버리라고 할 수 있었으면 좋겠지만, 그럴 수가 없었다. 키메라들이 어떻게 죽었는지 그 사체를 확인해야만 했던 것이다.

마를린은 요동치는 가마 안에서 축 늘어진 채 연신 헛구역질만 하고 있는 중이다. 일어나 앉을 힘도 없다.

"우에에엑! 우웨엑!"

처음 몇 번인가는 구토가 치밀어 오를 때마다 가마를 세워서 밖에 토해 버렸었다. 하지만 지금은 아니다. 뱃속에 있는 걸 몽땅 다 토해 버린 것인지 이제는 아무리 구역질을 해도 신물만 조금 올라올 뿐이다. 그녀는 빨리 목적지에 도착하기만을 빌며 키메라들이 계속 달리도록 놔두고 있었다.

'끄으억! 주, 죽을 거 같아…….'

끝날 것 같지 않았던 흔들림이 갑자기 멈췄다. 그리고 밖에서 들려오는 껄끄러운 목소리.

"취익! 도착했다."

마를린은 황급히 문을 열고서 기다시피 밖으로 굴러 나왔다. 다리에 힘을 줘 간신히 몸을 일으키려던 그녀는 하마터면 주저앉을 뻔했다. 장시간 흔들리다가 갑자기 탄탄한 대지를 밟고 서니, 이번에는 오히려 땅바닥이 흔들리는 듯한 진동이 느껴졌기 때문이다. 사실은 그녀의 다리가 후들거리고 있는 것이었지만.

"후우, 후우~"

심호흡을 몇 번하며 마음을 진정시키자, 그제서야 주위의 사물이 차츰 눈에 들어오기 시작했다. 그러던 그녀의 눈에 띈 고깃덩이들, 키메라의 사체였다.

"잠깐! 너희들은 그쪽으로 가지 마! 저쪽으로 가!"

그녀의 눈치를 힐끔힐끔 살피면서도 군침을 흘리며 사체 쪽으로 조금씩 다가가고 있던 키메라들이 멈칫하는 게 보였다.

"저쪽으로 가라니까! 나중에 배 터지게 먹게 해 줄 테니까. 안 그래도 힘없어 죽겠는데, 날 자꾸 고함지르게 할 거야?"

그래도 꼼짝하지 않고 사체를 바라보며 침을 흘리고 있는 키메라들. 급기야 마를린은 신경질적인 어조로 놈들을 위협했다.

"내가 셋 셀 동안에 저쪽으로 안가는 놈은 한 조각도 못 먹게 할 거야. 알겠어? 하나……."

그제서야 황급히 뒤로 물러서는 키메라들.

'멍청한 새끼들……'

사체에게 다가간 마를린은 한눈에 뭔가 이상하다는 것을 눈치챘다. 사체를 보기 전까지만 해도 그녀는 그래듀에이트가 저지른 짓인 줄 알았다. 그런데 그게 아니었다. 손이 뽑힌 놈, 머리통이 잘린 놈, 심장에 구멍이 난 놈…… 상처는 제각각이었지만, 한 가지 공통점이 있었다. 상처 자국이 매끄럽지 못하다는 것. 뭔가 엄청나게 강력한 몬스터가 키메라들을 붙잡고 잡아뜯어 버린 것 같은 그런 모습이었다.

그녀는 다급히 마법을 써 '대지의 기억'을 읽어 가해자가 누군지 알아봤다. 대지에 저장되어 있는 데이터는 그리 많지 않았다. 깨끗한 영상을 얻을 수는 없었지만, 인간형의 뭔가가 키메라들을 학살했다는 것만은 알 수가 있었다. 그것도 단 한 마리가.

"이럴…, 수가……."

마를린은 눈으로 직접 보면서도 믿을 수가 없었다. 혹시 대지의 기억이 잘못된 것일까? 그 가능성에 대해 생각해 본 그녀는 곧이어 고개를 가로저었다. 마법사가 의도적으로 기억을 왜곡시켜 놨다면 혹 모르겠지만, 그럴 가능성은 거의 없었다.

잠시 고민하던 마를린은 사체를 바라보며 침을 질질 흘리고 있는 키메라들에게 명령했다.

"여기 있는 거 깨끗하게 최대한 먹어치우고, 도저히 먹지 못하겠는 건 가지고 돌아와. 알겠어?"

"취익!"

"그리고 저 가마, 부서지지 않게 조심해서 가져다가 창고에 넣어 둬."

키메라들에게 지시를 내린 후, 그녀는 연구소를 향해 곧바로 공간이동했다. 이리로 올 때는 목적지를 알 수가 없었기에 어쩔 수 없이 가마를 타고 와야 했지만, 돌아갈 때도 그 생고생을 하고 싶은 생각은 추호도 없었다. 급히 연구소장에게 보고할 사항도 있었고…….

"소장님, 급히 보고 드릴 게 있습니다."

마를린은 방금 전에 자신이 직접 본 광경에 대해서 보고했다. 그러면서 그녀는 연구소장의 이해를 돕기 위해 수정구에 자신이 봤던 장면이 떠오르도록 했다. 사체들의 모습은 물론이고, 대지의 기억을 읽어서 보게 된 영상까지도…….

"흐음……."

역시, 그녀의 예상대로 연구소장의 안색도 딱딱하게 굳어 있었다.

한동안 말을 꺼내지 못하고 뭔가 고민하던 연구소장이 문득입을 열었다.

"자네는 저게 뭐라고 생각하나?"

"사람인 것 같습니다."

하지만 연구소장의 생긱은 달랐다. 사람이 저런 괴력을 발휘한다는 게 가능할까? 그것도 막강한 전투력을 지닌 고성능 키메라를 상대로 말이다.

'엘프라고 생각될 정도로 재빠른 몸놀림. 하지만 엘프에게는저런 파괴력이 없지. 사람처럼 생겼지만, 사람은 아닌 것 같아. 물론 격투술의 달인이라면 저런 움직임이 가능하긴 하겠지만, 키메라들을 상대로 무기도 사용하지 않고 저런 미친 짓을 하고

있을 이유가 없잖아.'

"어쨌거나 그 부분에 대해서는 좀 더 생각해 보는 게 좋겠군. 그래, 사체의 뒤처리는 깨끗하게 했겠지?"

"예, 소장님."

"좋아. 그럼 가서 볼 일 보도록 하게. 나는 일이 좀 있어서 말이야."

"그럼 나가 보겠습니다, 소장님."

마를린을 내보낸 후 연구소장은 한숨을 푹 내쉬었다.

"설마…, 드래곤은 아니겠지?"

충분히 가능성은 있었다. 이곳 몰몬트 산맥에 서식하고 있는 게 확인된 드래곤만 다섯 마리다. 그 외에도 더 많을 수도 있었다. 밖으로 나와서 그 흉포함을 드러낸 놈들만 계산된 숫자였으니까.

연구소장은 지도 앞으로 걸어가 마를린에게서 방금 전에 들었던 좌표의 위치를 찾았다. 다행히도 그곳을 영토로 하고 있는 드래곤은 없었다. 하지만 그렇다고 해서 방금 전의 영상에서 봤던 그것(?)이 드래곤이 아니라는 증거는 될 수는 없었다.

'그러고 보니 드래곤일 가능성은 없다고 봐야 하지 않을까? 키메라들은 침입자들을 쫓고 있는 중이었어. 그놈들이 드래곤의 둥지 쪽으로 키메라들을 유도했을 가능성도 무시할 수는 없지만, 우리도 아직 알아내지 못한 드래곤의 둥지를 다른 자들이 알고 있다는 게 가능이나 한 일일까?'

아무리 생각해도 해답을 얻기 힘들자 고개를 절레절레 젓던 연구소장은 걸음을 옮기며 중얼거렸다.

"어쨌거나 이 부분에 대해서는 얘기를 좀 해 두는 게 좋겠군."

연구소장은 품속에서 수정구를 꺼내 마법사 길드장의 개인 채널에 접속했다.

「오, 자네가 어쩐 일인가?」

반가운 얼굴을 하고 있는 길드장에게 연구소장은 고개를 숙이며 말했다.

"며칠 전에 연구소에 침입자가 발생했던 탓에 부하가 신세를 진 것으로 알고 있습니다. 그에 대한 감사인사도 드릴 겸, 겸사겸사 해서……."

「아, 자네 연구소에 침입자가 있었다는 얘기는 들었다네. 내가 중앙지부장에게 지시해 뒀으니, 조만간에 처리될 걸세.」

"신경 써 주셔서 감사합니다."

「뭘, 그 정도를 가지고…….」

"그런데 이번에 외곽 경비를 맡은 부하가 입수한 정보가 한 가지 있어서 말이지요. 아무래도 알려드리는 게 좋을 것 같아서 급하게 통신을 넣게 되었습니다. 이걸 한번 보시지요."

연구소장은 마를린이 보여 줬었던 영상을 길드장에게로 보냈다. 그의 기억 속의 내용을 그대로 보낸 것이었기에, 길드장의 수정구에 나타난 영상은 그가 바라보는 시점이 될 것이다.

연구소장은 이 영상을 보내면서 길드장이 격한 반응을 보여 줄 거라고 예상했었지만, 그의 기대와 달리 반응은 미적지근하기만 했다.

'설마…, 뭔가 알고 있는 건가?'

그렇다면 자신에게 알려 주지 않은 다른 정보가 있는 게 확실하다.

영상을 모두 본 길드장은 난처하다는 듯 턱수염을 쓱 쓰다듬더니 한참 후에야 입을 열었다.

「어차피 조만간에 자네도 알게 될 것이기에 말해 주는 건데…, 자네쪽 연구소에 침입했다는 그자 말일세」

여기까지 말한 길드장은 한층 목소리를 낮춰 속삭였다.

「혹시 주변에 엿듣고 있는 사람은 없겠지?」

"걱정 마십시오. 여기는 제 방입니다."

「자네 연구소에 침입했던 자들 중 하나가 코린트의 기사였다네. 그것도 오너 급의 기사 말일세」

"오너 급이라고요?"

「그래. 놈을 잡으러 나갔던 부하들에게서 올라온 보고서를 읽어 보니, 굉장했었던 모양이야. 자네도 알고 있지? 세브롱에 호크 기사단의 분견대가 주둔하고 있는 거 말일세」

"예, 알고 있습니다."

「그들도 이번 작전에 동원되었었다네. 그들이 물샐틈없는 포위망을 형성한 후에 마법사들이 일제히 기습공격을 했다고 하더군. 그런데도 살아서 도망쳤다니…, 믿을 수가 있겠나?」

"기사들의 실력이 형편없었던 건 아닙니까? 소문을 들으니 분견대에 배치되는 기사들이 뭔가 문제가 있어서 좌천된 자들이라고……."

「그렇게 선입견을 가지고 판단하면 안 된다네. 보고서의 내용 대로라면 그들을 탓할 수도 없는 노릇이야. 완벽하게 포위망을 갖춘 상태에서 기습공격을 퍼부었는데도 살아서 도망친 걸 보면…, 놈의 실력이 그만큼 좋았다는 말이겠지. 더군다나 그자가 지니고 있는 마법도구들도 문제였고 말일세」

"어떤 마법도구 말입니까?"

「안티 뷰 마나 포스를 구동할 수 있는 것과 안티 뷰 매직포스를 구동할 수 있는 마법도구를 지니고 있었다고 하더군. 그 둘을 동시에 구동시키고 있다 보니, 완벽하게 기선을 제압해 놓은 상황임에도 불구하고 그자를 놓쳤다고 하더라고」

반지 한 개에 그 두 가지 마법이 함께 새겨져 있었다는 것을 알았다면 기절초풍했을 두 사람이었다. 그들은 놈이 마법도구 2개를 함께 가지고 있을 거라고만 생각했다. 그편이 훨씬 가격이 저렴할뿐더러 구하기도 쉬웠으니까.

"아주 용의주도한 놈이로군요."

「어쨌거나 잠자고 있는 걸 기습했으니, 집이고 뭐고 챙길 여유도 없이 알몸에 가까운 상태로 도망친 모양일세. 자네가 보낸 카메라들과 싸우고 있는 그 모습은 그 때문일 거야. 그런데 자네가 만든 카메라들은 아주 효과가 좋은 모양이구먼. 침입자를 곧바로 찾아낸 걸 보면 말이야」

"감사합니다."

「여력이 되면 몇 마리 수색 작전에 빌려줄 수는 없겠나? 크게 도움이 될 듯한데……」

길드장의 말에 연구소장은 난처하다는 듯 말했다.

"죄송합니다, 길드장님. 아직 상부에서 사용을 허가받지 못한 녀석들이라서……."

이 정도만 말했는데도 길드장은 곧바로 알아들었다. 비밀연구소에서 연구하고 있는 키메라들이다. 훌륭한 성능에도 불구하고 원로원에서 발표를 보류하고 있다는 건, 뭔가 말 못할 문제점이 있다는 뜻이 아니겠는가.

「뭐, 그렇다면 어쩔 수 없지. 그 자를 붙잡는다고 호크 기사단 전력의 절반을 동원했으니 조만간에 좋은 소식 들을 수 있을 걸세.」

그 외에도 길드장과 이런저런 얘기를 나누긴 했지만, 연구소장으로서는 알고 싶었던 정보는 이미 다 얻은 셈이었다.

'코린트의 오너 급 기사였다니……. 길드장에게 연락해 보기를 잘했어. 드래곤일지도 모른다고 괜히 걱정했잖아.'

하지만 그는 모르고 있었다. 방금 전에 길드장과 얘기를 나눴던 첩자가 완전히 다른 사람이었다는 것을. 둘의 대화가 이렇게 겉돌 수밖에 없었던 것은, 길드장이나 그나 둘 다 자신이 알고 있는 정보를 모두 다 실토하지 않고 대략적인 수준에서 대화를 나눴던 탓이었다. 둘 다 숨겨야 할 게 너무 많은 사람들이었으니까.

어쨌거나 드래곤일지도 모른다는 걱정이 사라진 대신, 첩자가 코린트의 기사라는 더 큰 문제가 발생했다. 오너 급 기사를 코린트에서 연구소에 투입했다는 것은 그쪽에서 뭔가 냄새를 맡았다는 뜻이 아니겠는가. 더군다나 이곳 연구소에서 연구하고 있는 마물은 절대로 세상에 알려져서는 안 되는 존재였다.

'아무래도 연구소를 다른 곳으로 옮기는 게 좋겠군. 아니, 연구시설이야 차츰차츰 기회를 봐 가며 옮긴다고 하더라도 마수 만큼은 빨리 옮겨 버리는 게 좋겠어.'

연구소장은 새로운 연구소를 어디에다 다시 만드는 게 좋을지 궁리하기 시작했다. 그러던 중 그의 머리에 번쩍 하고 떠오르는 게 있었다.

'맞아. 코린트가 이미 이곳의 시설을 알고 있다면, 이곳을 폐쇄해서는 안 되지. 그러면 놈들이 더욱 의심할 테니까. 이런 때는, 허접한 연구를 진행하는 다른 연구소와 시설을 맞바꾸는 게 최선이야. 코린트 놈들은 포기를 모르니까 이곳에서 무슨 연구를 하는지 확실하게 파악해내기 전까지는 끊임없이 첩자를 보내올 테니까. 그렇게 되면 비밀은 비밀대로 지키고, 놈들에게 엉터리 정보까지 흘릴 수 있으니 일석이조가 아니겠어? 흐흐흣……'

생각만 해도 재미있다는 듯 비릿한 웃음을 연신 짓던 연구소장은 다시금 지도 앞으로 다가가 이리저리 둘러보았다.

"우리가 사용할 만큼 거대한 시설을 지녔으면서도, 허접한 실험을 진행하고 있는 연구소가 몇 개나 되는지 좀 알아봐야겠군."

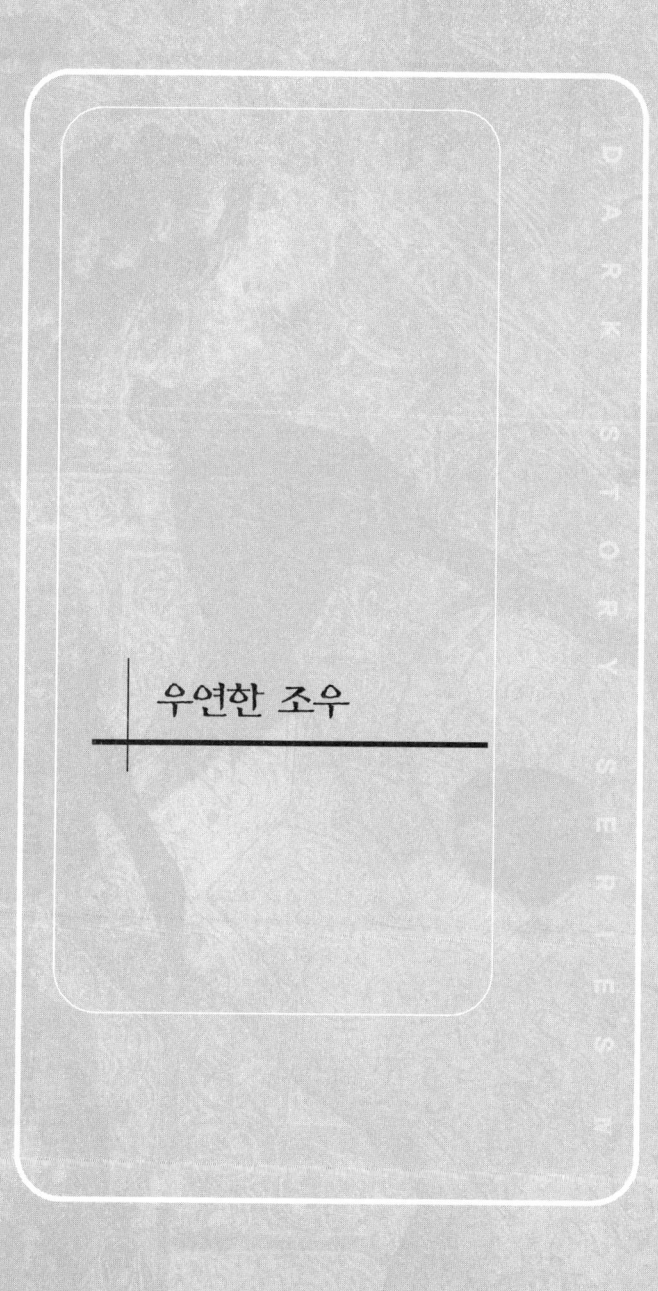

우연한 조우

33

몰몬트 산맥의 추격전

우려했던 일이 터졌다. 소피아 수녀가 감시하고 있던 암살조 맥스 팀이 배신한 것이다. 수녀로부터 긴급보고를 받은 감찰부에서는 급히 척살대를 편성하기 시작했다. 배신자들이 감찰부 내에서 인정받던 유능한 암살팀이었다는 점을 고려한다면 대규모 인원의 파견은 불가피했다. 최소한 4개 암살팀에 마법사 4명은 되어야 한다는 게 주된 의견이었다. 광활한 몰몬트 산맥을 뒤져야 하는 것을 고려한다면 그것도 최소한으로 잡은 셈이다.

하지만 문제가 있었다. 감찰부에서 보유하고 있는 암살팀의 숫자는 그리 많지 않았고, 그들은 저마다 수행하고 있는 임무가 있었다. 기존에 진행하고 있던 임무에서 손을 떼게 하고, 새로운 임무를 부여한다는 게 그리 쉬운 일이 아니다.

이때, 생각지도 못했던 상황이 발생했다. 피치 못할 사정으로 인해 세브롱 요새의 공간이동 마법진을 쓸 수 없게 된 것이다. 그렇기에 감찰부에서는 가장 먼저 수배된 해밀턴 팀부터 현장에 급파했다. 그들이 선발대로서 배신자들의 행방을 추적하고, 앞으로 구성될 후발대를 인도하는 것으로 계획을 바꾼 것이다.

신발대로 파견한 채밀턴 팀 역시 맥스 팀처럼 검사와 레인저

2인 1조로 이뤄진 암살팀이었다. 그런데 이번 임무의 경우, 공간이동 마법을 사용해야 할 필요성과 함께 본부와의 통신도 해야 했기에 마법사 한 명이 증원되어 있었다.

"헉헉……."

거친 숨을 연신 몰아쉬는 마법사. 하지만 행군에 뒤처지지 않기 위해 보조마법을 사용한 것인지 거친 숨을 몰아쉬는 모습과는 달리, 낙오하지 않고 꾸준히 킬러들의 뒤를 따라가고 있는 중이었다.

소피아 수녀가 감찰부에 보낸 배신자들의 행적에 대한 정보를 기반으로 여기까지 추적해 들어왔다. 추적에 있어 가장 뛰어난 실력을 지니고 있다는 레인저와 함께 마법사까지 끼어있으니 추적 작업은 아주 순조로웠다.

그런데 문제가 있다면 그 찢어 죽여도 시원찮을 것들이 좋은 길 놔두고 한 걸음조차 내딛기 힘든 숲속을 뚫고 나아가고 있다는 점이다. 용기사의 존재를 아직 모르고 있었던 그들로서는 배신자들의 이러한 행동을 도무지 이해할 수가 없었다.

"정말 이상하군요. 아무리 추적을 따돌릴 목적이라고는 하지만, 이렇게 험악한 지형만 골라서 이동할 필요가 있을까요?"

레인저의 의문에 해밀턴은 별것 아니라는 듯 대꾸했다.

"그거야 도망치는 놈들 마음이겠지. 덕분에 우리가 이 고생을 하고 있는 중이지만."

"아, 정말! 여기를 보십쇼. 길도 없는 곳을 뚫고 나가려다 보

니 오히려 자신들이 지나간 흔적만 잔뜩 남겨 놨잖습니까? 이
정도 흔적이면 제가 없더라도 대장님 혼자서도 충분히 추적이
가능하다는 말입니다. 추적을 염두에 뒀다면 정말 멍청한 짓이
죠. 이렇게 험한 지형을 뚫기 위해 시간을 낭비하는 것보다, 좋
은 길을 택해서 전속력으로 움직였다면 지금쯤 국경선을 넘고
도 남았을 텐데…….”

지금껏 잠자코 있던 마법사가 두 사람의 대화 내용이 계속 헛
도는 것 같자 불쑥 끼어들었다.

“당신들도 이미 알고 있지 않소. 그자들이 이 일대 지리를 잘
모른다는 것을. 그래서 상부에서는 그자들이 트리스티가 잔당
들의 뒤를 쫓아가는 걸 택할 가능성이 크다고 했지 않소? 그런
데 길도 제대로 모르는 자들이 연막을 친답시고 옆길로 빠졌소.
그렇다면 그 후의 결과는 뻔하다고 봐야지요.”

사실 그들도 여섯 개의 발자국이 나란히 이어지다가 갑자기
세 개의 발자국이 엉뚱한 방향으로 이탈한 흔적을 찾아냈을 때,
어느 쪽이 반역자들의 흔적인지 잠시 고민했었다. 이때, 해밀턴
은 마법사와 함께 왔다는 게 얼마나 도움이 되는지를 깨달을 수
있었다. 마법사는 마법을 사용해 대지의 기억을 묻는 것으로 이
들의 고민을 간단하게 해결해 줬던 것이다. 만약, 마법사와 함
께 오지 않았었다면, 그들은 지금 트리스티 패거리를 쫓아가고
있었을지도 몰랐다.

그제서야 감을 잡은 해밀턴이 무릎을 탁 치며 말했다.

“그럼 그자들이 지금 길을 잃어버렸다는 겁니까?”

마법사는 어깨를 으쓱거리며 말했다.

"내 생각은 그렇소. 방향만 대충 맞춰서 걸어가고 있다 보니, 이렇게 길도 없는 데를 뚫고 지나가고 있는 것이겠지요."

마법사의 추리에 해밀턴과 레인저는 감탄했다. 과연 마법사가 머리가 좋긴 좋은 모양이라고 그들은 생각했다. 난해했던 의문에 대한 해답을 순식간에 찾아내는 것을 보면 말이다.

고개를 끄덕이던 해밀턴은 레인저를 바라보며 물었다.

"놈들이 이곳을 지나간 지 이틀 정도 되었다고 했나?"

"예, 대장."

"서두르면 곧 따라잡을 수 있겠군. 이런 상황이라면 그놈들이 도망쳐 봐야 얼마나 멀리 갔겠나."

이때 갑자기 레인저가 손가락을 입술 위로 가져가며 경고성을 발했다.

"쉿! 조용히 하십쇼. 오큽니다."

"오크?"

레인저는 땅바닥에 찍혀있는 발자국들을 손가락으로 가리키며 속삭였다.

"저기 발자국들을 보십쇼. 저 동굴 속에 오크들이 서식하고 있는 모양입니다."

"설마…, 저 안으로 들어간 건 아니겠지?"

"그건 아니고 동굴 속으로 들어갔다가 나와서 저쪽으로 갔습니다. 빗물에 발자국이 지워진 탓에 오크 소굴이라는 걸 뒤늦게 눈치챈 모양입니다."

"이곳을 빨리 벗어나자. 오크들이 우리가 있다는 걸 눈치채면 귀찮아져."

"예."

해밀턴 팀은 비밀 연구소의 환기구 코앞까지 갔었지만, 그 안에 비밀 연구소가 자리 잡고 있다는 것까지는 눈치채지 못했다. 그저 오크 떼가 서식하고 있다고만 생각하고 서둘러 자리를 떠났던 것이다.

동굴을 떠나고 얼마나 걸었을까. 빠른 속도로 앞장서서 걸어가고 있던 레인저가 문득 고개를 갸웃하며 말했다.

"오크들의 발자국이 여기까지 계속 이어져 있는 걸로 봐서, 어쩌면 놈들의 뒤를 쫓아가고 있는지도 모르겠는데요?"

"이쪽으로 다시 돌아온 발자국은 없지?"

"예. 발자국들이 모두 다 저쪽 방향을 향하고 있습니다. 대략 스무 마리 정도……."

오크들이 스무 마리 정도밖에 안 된다는 말에 해밀턴이 피식하며 웃었다.

"젠장, 좋다 말았네. 나는 오크들이 배신자들을 우리 대신 처리해 주지는 않을까 기대했었는데 말이야."

농담조의 해밀턴의 말에 레인저는 미소 지으며 말했다.

"겨우 20여 마리 가지고 그게 가능하겠습니까? 어쨌거나 오크들이 이렇게 뚜렷하게 흔적을 만들어 놓은 덕분에 뒤따라가기는 엄청 편하네요."

"본대 쪽에서 연락이 오기 전에 반드시 그놈들의 꼬리를 잡아야만 해."

"앤트러스라는 분이 특무대장으로 선택되었다고 하던데, 혹시 대장님이 아시는 분입니까?"

레인저의 질문에 해밀턴은 고개를 흔들며 대답했다.

"직접 뵌 적은 없지만 글쎄, 그런 분이 특무대장에 임명됐다는 것은 이번 사안이 그만큼 중요하다는 것이겠지."

그때 지금까지 말없이 뒤따라오고 있던 마법사가 불쑥 끼어들었다.

"내가 그분을 알고 있소."

"아, 마법사님이 알고 계십니까? 어떤 분이신가요?"

"특무대장으로 뽑히시기에 충분한 분이시지요. 감찰부 내에서도 열 손가락 안에 들어갈 정도로 지위가 높으신 분이니까요."

지위가 높다는 말을 듣고 괜히 배알이 뒤틀린 레인저가 이죽거렸다.

"편안하게 방 안에서 펜대나 굴리고 있던 사람은 영 믿음이 가지 않는데……."

레인저의 말에 마법사는 발끈해서 말했다.

"말조심하게. 앤트러스 후작 각하께서는 그런 분이 아니야. 감찰부 내에서도 몇 안 되는 검의 달인들 중 한 분이시니까. 감찰부 소속이라 전쟁의 신전에는 가지 않으셨지만, 만약 가신다면 곧바로 그래듀에이트급의 실력을 인정받을 수 있는 분이시지."

마법사의 말에 레인저는 찔끔해서 다급히 변명을 늘어놓았다. 자칫 안 좋은 말을 했다는 게 앤트러스 특무대장의 귀에 들어간다면 인생 꼬일게 뻔했으니까.

"호오, 그렇습니까? 이거 듣던 중 반가운 소리네요. 그런 분이 이번 임무를 총괄 지휘하신다니 정말 든든하군요. 사실 현장을 잘 모르는 분이 총 지휘를 맡았을 때 개고생을 한 기억이 몇 번 있어서요."

하지만 해밀턴의 생각은 다른 모양이었다.

"이런 젠장, 그럼 놈들의 뒤를 발에 땀나도록 그냥 쫓다 끝내자는 말인가? 어차피 배반자 놈들은 늙어빠진 퇴물들이야. 우리끼리 해치우지 못할 건 또 뭐야. 놈들은 퇴물 둘에 애새끼 하나고, 우리 쪽은 마법사님까지 계신데 말이야. 안 그래?"

"그건 그렇습니다만…, 그래도 저희 임무는 본대를 보조하기 위한 추적조 역할이잖습니까?"

"괜찮아. 한번 건드려 보고, 정히 잡기 힘들 것 같으면 슬쩍 뒤로 물러서서 본대를 기다리면 되니까."

해밀턴의 의견에 마법사도 찬성했다. 크게 공을 세울 수 있는 절호의 기회인 것만은 사실이었으니까.

"나도 그 생각에는 찬성이오. 본부에서 4개팀 이상을 동원하려고 했던 것은 이 넓은 몰몬트 산맥 속에서 놈들을 찾는 게 힘들 거라고 예상했기 때문이었지, 우리들의 전투력이 모자라서 그린 긴 이니었으니까요."

"제 말이 그 말이라니까요."

공을 세우고 싶은 마음에 해밀턴 팀이 한층 추적에 박차를 가하고 있을 때였다. 수풀이 거칠게 흔들리며 버적거리는 소리와 함께 꿀꿀거리는 소리가 저 앞쪽 숲속에서 들려오기 시작했다.

"오크인가?"

긴장된 표정으로 후다닥 활에 화살을 걸고 시위를 당기는 레인저와 달리 해밀턴은 오크의 출현에 반색했다.

"오, 잘됐네. 어쩌면 저것들이 배신자들을 포획해서 소굴로 돌아오고 있는 중인지도 몰라. 그러면 정말 횡재한 거지. 안 그래?"

해밀턴이 그런 희망을 품은 건, 배신자들의 뒤를 쫓아갔던 오크들이 되돌아오고 있었기 때문이다. 오크들은 한 번 찍은 사냥감을 절대 포기하지 않는 아주 집요한 몬스터이다. 사냥이 끝나지도 않았는데 그냥 돌아올 가능성은 극히 희박했다.

"에휴, 바랄 걸 바라십쇼. 아마 그놈들과 싸우다가 살아서 도망친 놈들이거나, 아니면 추적을 포기하고 돌아오고 있는 거겠죠."

배반자들이 아무리 은퇴할 때가 다 된 퇴물들이라고는 하지만, 겨우 20여 마리의 오크들에게 사냥 당한다는 건 말도 되지 않는 소리였다.

그들에게는 더 이상 대화를 나눌 만한 시간적 여유가 없었다. 벌써 오크들이 숲을 뚫고 달려 나오고 있었으니까.

그런데 오크들의 생김새가 조금 이상했다. 일반적인 보통 오크들보다 덩치가 훨씬 더 우람했을 뿐만 아니라, 생긴 것도 더욱 험악했다. 광활한 몰몬트 산맥 속에서 살고 있었기에 이들의 존재가 아직 외부에 알려지지 않고 있었던 모양이다.

"어쭈? 이 동네 오크들은 모두 한가락 하게 생겼는데? 뭐가 저렇게 인상파야."

너스레를 떠는 해밀턴에게 레인저가 피식 웃으며 대꾸했다.

"그래 봐야 오크죠. 그런데…, 대장님 말처럼 저놈들이 정말 배신자들을 포획한 걸까요? 어라, 저건 또 뭐야?"

레인저가 손가락으로 가리킨 곳에는 오크 두 마리가 큼지막한 푸대를 둘러매고 있었다. 그리고 그 옆에는 매끄럽게 잘 빠진 가마를 들고 있는 오크도 보였다.

"허, 거참. 어디서 약탈이라도 한 걸까? 이 동네 오크들은 정말 특이하군."

심드렁한 표정의 해밀턴과는 달리, 마법사는 뭔가 심상치 않다는 듯 미간을 잔뜩 찡그렸다.

'아무래도 이상해. 오크들이 들고 있는 무기들도 그렇고, 저 탈것도 그렇고……. 그냥 오크라고 하기에는…….'

하지만 마법사의 생각은 더 이상 이어지지 않았다. 해밀턴 팀을 발견한 오크들이 무기를 휘두르며 달려들었기 때문이다.

챙챙, 챙.

"뭐, 뭐야 이거?"

"스아악!"

배신자들을 추적하고 있던 해밀턴 팀. 그리고 전멸당한 동료들의 사체를 처리하기 위해 출동했다가 귀환하던 키메라들이 동선이 겹쳐 마주친 것이다.

해밀턴 팀으로서는 정말 재수가 없었던 만남이었을 것이다. 그들이 만만하게 보고 싸우기 시작한 상대가 사실은 오크가 아니라, 자국의 비밀 연구소에서 극비리에 개발한 키메라들이었기 때문이다. 그것도 상상을 초월할 정도로 강력한…….

* * *

포션으로 응급처치를 끝낸 월터는 지혈을 끝내자마자 도주로를 변경했다. 지금까지는 산맥을 관통하는 최단거리를 택해 동쪽으로 이동하고 있었다면, 이번에는 산맥을 따라 북쪽으로 올라가기 시작했던 것이다. 나뭇가지에서 나뭇가지로 도약하며 이동하는 그의 움직임은 엘프에 결코 뒤지지 않았다.

얼마나 달려갔을까. 그는 저 먼 곳에서 격투가 벌어지고 있다는 것을 포착했다. 들려오는 소음으로 봤을 때, 누군가가 몬스터와 싸우고 있는 듯 했다. 평범한 사람들이 이렇게 깊은 산속까지 들어와 있을 리 없다.

'벌써 여기까지 포위망이 펼쳐졌나?'

처음에는 그들의 곁을 조용히 통과하려고 했었다. 하지만 그들의 숫자가 겨우 셋밖에 되지 않는다는 것을 알게 되자 생각을 바꿨다. 슬그머니 접근해서 동정을 살펴보는 게 어떨까 하는 마음이 들었던 것이다. 물론 필요에 따라서는 약간의 고문을 곁들일 생각까지 바탕에 깔고 말이다. 왜냐하면 그로서는 자신이 왜 알카사스 정규 기사단의 표적이 된 것인지 그 이유가 궁금했다.

하지만 그들 근처에 접근한 월터는 자신의 예상이 완전히 빗나갔다는 것을 깨달았다. 그들은 기사가 아니었다. 그리고 무엇보다 나이가 많았다. 50대 중반은 족히 되었으리라. 그런 중년 사내 둘과 아직 솜털도 다 가시지 않은 소년 한 명. 아무리 생각해도 자신을 잡기 위해 투입했다고 보기에는 무리가 있는 인선이다.

추격팀이 아닌 그냥 모험가들인 것이다.

'젠장, 모험가들이잖아. 그냥 갈걸. 괜히 이리 왔네.'

상황을 빠르게 판단한 월터는 슬그머니 자기 갈 길을 가려고 할 때였다. 그런데 그때 갑자기 활을 든 사내가 외치는 소리가 들려왔다.

"잠깐! 벌레 소리가 멈췄습니다. 저쪽에 뭔가 있는 게 틀림없습니다!"

아주 감이 좋은 사내였다. 급히 활을 벗겨 들더니 화살통에서 화살 네 발을 한꺼번에 뽑아드는 사내. 그 중 셋은 왼손에 든 채, 화살 한 발을 장전하고 시위를 힘껏 당긴다. 그런 사내의 모습을 보며 월터는 자신의 생각이 틀렸을지도 모른다는 생각이 들었다. 저런 속사 기술은 레인저들이 주로 애용하는 것이었기 때문이다.

'뭐야? 모험가들인 줄 알았는데…….'

하지만 꼭 그렇다고 단정 지을 수도 없다. 레인저가 하는 모습을 옆에서 훔쳐보고, 그 기술을 자신의 것으로 습득하여 써먹는 사람들도 많았으니까.

기왕에 들킨 것, 월터는 숨어있던 곳에서 모습을 드러냈다. 실력에 자신이 있는 월터였기에 거리낌이 없었다. 상대가 활을 겨누고 있음에도 불구하고 아직 칼조차 뽑지 않고 말이다.

이때, 중년 사내들 중에서 검을 든 쪽이 갑자기 손을 내저으며 외쳤다.

"어이, 여기야! 여기!"

마치 누군가에게 손짓을 하는 듯한 중년 사내의 모습. 이런 중년 사내의 돌연한 행동에 월터는 어이가 없었다.

'이게 대체 무슨 짓……?'

문득 월터는 활을 든 사내의 화살이 겨누고 있는 게 자신이 아니라는 것을 깨달았다. 화살이 향하고 있는 방향은 자신의 뒤쪽이었다.

'내 뒤에 누군가 있나?'

자신도 모르는 사이에 뒤를 내줬다고 생각하니 모골이 송연한 노릇이다. 하지만 월터는 자신의 감각에 절대적인 자신이 있었다.

'내 뒤에는 아무도 없어.'

저들의 행동은 자신을 기만하기 위한 것이라고 단정한 월터는 내심 콧방귀를 뀌었다.

'흥, 내가 뒤를 돌아보는 그 순간을 노려 쏘려는 네놈들의 속셈을 모를 줄 알고? 나이가 제법 많다고 생각했더니, 역시 능구 렁이들이로군. 하지만 그런 얄팍한 수에 속아 넘어갈 내가 아니지.'

월터는 중년 사내들을 향해 느긋한 걸음걸이로 천천히 다가 갔다. 저 자들을 어떻게 요리하는 게 좋을지 궁리하면서…….

이때, 갑자기 검을 든 중년 사내의 표정이 급변했다. 그는 월 터를 향해 검을 겨누며 외쳤다.

"거기 서라! 너는 누구냐?"

그제서야 뒤쪽을 겨누고 있던 중년 사내가 당황한 표정으로 급히 자신을 향해 활을 겨누는 게 보였다. 그걸 보고 월터는 확 신했다. 저들은 자신의 적이 아니라고.

지금 생각해 보니, 아마도 저들은 월터가 몬스터 같은 것들에 게 쫓기고 있는 거라 생각한 모양이다. 온통 피로 범벅이 된 자 신의 몰골을 보면 당연할지도 모른다. 그런데 왜 갑자기 적의를 드러낸 것일까?

궁금해 하던 찰나, 월터는 검을 든 중년 사내가 자신의 검집 을 힐끗힐끗 훔쳐보고 있다는 것을 깨달았다. 자신이 생각하기 에도 이런 몰골을 하고 있는 사람이 허리에 차고 있기에는 너무 고급스런 검이다.

'젠장, 이런 일이 생길 줄 알았다면 검집을 싸구려로 바꿔서 들고 오는 거였는데…….'

지금 와서 후회해 봐야 뭘 어쩌겠는가.

월터는 양손을 위로 산짝 들어 올려 싸울 의사가 없음을 밝했다.

"쏘지 마시오. 나는 귀하들과 싸울 생각이 전혀 없소."

"너는 누구냐?"

월터는 자신의 신분에 대해서 대충 둘러대려 했지만, 아무리 생각해도 이렇게 깊은 산골짜기에 이런 몰골로 있을 그럴듯한 이유가 떠오르지 않았다. 월터는 쓸데없는 변명을 하는 것을 포기하고 단도직입적으로 제안했다. 중년 사내들이 자신의 제안을 받아들이지 않는다고 해도 별로 아쉬울 것은 없었으니까.

"이보시오. 당신들 모험가인 듯싶은데, 나를 산맥 너머까지 안내해 주면 후하게 사례하도록 하겠소. 어쩌다 보니 이렇게 거지꼴을 하고 있지만, 여기 이 검을 보다시피 그 정도 능력은 있는 사람이오."

"코린트 사람인가?"

월터는 코린트쪽 사투리나 억양을 쓰지 않으려고 최대한 노력했다. 그럼에도 불구하고 몇 마디 채 나누지도 않았는데, 출신지를 정확히 짚어 내는 것을 보면 중년 사내도 보통은 아닌 모양이다.

'젠장, 눈치가 이만저만 빠른 놈이 아니로군.'

저렇게 닳고 닳은 것들을 설득하는 것은 쉬운 일이 아니다. 오히려 저런 자들은 설득보다는 힘으로 찍어 눌러 버리는 쪽이 훨씬 더 효과적이었다. 마음을 정하자마자 월터는 짐짓 살기를 내뿜었다. 역시 그의 의도대로 상대방들은 민감하게 반응해 왔다. 월터가 슬며시 손을 아래로 내리는 것을 본 활을 든 중년 사내가 강하게 경고를 보내왔다.

"손 올려! 그렇지 않으면 쏜다!"

월터가 경고를 무시하고 검을 뽑으려 하자, 활을 든 중년 사내는 망설임 없이 곧바로 화살을 쐈다.

피우웅!

서로간의 거리가 열 걸음 정도밖에 되지 않았지만, 미리 대비하고 있던 월터는 화살을 어렵지 않게 피해 냈다. 그리고는 검을 뽑아들며 싸늘하게 외쳤다.

"내 정체를 눈치채다니……. 어쩔 수 없군."

그러자 검을 든 중년 사내가 당황한 듯 외쳤다.

"자, 잠깐! 이렇게 싸울 필요 있겠소? 밀입국하려는 거라면 함께 갑시다. 길을 안내해 드리겠소."

"흥! 내가 당신네들을 어떻게 믿고?"

"걱정 마시오. 우리도 쫓기는 입장이오."

"쫓기는 입장이라고?"

"그렇소."

자신이 코린트쪽 사람이라는 것을 눈치챈 것 같은데도 상대방들이 합류를 요청해 오자 월터는 잠시 어리둥절하지 않을 수 없었다. 물론 저들 역시 쫓기는 입장이라면 충분히 납득이 되는 일이긴 하다.

의심이 채 가시지는 않았지만 월터는 일단 저들의 합류를 승낙했다. 그럴 수밖에 없는 것이 지금으로서는 저들의 도움이 절실했기 때문이다. 월터는 이 일대 지리는 물론이고, 자신이 지금 어떤 상황에 처해 있는지 조차 제대로 파악하지 못하고 있는 형편이었으니까.

"함께 가기로 했으니, 서로 통성명이나 합시다. 이쪽은 샘, 저쪽은 라이, 그리고 나는 맥스라고 하오. 우리 셋 다 성 같은 건 없는 천민들이라오."

낡은 판초 외투를 뒤집어쓰고 있는 라이라는 소년이라면 혹 몰라도, 맥스나 샘의 경우 천민이라고 보기에는 무리가 있었다. 하지만 월터는 아무런 반론도 제기하지 않았다. 그는 오히려 씨익 웃으며 자신의 소개를 했다.

"월터라고 하오. 공교롭게도 나도 성이 없소. 국경을 넘을 때까지 우리 천민 넷이서 잘해 봅시다."

허리춤에 차고 있는 고풍스런 검, 비록 피범벅이 되어 있긴 했지만 고급 원단의 옷, 그리고 무엇보다 그의 몸동작 하나하나에는 오랜 세월 몸에 밴 자연스런 기품이 흘러나오고 있었다. 분명 이름 있는 가문 출신임이 확실한데, 천민이라고? 월터의 대답에 맥스의 얼굴은 한 방 먹었다는 듯 왈칵 일그러졌다

『〈묵향〉 34권에 계속』